PHILIPP SCHMIDT

DIE KLINGENSTURM-CHRONIKEN

Kriegshörner

Die Klingensturm-Chroniken

Buch 1

von
Philipp Schmidt

IMPRESSUM

Bibliografische Information der Deutschen Nationalbibliothek:
Die Deutsche Nationalbibliothek verzeichnet diese Publikation
in der Deutschen Nationalbibliografie; detaillierte bibliografische
Daten sind im Internet über dnb.dnb.de abrufbar.

© 2018 Philipp Schmidt/ Ferge Verlag
1. Auflage
Copyright © der Serie Klingensturm- Chroniken: Philipp Schmidt
Kriegshörner, Band 1 von © Philipp Schmidt

Lektorat: Michael Raffel
Satz und Gestaltung, Logo, Cover: Matthias Kaiser
Karte: Philipp Schmidt
Cover Artwork : Jairo Valverde

Herstellung und Verlag:
BoD – Books on Demand, Norderstedt

ISBN: 978-3-74814-139-6

Der Kontinent Affalah

EISMEER

Stiller Wächter

Nordend

DAUDA HAIN

DUNROG

ENDSTEIN

BURGSTADT

HUNGER-SEE

ENDLOS-SEE

GRENZSTADT

BRAGUND   DUNROD

PARLIN   ERVA   VEREINIGTE
          EISENHEIM   HERZOGTÜMER

DARGAL

THINI

LUH-HEIM

NABEL

KETAI-INSELN

ALTE REICHSSTRASSE

LEIRA

HARLU

KISLAV   MURIM

KNEL

STERNWACHT

NIHUT

DRABATI-FÖDERATION

NIFARIA

MUTU   NAFTA
        STÄMME

ANTARION   ANDER-STADT

TRÄNEN-INSELN

KRAKENBUCHT

SICHELSTADT   FARLAIN

KNOCHENBRÜCKE

NEBELMEER

DIE GOLDENE STADT

Kapitel 1

» … und so fielen sie mit ihren Himmelskutschen in einen unbarmherzigen Kampf verschlungen hinab auf die Erde, wo sie erbittert weiterfochten. Zu unserem großen Segen siegte Andar über Shaidrun. Er verbannte den geschlagenen Feind allen Lebens in das dunkle Reich jenseits der endlosen See. Unsere Vorfahren, die Zeugen des Götterkriegs geworden waren, fielen vor Andar auf die Knie, und er nahm sie als sein auserwähltes Volk an. Er lehrte sie Vernunft, die Eine Sprache und das Wissen um die Herstellung von Stahl. Er ließ die ersten Straßen errichten, und auf ganz Affalah herrschte lange Zeit Frieden.«

Wolf, der dem Bericht des Dorfältesten nur notgedrungen und mit halbem Ohr zuhörte, gähnte und nahm einen tiefen Schluck aus dem Trinkschlauch. Er kannte die alte Legende, die von einer Generation an die nächste weitergegeben wurde, in- und auswendig. Jeder kannte sie, auch wenn die Versionen je nach Gegend in gewissen Punkten voneinander abwichen.

»Was hat Shaidrun seinem Volk gebracht?«, fragte ein naseweiser Junge, wie es in jedem Dorf einen gab. Alle Menschen im Norden hatten blasse Haut, aber die des schwarzlockigen Jünglings war beinahe schneeweiß.

»Da niemand jemals die endlose See überquert hat, kann darüber nur spekuliert werden«, entgegnete der

Dorfälteste mit ruhiger, nachsichtiger Stimme. »Es ist nicht gesagt, dass der Dunkle überhaupt ein Volk vorfand. Aber wenn es so war, hat er ihm das Gegenteil von dem gebracht, was Andar uns zum Geschenk machte. Statt Vernunft Wahnsinn, anstelle von Frieden Krieg.«

»Wir kämpfen doch auch gegen die Breitnasen und die Blauröcke, wenn sie uns herausfordern«, hielt der Junge neunmalklug dagegen. In seiner Lebensspanne hatte es keinen Krieg gegeben, aber wie alle törichten Jungen bedauerte er diesen Umstand.

Die Falten auf der Miene des Dorfältesten vertieften sich, ehe er sagte: »Leider hast du recht, es gibt Zank und Unfrieden. Das liegt daran, dass die Lehren Andars in Vergessenheit geraten sind. – Hört, wie die Geschichte weitergeht.«

Der greise Mann erzählte von der Blütezeit des Einen Reichs und wie es nach Andars Tod auseinanderbrach; wie die heutigen Königreiche und Fürstentümer entstanden und von den großen Kriegen, die folgten.

Wolf döste ein, und als er wieder aufwachte, war das Versammlungshaus leer, bis auf einen breitschultrigen Mann, der am heruntergebrannten Feuer saß. Im Gürtel des Stammesoberhaupts steckte eine kurzstielige Axt. Seine grauen Augen ruhten wachsam auf Wolf. Dieser reckte sich, stand auf und ließ sich neben dem Mann, dessen Totem seiner Statur abzulesen war, am Feuer nieder. Wolf starrte in die Glut.

»Ich danke für das Gastrecht«, sagte Wolf mit seiner tiefen Stimme.

Aus dem Augenwinkel sah er den Mann nicken. »Die Dämmerung bricht herein.«

»Und ich verschwinde, wie versprochen«, brummte Wolf. Er nahm dem Stammesoberhaupt seine Vorsicht nicht übel. Dieses Dorf war die letzte zivile Siedlung vor den gefährlichen Hochlanden. Hier musste man hart sein und stets die Augen offenhalten.

Eine Weile lang starrten die beiden Männer noch schweigend ins Feuer, dann erhoben sie sich und verließen das Versammlungshaus. Draußen war es kühl, und Frühnebel hing diesig über dem Tal.

Der Bärenmann begleitete Wolf zu dem Schuppen, in dem er seine Ausrüstung abgelegt hatte. Das Stammesoberhaupt schloss die Tür mit einem langen Schlüssel auf, und seine Hand legte sich wie zufällig auf den Schaft der Axt, während Wolf eintrat. Routiniert streifte Wolf sich das Kettenhemd über, legte die verstärkte Lederrüstung an, band sich seinen Waffengurt um, dann zog er sich wieder den Fellmantel über. Zuletzt legte er sich den Riemen der Armbrust um die Schulter und nahm den Sattel in beide Hände.

»Gute Jagd«, knurrte der Hüne, als Wolf aus dem Schuppen trat.

»Möge euer Herdfeuer niemals verlöschen«, erwiderte Wolf höflich, wandte sich ab und ging zu seinem an einem Balken angebundenen Ross. Er tätschelte den Hals des treuen Tiers und legte ihm den Sattel auf. Als er aufsaß und losritt, spürte er den Blick des Stammesoberhaupts noch immer in seinem Rücken.

Nieselregen setzte ein, und Wolf zog die Kapuze seines Fellmantels über den Kopf. Das Pferd, dem er keinen Namen gegeben hatte, trug ihn sicher in leichtem Galopp durch das Tal und dann hinauf auf den Ausläufer eines Berges, der hoch in den düsteren Himmel aufragte. Wolf hatte in einem Wehrgehöft erfahren, dass die Garnisonsbesatzung ein Problem mit unerklärlichen Vorfällen hatte. Zwei Kundschaftertrupps waren spurlos verschwunden. Wenn er sich die Einzelheiten der Gerüchte richtig zusammenreimte, sprach alles für eine Foroga-Hexe, die ihr Unwesen trieb. Die Foroga waren ein wildes Geschlecht sagenumwobener Ureinwohner. Sie galten als ausgelöscht, aber Wolf war der Auffassung, dass einige von ihnen einen Weg gefunden hatten, in den eisigen Hochgebirgen zu überleben. Vielleicht täuschte er sich aber auch, und die Späher waren einer Trollfamilie oder einem Borghun zum Opfer gefallen.

Er ritt den ganzen Tag. Als es dunkelte, suchte er sich eine windgeschützte Stelle und richtete sich ein karges Lager für die Nacht. Grauwölfe heulten, während er sich die Hände an einem kleinen Feuer wärmte. Um die Wölfe musste er sich keine Sorgen machen, sie waren seine Brüder. Nachdem er einige Streifen Pökelfleisch gegessen und frisches Quellwasser aus dem Lederschlauch getrunken hatte, legte er sich hin. Er lauschte den Wölfen, die für ihn Wache halten würden, und sank in einen leichten Schlaf.

Am nächsten Morgen ritt er weiter durch die kalte Wildnis. Wolf liebte dieses raue Land, in dem es gefährliche Tiere und andere Bestien gab, aber keine Menschen. Hier zählten allein Klauen, Reißzähne und in seinem Fall blanker Stahl – das entsprach seinem Naturell eher, als die Worte, mit denen Menschen ihre oft zweifelhaften Ziele zu erreichen suchten. Wo das Wort herrscht, herrschte immer auch die Lüge. Raubtiere und Bestien dagegen machten keinen Hehl aus ihren Absichten. Sie wollten fressen, und im Umgang mit ihnen zeigte sich rasch, wer Beute und wer Jäger war. Er hatte einmal versucht, anders zu sein. Für Marli war er bereit gewesen, sesshaft zu werden. Ränke und ein Einmarsch aus politischen Gründen hatten ihm dieses Leben genommen.

Marli hatte ein Kind von ihm erwartet, als die Soldaten ihren Hof angriffen, und er war nicht dagewesen, um sie zu beschützen.

Wäre er doch nur einen Tag später nach Burgstadt aufgebrochen, um neues Saatgut zu erwerben. Vielleicht hätte er sie retten können, vielleicht wäre er an ihrer Seite gestorben. Auch der Tod wäre besser gewesen, als ihre geschundene Leiche aus dem niedergebrannten Haus zu ziehen, das er mit eigenen Händen aufgebaut hatte. Wie oft hatte dieser Gedanke ihn schon gequält? Es lag kein Trost in der grausamen Rache, die er geübt hatte. Der Guerillakrieg der darauffolgenden Jahre hatte ihm keinen Frieden gebracht. Viele sahen in ihm einen Helden, aber das waren Narren, die seine dunklen Beweggründe nicht kannten. Er schüttelte den Kopf und trieb das Pferd zu schnellerem Galopp an.

Er preschte über eine alte Steinbrücke, die über einen Bachlauf führte, und als er einen Hügelkamm erreichte, sah er die Garnison. Die Wehranlage stand trotzig mitten in einer Heide. Sie bestand aus einem hohen Turm in der Mitte, umgeben von einer quadratischen Mauer. Vier kleinere Türme bildeten die Ecken. Die Lage war strategisch günstig gewählt. Feinde waren schon von weitem sichtbar.

Wolf schnalzte, und sein Pferd trug ihn langsam auf die Wehranlage zu. Die Mauern, auf deren Brustwehren sich nun immer mehr Männer einfanden, waren in gutem Zustand, dennoch erschien Wolf der Außenposten einsam und verloren. Das nördliche Hinterland war weit und voller Gefahren. Er wusste, dass von den Kriegern, die die Anlage besetzten, kaum einer freiwillig hier seinen Dienst verrichtete. Viele hatten sich etwas zuschulden kommen lassen und waren strafversetzt. Nur das strenge

Regiment, das Graf Barnas führte, hielt die Disziplin aufrecht. Wenn er einmal starb, würde es schwer werden, einen ebenso fähigen Ersatz zu finden.

Als Wolf näherkam, sah er den Grafen in voller Rüstung an der Mauer über dem mächtigen Tor stehen. Die gelbe Schärpe, die er stolz trug, war das einzige Zeichen seiner Autorität und seines Ranges. Mehr äußerliche Zeichen brauchte Barnas nicht. Seine Männer respektierten ihn, weil er, wenn Gefahr drohte, der erste war, der sich mit seiner langstieligen Axt in den Kampf stürzte. Trotz seines Alters, das sich an seinen vollständig ergrauten Haaren zeigte, war er noch immer ein Krieger, der die Herzen seiner Feinde mit Angst erfüllte. Wolf mochte ihn nicht, aber er zollte ihm Respekt – beides beruhte auf Gegenseitigkeit.

Auf einen knappen Wink von Barnas hin wurde das Fallgitter hochgelassen. Der Graf hatte gerade so lange mit dem Befehl gewartet, dass Wolf nicht auf den Hof preschen konnte, sondern sein Pferd im Schritt hineinstapfen lassen musste. Damit hatte die Verhandlung bereits begonnen; Barnas brachte zum Ausdruck, wer das Sagen hatte. Wolf grinste, stieg vor breiten Stallungen ab und reichte einem Soldaten die Zügel.

***

Andere Grafen hätten einem Ehrengast und Kriegshelden ein Festmahl vorgesetzt, aber nicht Barnas. Er aß und trank das Gleiche, was auch seine Soldaten zu sich nahmen. Wolf fragte sich, ob er für einen König eine Ausnahme gemacht hätte, und kam zu dem Schluss:

eher nicht. Das luftige Turmzimmer war so karg wie die Mahlzeit. Kein Prunk, nur militärische Zweckmäßigkeit. Ein Schrank, ein Sekretär und der Tisch, an dem die beiden Männer vor einem offenen Kamin saßen. Wolf spülte einen Bissen mageres Fleisch mit dem säuerlichen Gesöff herunter, das nur schwerlich Ale zu nennen war.

»Mir ist zu Ohren gekommen, ihr habt Probleme mit verschwundenen Kundschaftern«, eröffnete Wolf das Gespräch.

»Ich habe sie nach der Schneeschmelze ausgeschickt«, brummte Graf Barnas, der seine Rüstung abgelegt hatte und nun lediglich eine verwaschene rote Tunika trug. »Sie sollten das Hinterland erkunden. Nach dem langen Winter wagen sich zuweilen ausgehungerte Trolle, manchmal auch ein Borghun in die nähere Umgebung.«

»Entspricht es der Wahrheit, dass kein einziger Mann zurückgekehrt ist?«, fragte Wolf.

Der Graf nickte. »Insgesamt ist ein ganzes Dutzend spurlos verschwunden.«

»Wie ich dich kenne, hast du Veteranen und Rekruten gemischt. Bei einem Troll- oder Borghun-Angriff hätte ein erfahrener Krieger sofort einen Meldereiter zurückgeschickt, um vor der Gefahr zu warnen. – Trolle legen schäbige Hinterhalte, und ein halbverhungerter Borghun hätte erst einmal gefressen«, schob Wolf nach.

»Das habe ich mir auch gedacht«, stimmte Barnas düster zu.

Wolf trank einen weiteren tiefen Schluck und verzog den Mund. »Wir gehen also beide davon aus, dass es sich um eine Foroga-Hexe handelt.«

»Möglich«, gab der Graf zu. Er hatte vom Essen abgelassen und trommelte mit den Fingern auf die Tischplatte. »Wie lautet dein Preis?«

»Achtzig Silberstücke, wenn es tatsächlich eine Hexe ist, sechzig, sollte es sich wider Erwarten doch um Trolle handeln.«

»Fünfzig«, sagte der Graf hart, »und ich will den Kopf als Beweis.«

»Also siebzig«, scharrte Wolf, »abgemacht.«

Barnas knurrte, stand dann jedoch auf und streckte Wolf die Hand entgegen. Wolf packte das Handgelenk des Mannes, und beide drückten stark zu, womit das Geschäft besiegelt war.

Als sie wieder saßen, sagte Wolf: »Ich breche bei Tagesanbruch auf. Allerdings benötige ich noch ein paar Dinge.«

»Du bekommst alles, was du brauchst«, versprach der Graf und wechselte das Thema: »Dir ist sicher nicht entgangen, dass Kislav in Parlin einmarschiert ist.«

Wolf zuckte desinteressiert mit den Schultern. »Eine Provokation, nichts weiter. Sie werden sich wieder zurückziehen und lediglich ein kleines Gebiet besetzt halten.«

In den grauen Augen des Grafen blitzte es. »Die Drabati Föderation unterstützt Kislav, wenn nicht mit Männern, so doch mit Waffen und Edelsteinen.« Der Graf nahm einen Schluck aus seinem Krug und behielt das Gesöff einen Augenblick lang im Mund, als handelte es sich um einen edlen Tropfen. »Das ist an sich vielleicht vorhersehbar gewesen. Bedenklicher ist, dass gemunkelt wird, Antarion hätte einen geheimen Pakt mit Farlain geschlossen.«

»Die Blauröcke hassen die Insulaner«, brummte Wolf.

»Natürlich«, gestand Barnas zu, »es wäre trotzdem möglich. Wenn Antarion sich keine Sorgen machen muss, dass Farlain einmarschiert, wenn Truppen verschoben werden ...«

»Kommt es zu einem Stellvertreterkrieg auf parlinischem Boden«, vollendete Wolf den Satz. »Im äußersten Fall stehen sich Blauröcke und Breitnasen tatsächlich einmal wieder im Schildwall gegenüber. Ein kurzes Blutvergießen, und dann ziehen sich beide wieder zurück. Keine der beiden Großmächte riskiert einen richtigen Krieg.«

»Dein Wort in der Ahnen Ohren«, brummte der Graf.

Wolf stand auf. »Ich habe einen langen Tag vor mir.«

Barnas nickte. Offenbar hatte er vor, allein weiter vor sich hinzubrüten. Der alte Graf war schon immer ein Pessimist gewesen, dennoch dachte Wolf noch eine Weile über seine Worte nach, ehe er in dem fensterlosen Gästezimmer Schlaf fand.

***

Die aufgehende Sonne tauchte den östlichen Himmel in ein blasses Orange, nur die schneebedeckten Berggipfel glitzerten in einem intensiven Rot, als Wolf aus dem Tor der Garnison ritt. Bei der Übergabe der versprochenen Ausrüstung hatte Barnas Vermutungen über die Routen der verschwundenen Kundschafter angestellt. Es war hilfreich, eine ungefähre Richtung zu haben, aber sofern tatsächlich eine Foroga-Hexe den Spähern zum Verhängnis geworden war, würde es bestimmt nicht schwer werden, sie zu finden. Mit dem Blut von einem Dutzend Männer würde sie sich nicht zufrieden geben. Sie würde ihn wittern und ihn zu sich locken. Foroga-Hexen waren wie Spinnen, die über die Zusatzgabe verfügten, ihre Beute zu blenden, um sie zu ködern. Einmal in ihrem Netz gefangen, war man verloren. Wolf hielt an dem Spinnenvergleich fest, während sein Pferd ihn ausdauernd tiefer in den wilden Norden trug. Die Jagd auf eine Foroga-Hexe stellte nicht nur eine körperliche, sondern auch eine geistige Herausforderung dar. Um keinen Preis dufte man ihrem Zauber erliegen.

Gegen Abend setzte heftiger Graupelregen ein, und Wolf suchte Unterschlupf in einer Felsspalte. Kein beruhigendes Lied der Wölfe war zu hören, aber die Erdmagie war stark in der rauen, menschenleeren Einsamkeit. Daher fiel es Wolf leicht, in Kontakt mit seinem Totem zu treten. Neue Stärke flutete durch seine Adern. Er ließ zu, dass das Tier in ihm an Kraft und Einfluss gewann – allerdings nicht zu viel. Auf dieser Jagd durfte er sich nicht gänzlich den Instinkten hingeben, sein Verstand musste wach bleiben. Nach kurzer Zeit in der Umarmung des Großen Wolfs fühlte er sich frisch und erholt. Im Mondschein ritt er weiter.

Trotz der Dunkelheit entdeckten seine geschärften Augen Hufspuren auf feuchtem Grund, nahe eines gurgelnden Gebirgsbachs. Er folgte den Spuren bis zu einem dichten Nadelwald. Unmittelbar vor dem Wald musste etwas geschehen sein. Wolf stieg ab, um die Zeichen, die auf dem Wiesenboden schwerer zu deuten waren, eingehender zu untersuchen. Er brauchte eine Weile, bis sein Kopf umgeknickte Halme, abgerissene Farnblätter, Huf- und Stiefelabdrücke zu einem Bild verbinden konnte. Die Späher mussten hier abgestiegen sein. Dabei war es jedoch nicht geordnet zugegangen. Die Reittiere waren in verschiedene Richtungen davongesprengt. Wolfs eigenes Pferd schüttelte die Mähne. Etwas machte ihm Angst. Es fühlte sich immer etwas unwohl, wenn Wolf mit seinem Totem eng verbunden war, aber der panische Glanz in den Augen des Tiers hatte einen anderen Grund. Durch ihre langen gemeinsamen Jahre hatte das

Pferd einen außergewöhnlichen Sinn für drohende Gefahr entwickelt. Auch Wolf spürte es.

»Ist schon gut«, murmelte Wolf ihm beruhigend zu. »Warte hier auf mich, oder kehre zur Garnison zurück.«

Er nahm eine Umhängetasche vom Sattel und verpasste dem Pferd einen sanften Klaps auf den Hinterlauf. Das Tier schnaubte und entfernte sich von dem Wald. Wolf spannte die Armbrust, legte einen Bolzen auf und ging zu Fuß weiter.

In geduckter Haltung pirschte er durch den dichten Nadelwald. Wolfs Augen vermochten die nahezu vollkommene Finsternis kaum zu durchdringen. Da war er, der Beweis, dass er es tatsächlich mit einer Hexe zu tun hatte: Ein leiser, unterschwelliger Gesang. Sogleich stopfte sich Wolf Wachspropfen in seine Ohren. Die Dämpfung und das Spinnenbild, an dem er festhielt, verhinderten, dass er blindlings in die Falle rannte, aber die Anziehung zerrte dennoch an ihm. Sie glich einem süßen Versprechen auf Erholung, Wärme und Geborgenheit. Wolf drängten sich Erinnerungen an seine Mutter auf. Er verscheuchte die Trugbilder und konzentrierte sich auf die Armbrust in seinen Händen. Trotzdem verlor er jedes Zeitgefühl, während er dem lauter werdenden Gesang folgte.

Das Lied änderte sich, als Wolf auf eine Lichtung trat. Lust stieg in ihm auf. So stark, dass es fast schmerzte. Die Lichtung war weit, eine kleine Hütte stand vor ihm. Neben ihr befand sich ein See, über dem Nebelschwaden hingen. Wolfs Arme wurden schlaff, die Armbrust senkte sich. Wie im Traum trugen seine Beine ihn langsam auf den See zu. Die Wolkendecke riss auf, und der Mond schien hell und voll auf die zauberhafte Szenerie. Die Armbrust fiel zu Boden, als eine nackte Frau aus dem Wasser auftauchte. Der Nebel umspielte ihre perfekten weiblichen Formen. Wolf entfuhr ein Keuchen, als die wunderschöne Frau, mit einem lieblichen Lächeln auf den vollen Lippen, nur noch mit den Knöcheln im Wasser stand. Ihr langes schwarzes Haar, ihre vollendeten Brüste, das schwarze Dreieck zwischen ihren Schenkeln … Wolfs Atem wurde schwer. Pures Begehren erfüllte ihn, zog ihn zu der wunderschönen Gestalt. Die Frau schenkte ihm ein betörendes Lächeln und raunte ihm zu: »*Komm, komm, folge mir.*«

Sie ging voran auf die Hütte zu, und Wolf gehorchte ihrem süßen Befehl. Den Blick starr auf ihren nackten Rücken geheftet, folgte er ihr zu der kleinen Hütte. Aber welch Wunder! Als er durch die Tür trat, fand er sich in einem großen, geschmückten Raum vor. Durch ein Fenster fiel Mondlicht auf ein Himmelbett, auf dem sich die Frau niederließ. Sie drückte den Rücken durch und spreizte wollüstig die Beine. »*Komm, komm zu mir.*«

Er wollte nichts lieber, als sich fallenlassen, sich hingeben, in der Lust ertrinken. Wolf war schon lange Jäger, hatte bereits vielen Lockungen widerstanden und sich auf die Magie der Hexe vorbereitet, dennoch rettete ihn in diesem Augenblick Marli. Es war nur ein kurzer Gedanke, ein Schuldgefühl, aber es genügte, um Wolf wieder wach werden zu lassen. Er versuchte, sich nichts anmerken zu lassen, trat ans Bett und tat so, als wollte er neben der Schönheit niedersinken. Im letzten Moment, ehe sich ihre Körper berührten, riss er einen Dolch aus der Scheide und stach nach dem Hals der Frau. Die Hexe reagierte mit erschreckender Schnelligkeit. Sie drehte sich zur Seite, so dass der Dolch sie nur leicht ritzte, dann trat sie mit dem Fuß zu. Ein Hufschlag wäre nicht schmerzhafter gewesen. Wolf flog rücklings durch die Luft und krachte hart gegen eine Wand.

Die Hexe stieß ein Fauchen aus, während er sich aufrappelte. Jetzt zeigte sie ihre wahre Gestalt. Ihre Haare waren nicht glatt, sondern klebten strähnig und wirr auf einem länglichen Kopf. Ihre Augen glommen in einem bösartigen Grün, und die spröden, bläulichen Lippen spannten sich um ein Maul, in dem spitze, faulige Zähne steckten. Der Körper war noch immer weiblich, aber nicht länger menschlich. Sie war dürr, aber zäh, als bestünde sie aus nichts als Sehnen, Knochen und Muskeln. Die Hände und die zuvor so reizenden Füße waren Klauen mit langen Nägeln. Sie lachte höhnisch auf, als sie in abgehackten Bewegungen aus dem Bett stieg. Auch die Hütte war nun eine ganz normale Hütte, abgesehen von einem schauerlichen Bild, das sich Wolf erst jetzt zeigte. Eine Hintertür stand offen und Wolf konnte kopfüber aufgehängte Leichen sehen. Unter ihnen standen Eimer. Sie hatte die Späher zum Ausbluten an Haken durch die Fersen aufgehängt.

Wolf hatte den Dolch nicht fallenlassen. Zusätzlich zückte er nun das Kurzschwert.

»Komm schon, Miststück«, forderte er die Hexe heraus, »tanzen wir!«

Das Ungeheuer ließ sich nicht zweimal auffordern. Mit übermenschlicher Gewandtheit griff sie an. Wolf parierte die Klauen an den Händen, brachte seine Klingen aber nicht rasch genug nach unten, um die die Attacke des Fußes abzuwehren. Die Nägel schlitzten das Leder seines Beinkleids auf und schnitten tief ins Fleisch. Wolf stieß einen Fluch aus und rammte der Hexe die Stirn auf die Nase. Sie bekam ihn an der Brust zu fassen und schleuderte ihn in eine Ecke.

Der folgende Kampf war ebenso erbarmungslos wie schmutzig. Die Kontrahenten ließen keinen Vorteil ungenutzt, drangen mit Klauen und kaltem Stahl aufeinander ein und fügten sich Wunden zu. Das schwarze Blut der Hexe mischte sich mit dem roten von Wolf, und die Hütte verwandelte sich in ein Schlachtfeld. Wenn sie kurz Atem schöpften und sich anknurrten, schlossen sich die Verletzungen, die Wolf der Hexe zugefügt hatte. Bislang hielt er sich gut, aber auf Dauer konnte er so nicht die Oberhand gewinnen. Sie würde ihn auslaugen, und wenn er aufgrund des Blutverlusts Schwäche zeigte, schließlich niederringen. Er schauderte bei dem Gedanken, dass sie ihn nicht einfach nur töten würde. Sie würde ihm seine Seele aussaugen, ehe seine Leiche bei den anderen an einem Haken landete.

Die Hexe griff fauchend an. Wolf wich zurück, ehe er sich mit einer wütenden Kombination Raum verschaffte. Seine nächste Aktion war gewagt, aber er sah keine andere Möglichkeit. Er drehte sich um, rannte aus der Hütte und hinaus auf die Lichtung. Normalerweise war es keine gute Idee, einem Biest den Rücken zuzukehren, aber auf ihrem eigenen Boden und im Schutz der Dunkelheit konnte er die Hexe nicht schlagen. Er hörte ihre abgehackten Schritte hinter sich, fast fühlte er ihre Klauen in seinem Nacken. Doch Wolf war ein ausdauernder Läufer, und als die Dämmerung hereinbrach, gab die Hexe die Verfolgung auf.

Erschöpft versorgte er seine Wunden, nahm die Pfropfen aus den Ohren und gönnte sich Schlaf. Bei Tag und unter freiem Himmel würde die Hexe nicht angreifen. Foroga hassten die Sonne, deren Licht sie schwächte.

Als Wolf erwachte, fühlte er sich etwas besser. Vielleicht wäre es vernünftiger gewesen, zu warten, bis er wieder voll bei Kräften war, aber er wollte die Sache heute zu Ende bringen. Außerdem ging die Hexe vermutlich nicht davon aus, dass sie sich so bald wiedersehen würden. Sie musste noch immer annehmen, dass sie die Jägerin und er die Beute war. Er würde sie eines Besseren belehren. Die Sonne stand noch hoch im Westen, als er die Lichtung wieder erreichte. Seine Einschätzung über die Selbstsicherheit des Feindes musste stimmen, da die Hexe sich nicht einmal die Mühe gemacht hatte, die Armbrust zu entsorgen. Wolf nahm die Waffe auf, prüfte sie und rief: »Komm raus, elende Hure! Ich bin noch nicht fertig mit dir!«

Kurz war ein Schemen am Fenster der Hütte auszumachen. Die Hexe war also tatsächlich noch da – ein Fehler, für den sie teuer bezahlen würde. Wolf kniete sich hin und knöpfte die Tasche auf. Er legte einen speziell präparierten Bolzen auf die Armbrust und befestigte das feste Seil daran an seinem Gürtel. Mit einem Feuerstein entzündete er eine Fackel, die er vor sich in den feuchten Boden rammte. Zuletzt entnahm er der Tasche mit Lampenöl gefüllte Fläschchen, aus deren Korken ein Docht herausragte. Die Armbrust in der Linken, zwei Brandbomben in der Rechten stand er auf.

»Wenn du dich nicht freiwillig stellst«, brummte er grimmig, »treibe ich dich eben hinaus.«

Er entzündete die Dochte der beiden Fläschchen und warf sie in hohem Bogen auf die Hütte. Nur eines zersprang, aber das genügte. Das Strohdach fing sofort Feuer.

Ein markerschütterndes Kreischen drang aus der Hütte, als die Flammen sich ausbreiteten. Wolf wappnete sich.

Die Tür öffnete sich nach innen und Wolf drückte ohne zu zögern den Abzug. Sie hätte auch zur Hintertür hinaus fliehen können, aber sie schien noch immer nicht begriffen zu haben, mit wem sie es zu tun hatte. Ihre abermalige Unterschätzung ihres Gegners besiegelte endgültig ihr Schicksal. Der Bolzen war ihr mitten in die Brust gefahren. Wolf riss an dem Seil, woraufhin ein Mechanismus die Spitze des Bolzens in drei Widerhaken ausklappen ließ. Jetzt hatte er sie.

In einem Kraftakt holte Wolf das Seil ein, an dem die Hexe über den Boden geschleift wurde. Als sie schon nah an ihm heran war, unternahm sie einen letzten verzweifelten Versuch der Gegenwehr. Sie begab sich auf alle Viere und krabbelte auf ihn zu. Wolf riss das Knie hoch und traf sie hart am Kinn.

Viele begingen den Fehler, wenn der Sieg bereits errungen schien, nachlässig zu werden – nicht so Wolf. Er rammte der röchelnden Hexe den langen Dolch in den Bauch und zückte sogleich das Kurzschwert. Mit drei harten Schlägen trennte er ihr den Kopf von den Schultern. Es war vollbracht. Mit dem Unterarm wischte er sich schwarzes Blut von der Stirn. Jetzt würde er zur Garnison zurückkehren und seinen Lohn einfordern.

Kapitel 11

Prinz Shinn lehnte gelangweilt an der Balustrade, die den Heckaufbau der *Wellenreiter* umspannte. Die Wellenreiter war das Flaggschiff der königlichen Flotte, ein langer Dreimaster, der selbst den schlimmsten Herbststürmen trotzen konnte. Fast wünschte sich der Prinz einen Sturm herbei. Wenigstens ein Seeungeheuer oder Piraten könnten sie angreifen. Alles wäre besser als diese gleichförmige Eintönigkeit. Am Anfang der Reise war wenigstens noch Küste zu sehen gewesen, nun segelten sie bereits seit Wochen durch endloses Blau. Taktisch war die Route natürlich sinnvoll. Shinn hatte die Steuermänner selbst angewiesen, einem Kurs zu folgen, der ihre wahre Stärke vor den Vereinigten Herzogtümern verbarg. Mit insgesamt sechsunddreißig Schiffen waren sie von der Hafenstadt Harlu aufgebrochen. Offiziell, um dem verbündeten Parlin mit einer Schutzmacht auszuhelfen. Wenn niemand Verdacht schöpfte, würden die Nordstämme erst begreifen, was vor sich ging, wenn es bereits zu spät war. Es war ein kluger Plan, den sein Vater König Guram ausgeheckt hatte. Shinn wusste, dass auch sein missratener Bruder Neidar an der Planung beteiligt gewesen war. Es gab kaum eine Angelegenheit, bei der dieser intrigante Krüppel dem König nicht ins Ohr flüsterte. Hatte die Mission Erfolg, würde er noch mehr in der Gunst des alten Königs steigen. Scheiterte sie und Shinn fand den Tod, war Neidar der nächste in der Thronfolge. So oder so, Neidar hatte nur zu gewinnen. Bei diesem Gedanken verzog Shinn angewidert den Mund. Dieser Feigling! Er würde ihn eines Besseren belehren. Wenn er sieg- und ruhmreich nach Hause zurückkehrte, würde die Armee geschlossen hinter ihm stehen. Niemand würde mehr anzweifeln, dass er, Shinn, Erstgeborener aus dem Hause Maruta, der einzig würdige Erbe der Krone von Antarion war. Wenn es nur endlich losginge.

Der raubeinige Kapitän erschien auf der Brücke und salutierte vor dem Prinzen. Shinn tat den Militärgruß mit einer wegwerfenden Geste ab.

»Sollten wir Jara nicht schon erreicht haben?«

Der Kapitän schniefte. »Diese verfluchte Flaute bringt den Zeitplan durcheinander. So ist das auf See«, konnte er sich nicht verkneifen hinzuzufügen.

»Wieso rudern die Sklaven dann nicht?«, gab der Prinz spitz zurück.

»Mein Prinz, die Sklaven sind erschöpft, genau wie die Soldaten. Weil wir nicht an Land gehen können, werden die Vorräte knapp. Alle sind auf halber Ration.«

»Halbiere sie noch einmal für jeden, der sich nicht in die Riemen legen will«, gab Shinn eisern zurück. »Die Sklaven lass die Peitsche spüren.«

»Mein Prinz …«, setzte der Kapitän an.

»Du hast mich verstanden«, zischte Shinn.

»Ja, mein Prinz.«

Shinn blieb auf der Brücke, bis seine Befehle ausgeführt wurden und die Wellenreiter wieder Fahrt aufnahm, dann zog er sich in seine Kajüte zurück. Es war die Kapitänskajüte, die für den Prinzen geräumt worden war.

Für ihn und seine Mätresse. Erida, die sich auf dem Bett räkelte, war, trotz ihrer geringen Körpergröße, ein Prachtweib, das nun schon seit über einem Jahr dem Prinzen zu Diensten stand. Sie war eigentlich das Geschenk eines reichen Lehnsherren an den König gewesen. Da dieser jedoch weitgehend das Interesse an Frauen verloren hatte, gab er sie an seinen ältesten Sohn weiter. Ein weiterer Grund, aus dem Neidar ihn hasste.

»Ihr wirkt missgestimmt, mein Prinz«, schnurrte Erida. »Was kann ich tun, um euch zu erfreuen?«

Anstelle einer Antwort öffnete Shinn die Schürze seines Rocks. Erida drehte sich auf den Bauch und machte ihn mit dem Mund hart. Sie war eine wahre Meisterin mit Lippen und Zunge, aber, auch wenn Shinns Körper reagierte, verspürte er keine echte Lust. Auch nicht, als er sie auf den Bauch drehte und mit harten Stößen von hinten nahm.

Nachdem er gekommen war und Erida ihm vorgespielt hatte, ebenfalls einen heftigen Höhepunkt erlebt zu haben, aßen sie. Selbst die Früchte waren vor Langeweile und Trägheit vertrocknet und zusammengeschrumpelt.

Dösen, Sex, essen, ab und zu ein wenig lesen und sich hin und wieder auf der Brücke zeigen. So verbrachte Shinn die nächsten drei Tage. Zum monotonen Takt der ein- und austauchenden Ruder stieß er gerade Erida abwechselnd in beide Pforten, als es gegen die Kajütentür klopfte. Trotz der Ablenkung beendete Shinn, was er begonnen, ehe er seinen blauen Rock wieder anzog und mit freiem Oberkörper die Tür aufriss. Es war der Kapitän. Er salutierte und meldete: »Mein Prinz, wir haben Land gesichtet.«

Die Augen des Kapitäns gingen an Shinn vorbei zum Bett, auf dem Erida bäuchlings lag und leise stöhnte.

Ob vom Nachwehen der Lust oder vor Schmerz war nicht klar zu bestimmen.

»Euer Durchlaucht wollten sogleich informiert werden«, fasste sich der Kapitän wieder.

»In der Tat«, gestand Shinn ihm zu. »In der Tat. Gehen wir hoch.«

***

Mit einem Erfrischungsgetränk in der Hand verfolgte Shinn das Voranschreiten der Landung. Immer zwei Schiffe legten auf einmal an, spien Männer und Ladung aus, ehe Platz für die nächsten gemacht wurde. Von dem Vorbau aus, auf dem der Prinz stand, machte alles einen geordneten und disziplinierten Eindruck. Zwar geziemte sich nichts anderes für das königliche Heer, dennoch erwog Shinn, die Kapitäne und Offiziere zu belohnen. Zuckerbrot und Peitsche – als Anführer musste man sich darauf verstehen, beides zu gegebener Zeit einzusetzen.

»Eine stattliche Streitmacht«, bemerkte Kasin, der Stadthalter von Jara. Über dem schlanken, schnurrbärtigen Mann stand in der Hierarchie von Parlin nur noch der Rat der Neun. Kasin war somit die mächtigste Einzelperson im Land, und er war ein verschlagener Mann, vor dem der König seinen Sohn vor der Abreise eindringlich gewarnt hatte. Diese Warnung war allerdings überflüssig gewesen. Shinn kannte Kasin fast sein ganzes Leben lang von Empfängen, Festen und Ratsversammlungen in der Hauptstadt. Bei diesen Anlässen war dem Prinzen nicht entgangen, dass Kasin stets ausschließlich das Wohl von Parlin im Sinn hatte und bereit war, mit allen Mitteln jeden Vorteil für sein Volk herauszuschlagen. Das war verständlich. Parlin war seit seiner Gründung von unzuverlässigen Nachbarn umgeben, stets in Gefahr, eingenommen zu werden. Antarion beschützte das kleinere Land wie ein großer Bruder, aus Pflichtgefühl ebenso wie aus taktischem Kalkül.

»Wie versprochen«, erwiderte der Prinz sachlich, »über dreitausend Soldaten.« Er nippte an dem köstlichen Getränk in dem Silberpokal. »Sind die Unterkünfte ausreichend?«

»Selbstverständlich«, bestätigte Kasin. »Zwei Zeltlager wurden vor den Stadtmauern errichtet, eines für die Soldaten, eines für die Sklaven. Außerdem wurden wie vereinbart Belagerungsgeräte hergestellt.«

»Ausgezeichnet«, lobte der Prinz. »Ich werde sie sobald wie möglich von meinen Offizieren inspizieren lassen. In zwei Tagen beginnen wir mit der Offensive, und ihr seid uns los.«

»Wir gehen ein hohes Risiko ein«, murmelte der Stadthalter mit gerunzelter Stirn.

»Nein«, widersprach Shinn. »Troga wird sich an den Pakt halten. Die Vereinbarung liegt ganz und gar in seinem Interesse.« In Kislav hatte sich eine eigenständige Religion entwickelt. Karlik Troga wurde als direkter Nachfahre eines Propheten angesehen und hatte dadurch den Rang eines Oberkönigs inne. »Auch wir«, fuhr der Prinz fort, »gingen ein Risiko ein, bestünde auch nur der leiseste Zweifel am Willen Trogas, den Norden einzunehmen. Die Drabati-Föderation könnte die Lage ausnutzen. Aber die Föderation folgt Kislav, und Kislav möchte den Norden unter Kontrolle bringen und Land gewinnen.«

»Junger Freund«, setzte Kasin an und sah den Prinzen mit seinem stechenden Blick direkt in die Augen, »ich bin mir sicher, dass trotz Eurer Worte ein nicht kleiner Teil des königlichen Hauptheeres unweit der Nordgrenze stationiert ist. Unsere Lage ist mit der euren also kaum zu vergleichen.«

Natürlich hatte der Stadthalter recht. Antarion war noch immer abgesichert. »Tja«, sagte der Prinz leichthin, »wir sind nun einmal in der besseren Position. Dafür werde ich mich nicht entschuldigen.«

Der Stadthalter seufzte gekünstelt. »Uns bleibt wohl nichts anderes zu hoffen, als dass Euer hoher Vater ein festes Bündnis geschmiedet hat.«

»Sollte Troga doch die Dreistigkeit besitzen, und zu verraten, werde ich Kislav bluten lassen«, schnaubte Shinn. Nun hatte er sich doch dazu hinreißen lassen, den Stadthalter in die Handlungsalternative einzuweihen. Der Prinz ärgerte sich im Stillen über sich selbst.

***

Die Offiziere der antarischen Streitmacht vergnügten sich mit Huren, die ihnen auf Prinz Shinns Veranlassung hin aus der Stadt in die Kommandozelte geschickt worden waren. Der Prinz hatte die luxuriösen Gemächer im Palast geräumt und die Gemütlichkeit weicher Kissen gegen den steifen Sattel eines prächtigen Streitrosses eingetauscht, mit dem er das Lager abritt. Eine Sänfte wäre ihm weitaus lieber gewesen, aber da sein persönliches Hauptziel der Mission darin bestand, sich den Respekt der Männer zu verdienen, kam eine Sänfte nicht in Frage. Shinn war ein Meister im Kampf mit dem schmalen Langschwert und hatte seine Fähigkeiten oft bei Turnieren und Duellen unter Beweis gestellt. Die Soldaten jedoch – das wusste Shinn – achteten nur einen Mann, der seine Tüchtigkeit und Tapferkeit auf dem Schlachtfeld zeigte, und dafür hatte er bislang keine richtige Gelegenheit erhalten.

Die jüngeren Soldaten verneigten sich ehrfürchtig vor dem Prinzen hoch zu Ross, dessen Flanken das Wappen und die Farben Antarions schmückten, während die älteren salutierten. Der eine oder andere Veteran nahm sich gar heraus, dem Prinzen einen gutgelaunten Gruß zuzurufen. Shinn wies sie nicht zurecht, prägte sich jedoch ihre frechen, faltigen Gesichter ein.

Zum Lager der Sklaven ritt er nicht. Schon der Geruch, der von den Lagerfeuern herüberwehte, bereitete ihm Übelkeit. Er erreichte gerade rechtzeitig das westliche Ende des Soldatenlagers, um den Anmarsch des berittenen Regiments beobachten zu können. Parlin konnte es sich nicht leisten – zumindest behauptete Kasin das –, die Invasion mit Infanterie zu unterstützen. Lediglich dieses Regiment, kaum mehr als dreihundert Berittene, würde sich ihnen anschließen. Shinn gedachte, sie als Kundschafter einzusetzen. Käme es zu einer Feldschlacht, könnten sie sich außerdem als nützlich erweisen, um feindliche Bogenschützen niederzumachen. Die Reiter saßen auf den Rücken von kleinen, wendigen Pferden. Neben Schwertern und Äxten führte jeder einen kurzen Speer mit sich, der sich wohl auch zum Werfen eignete. Die Wimpel an den Speeren zeigten das Wappen von Parlin – eine goldene Stadt auf silbernem Grund.

Shinn, auf den die Kavallerie nach einem Schwenk zuhielt, war mäßig beeindruckt. Er war an größere, schwerer gepanzerte Rösser und lange Lanzen gewöhnt.

Immerhin die Belagerungsgeräte waren tauglich. Rammböcke, Onager und Mauerbohrer – sogenannte Füchse – hatten einen robusten Eindruck gemacht und wären unter der Anleitung der Handvoll Konstrukteure, die Kasin unter des Prinzen Befehl gestellt hatte, rasch aufzubauen.

Die Reiterschar kam zum Stehen. Der Befehlshaber zog seinen Helm ab und klemmte ihn sich unter den linken Arm, der von einem fein gewebten Kettenhemd geschützt wurde.

»Ihr müsst Prinz Shinn sein«, sagte der Mann mit heller, fester Stimme. »Hrolar von Eisenheim, zu Euren Diensten.« Der Hauptmann der Reiterrei neigte ehrerbietig den Kopf.

Shinn nickte knapp. »Kommt in mein Zelt, Hrolar von Eisenheim, sobald Männer und Tiere versorgt sind. Ich werde Euch in Eure Aufgaben einweisen.«

Nach einer unerfreulich kargen Mahlzeit führte Shinn das Gespräch mit Hrolar. Der Mann erwies sich als ernst und pflichtbewusst. Shinn schätzte ihn als zuverlässig ein. Nachdem er den Hauptmann der Reiterrei entlassen hatte, ließ er nach einem schriftkundigen Sklaven und nach Garand schicken. Garand oblag die Verantwortung für die Brieftauben. Er war ein schmächtiger Mann, der seine besten Jahre hinter sich hatte. Ein Schwertstreich hatte ihm in einem Grenzscharmützel den Daumen der rechten Hand gekostet. Da er nichts anderes kannte als das Leben in der Armee, hatte er seinen Vorgänger gebeten, ihn in die Taubenzähmung einzuführen. Nach dem Tod seines Lehrers hatte Garand dessen Platz eingenommen.

Der Prinz diktierte dem Sklaven Nachrichten. Zuerst eine an seinen Vater, den König: dass sie in voller Stärke gelandet seien, Kasin ihn empfangen habe und sie morgen in den Krieg ziehen würden. Ein weiterer Brief sollte nach Dargal gesandt werden. Darin informierte Shinn den Verbündeten, dass alles nach Plan vonstatten ging und man sich wie vereinbart im Norden bei Burgstadt treffen würde. Der letzte Brief war an Luh-heim, die Hauptstadt der Vereinigten Herzogtümer adressiert. Auch das war im Vorfeld so abgesprochen worden. Shinn erfand eine Geschichte über eine Grenzverletzung und die Erwägung eines Vergeltungsschlags. Diese Lügen würden freilich keiner genaueren Überprüfung standhalten, aber der Senat der Vereinigten Herzogtümer würde sich miteinbezogen fühlen. Die Entscheidungsprozesse dort waren langwierig, die Senatoren für ihre Zögerlichkeit bekannt, und der König würde seinerseits von Zuhause aus Verwirrung stiften. Shinn hatte keinen Zweifel, dass die Herzogtümer sich erst zu einer Reaktion entschließen würden, wenn sie bereits vor vollendeten Tatsachen standen, und dann ließ sich anders verhandeln. Sofern Farlain im Süden nicht auf die versprochenen Edelsteinlieferungen verzichten wollte, würde die Einnahme des Nordens ein reibungsloses Bravourstück an Taktik und umsichtiger Planung werden.

Der Sklave trocknete die Tinte, und der Prinz setzte seine Unterschrift unter die diktierten Zeilen. Garand rollte die kleinen Briefe zusammen, der Sklave tröpfelte Wachs darauf, und Shinn presste vorsichtig seinen Siegelring auf das Wachs. Er entließ den Sklaven und den Taubenmann und setzte sich an den Klappsekretär, auf dem eine Karte des Nordens ausgebreitet lag.

Erida erhob sich von dem Feldbett, auf dem sie die letzten Stunden schweigsam gewartet hatte. Sie trat hinter ihren Liebhaber und legte ihm die Hände auf die angespannten Schultern. Sanft ließ sie die Daumen kreisen.

»Ihr seid so ernst«, sagte die leise, »so kenne ich Euch gar nicht.«

»Ist dir nicht klar, was von diesem Feldzug abhängt?«, gab Shinn barsch zurück. »Nicht nur die Zukunft des Reichs, sondern auch meine. Ich darf meinen Vater nicht enttäuschen.«

»Und das werdet Ihr nicht«, versprach die Mätresse.

»Wie kannst du das wissen?«, schnaubte Shinn.

»Weil ich Euch kenne, mein Prinz«, schnurrte Erida, wobei sie ihre geübten Finger über seine Brust wandern ließ. »Ihr seid nicht nur stark und tapfer, Ihr seid auch klug und in jeder Hinsicht ein würdiger Nachfolger für die Krone.«

»Ja, sicher«, sagte Shinn, aber in seiner Stimme lag noch Selbstzweifel.

Erida ging um den Tisch herum, begab sich auf die Knie und drückte mit sanfter Gewalt die Beine des Prinzen auseinander, sodass ihre Hände unter den Rock greifen konnten. »Ganz sicher«, flötete sie, seine Männlichkeit fest umschließend. »Doch für Heldentaten braucht es erholsamen Schlaf, und für erholsamen Schlaf kenne ich kein besseres Mittel, als …«

Der Prinz stöhnte unwillkürlich auf, als Eridas Lippen seinen harten Riemen umschlossen und daran saugten. Die Hure hatte recht, er würde den Norden einnehmen und sich die Krone verdienen. Wenn es soweit war, brauchte er eine Königin, um seinerseits Nachfolger zu zeugen und seine Macht zu festigen. Nita von Farlain wäre eine gute Partie. Er stellte sich vor, was für eine Frau wohl aus dem Mädchen geworden war, das er zuletzt vor vier Jahren auf den Sommerendspielen kennengelernt hatte. Ihre Anlagen waren vielversprechend gewesen. Als er in Eridas Mund kam, dachte er an die Hochzeitsnacht mit Nita.

Am nächsten Vormittag zogen über dreitausend Soldaten, angeführt von Prinz Shinn, in Richtung nördlicher Grenze. Die Sonne schimmerte auf Helmen und Rüstungen, die Banner wehten im Wind. Shinn blickte nach vorn, wo die berittene Vorhut in einem Wäldchen verschwand. Dann blickte er über die Schulter, nach hinten und sein Herz schwoll ihm in der Brust an. Eine beachtliche Streitmacht. Aber eine Kleinigkeit erregte sein Missfallen.

»Hauptmann«, wandte er sich an den stiernackigen Mann, der leicht nach hinten versetzt zu seiner Rechten im Sattel saß. »Gebt Anweisung an Leutnant Efel. Der Tross darf nicht zurückfallen.«

»Sehr wohl, mein Prinz«, brummte der Hauptmann, zügelte sein Pferd und machte kehrt.

Shinn schwelgte in dem Anblick des Heers, *seines* Heers, welches das Mächtegleichgewicht entscheidend zu Antarions Gunsten verschieben würde. Sie würden den Norden bluten lassen.

Kapitel III

Wolf schwante nichts Gutes, als er mit dem Kopf der Hexe zur Garnison zurückkehrte. Die Signalfeuer waren entzündet worden, was bedeutete, dass sich der Norden in Gefahr befand. Das Tor öffnete sich ihm, dahinter stand, voll gerüstet, Graf Barnas.

»Die Männer glaubten schon, du wärst gefallen, als dein Pferd allein zurückkam. Ich wusste es besser.«

Wolf nahm den Kopf der Hexe an den Haaren aus dem Beutel und warf ihn dem Grafen vor die Stiefel. Barnas senkte nur kurz den Blick auf die abscheuliche Fratze, ehe er den Blick wieder hob und sagte: »Hier sind die siebzig Silberstücke, wie vereinbart.« Damit nahm er einen Beutel unter seinem Kürass hervor und warf ihn Wolf zu. Dieser fing ihn sicher auf, wog den Beutel kurz in der Hand, nickte zufrieden und steckte ihn ein.

»Immer einer Freude, mit dir Geschäfte zu machen«, brummte Wolf.

»Begleitest du uns zum Thong?«, wollte der Graf wissen. Der Thong war eine große Ratsversammlung, die meist nur im Kriegsfall abgehalten wurde.

»Politik ist nicht meine Sache«, gab Wolf desinteressiert zurück.

»Hm«, machte der Graf, während hinter ihm Bewegung aufkam. Pferde wurden aus den Stallungen geführt und gesattelt. »Das wird Friya enttäuschen. Durek hat die

Leuchtfeuer entzünden und den Thong einberufen lassen.«

Wolf horchte auf. Friya war seine Schwester, und Durek, ihr Gatte und Häuptling des Stammes, tat nichts ohne ihren Rat. Durek war ein anständiger Kerl, aber in Anbetracht von Friyas Willenskraft wirkte er auf Wolf oft wie ein kleines Kind. Zumindest war es so gewesen; Wolf hatte die beiden schon seit Jahren nicht mehr gesehen. Friya erinnerte ihn an Marli und das, was ihm genommen worden war. Wolf focht einen inneren Kampf aus, ehe er seufzte und fragte: »Was ist geschehen?«

Barnas grinste. »Erzähle ich dir unterwegs.« Er winkte einem Soldaten zu, der in einem Torbogen stand. »Da wäre noch etwas. Sie hat dir ein Geschenk zukommen lassen, falls du dich entscheidest, uns zu begleiten.«

»Das habe ich doch …«, wollte Wolf widersprechen, verstummte jedoch, als er ahnte, was der Soldat in ein Tuch der vertrauten Stammesfarben eingewickelt in den Händen trug. Barnas nickte, und der Soldat hielt Wolf den langen, eingewickelten Gegenstand hin, den er nur mit Mühe ausgestreckt halten konnte. Wolf zögerte einen Augenblick, ehe er zugriff und das Tuch beiseite schlug. Seine Augen wurden feucht, als er das Heft von Alrun umfasste. Das lange, zweischneidige Schwert wog schwer in seinen Händen. Eine tödliche Klinge, die schon sein Vater, Großvater und Urgroßvater in die Schlacht getragen hatten. Nicht das winzigste Anzeichen von Rost war auf dem blanken Stahl zu erkennen. Dass Friya ihm Alrun hatte zukommen lassen, obwohl er sich von Sippe und Stamm abgewandt hatte, bedeutete viel. Sie brauchte dringend seine Hilfe. Jetzt hatte er keine Wahl mehr.

»Reiten wir zum Thong«, sagte Wolf.

***

Ein roter Schimmer am westlichen Firmament kündigte die Abenddämmerung an. Fackeln wurden entzündet. Lautes Gemurmel beherrschte den Dunrog, den Hügel, der sich mit seinem flachen Rücken gut als Versammlungsplatz anbot. Doch das war nicht der Grund, weshalb der Thong, der große Rat des Nordens, nach altem Brauch auf ihm abgehalten wurde. Eine Legende besagte, der Dunrog sei der erste Stein des Kontinents gewesen, den die gigantische Urschlange Myfragar aus den Tiefen des Meeres emporgeschleudert hatte.

Friya blickte sich um. Die meisten Stämme waren dem Ruf der Leuchtfeuer gefolgt. Manche Stämme waren in großer, waffenstarrender Schar erschienen, die meisten Stammesführer jedoch waren mit kleinem Gefolge gekommen. Stamm Kana und Nygrar hatten sich links und rechts von ihnen postiert, während Ulfson, Stammesführer der Orgran, ihnen gegenüberstand und Durek hasserfüllt anstarrte. Die Tulgri, der zahlen- und gebietsmäßig größte Stamm, stand an der Seite der Orgran, um seine Freundschaft zu dem alten Bündnispartner zu unterstreichen. Friyas Blick wanderte weiter, und das Herz sank ihr. Der Norden brachte starke Männer und Frauen hervor. Zwar waren viele junge Krieger kampferprobt, aber genau darin lag auch das Problem. Sie waren uneinig. Einige Stämme trennten Blutfehden, die Generationen zurückreichten. Es kam einem Wunder nahe, dass noch alle Waffen in den Scheiden steckten. Vielleicht war es ein Fehler gewesen, den Thong einzuberufen. Es hatte schon Thongs gegeben, die in einem Blutbad endeten. Andererseits erwartete sie alle wohl ohnehin ein

Blutbad. Die Frage war nur, ob es ihr gelang, Einigkeit zu stifteten und dadurch den Blutzoll der Feinde hochzutreiben. Eines schien Friya gewiss: Wenn sie sich nicht zusammentaten, waren sie verloren.

»Werden die Drudun kommen?«, fragte Durek leise seine Frau.

»Sie müssen«, erwiderte Friya mit mehr Überzeugung in der Stimme, als sie fühlte.

Die Drudun lebten zurückgezogen in einem nahegelegenen Hain. Nach althergebrachter Sitte eröffneten und leiteten sie den Thong. Es waren Zauberer, die man nur in größter Not aufsuchte. Manche der jungen, ehrgeizigen Krieger gingen zu ihnen, um sich die Zukunft voraussagen zu lassen. Aber Väter warnten ihre Söhne davor, dieser Versuchung zu erliegen. Die Drudun hatten ihre eigenen Regeln, die sich von den Stammesgesetzen unterschieden, und der Preis ihrer mystischen Dienste konnte grausam hoch ausfallen. Für den Thong waren sie allerdings unersetzlich, eine neutrale Autorität.

»Hört!«, sagte ein Krieger hinter ihnen.

Erst leise und von fern, dann immer deutlicher war der Schlag einer Trommel zu hören. Das Gemurmel verstummte, als drei Drudun in die Mitte der Versammlung traten. Sie trugen lange weiße Roben. Jener mit der Handtrommel und ein anderer, der eine Schale mit streng riechendem Räucherwerk trug, ließen sich auf die Knie nieder, während der Meister-Drudun die Arme ausbreitete und, sich drehend, einen gutturalen Gesang anstimmte. Das Gesicht des Meister-Drudun war von einer Maske verdeckt, aus deren Schläfen gewundene Hörner emporragten. Niemand wagte es, zu sprechen und den Gesang des Zauberkundigen zu stören, bis er endete und verkündete, der Thong sei eröffnet.

Friya bemerkte besorgt, das Dureks Hand zitterte, ehe er vortrat und als erster das Wort erhob: »Brüder und Schwestern, Freunde und Feinde, ich habe den Thong einberufen, weil der Norden bedroht wird. Ein Heer aus dem Süden, eine Horde Blauröcke, hat Grenzstadt eingenommen. Nun zieht es weiter. Eine zweite Armee aus Kislav ist im Westen eingefallen. Wir haben es mit zwei starken Gegnern zu tun, die uns auf eigenem Grund und Boden herausfordern.« Durek leckte sich über die trockenen Lippen. »Wir müssen zusammenstehen, um dieses Pack aus unserem Land zu jagen!«

Wieder setzte Gemurmel ein.

»Schweigt!«, zischte der Drudun in gebieterischer Stimme. »Es spricht immer nur einer.« Seine Ermahnung zeigte sofort Wirkung, und schwere Stille legte sich über die Zusammenkunft.

»Wie viele Speere schicken Blauröcke und Breitnasen gemeinsam ins Feld?«, wollte Tjuga vom Stamm der Hederer wissen.

»Das können wir nicht mit Sicherheit sagen«, erwiderte Durek mit lauter, schon ein wenig heiserer Stimme. »Gewiss viele Tausend. Genug, um den gesamten Norden einzunehmen.«

Ulfson trat vor. Das Fackellicht ließ Schatten über sein düsteres, bärtiges Gesicht tanzen. Mit unverhohlener Verachtung sprach er: »Das glaube ich kaum, Durek! Vielleicht werden diese Bastarde einigen schwachen Stämmen zusetzen, an den vereinten Schilden der Organ und Tulgri werden sie zerschellen wie Wellen an einem Felsen.«

Auf diesen Beitrag hin drohte die Stimmung zu kippen. Alte Feindschaften brachen auf, und die Stammesführer bezichtigten sich gegenseitig teils lange zurückliegender

Beleidigungen, Bündniswechsel und Morden an Sippen-
angehörigen. Graf Torgon versuchte zu schlichten. Die
Grafen waren ein Relikt aus der alten Zeit, als es noch ein
einziges großes Königreich gab. Die meisten hatten den
Norden verlassen oder waren blutig abgesetzt worden.
Die drei Geschlechter, die sich hielten, hatten ihren Wert
bewiesen und genossen eine Sonderstellung in der übrigen Stammeskultur, dennoch gelang es Torgon nicht, die
Häuptlinge auf einen gemeinsamen Kurs einzuschwören.
Der Drudun musste eine weitere Ermahnung aussprechen, und Friya schüttelte frustriert den Kopf.

»Still!«, wiederholte der Zauberer, legte den Kopf in den
Nacken, sodass der Mond auf die unheimliche Maske
schien. Friya überkam eine Gänsehaut, als sie begriff,
dass der Drudun Magie wirkte. Die Männer an ihrer
Seite machten unwillkürlichen einen Schritt zurück.

»Burgstadt ist soeben gefallen!«, verkündete der Drudun emotionslos.

Diese Nachricht löste Entsetzen aus. Die folgenden
Redner – Häuptlinge mit Stammesgebieten nahe von
Burgstadt – sprachen sich für Einigkeit aus, aber nicht,
um zu kämpfen, sondern um mit den Invasoren mit
einer Stimme Verhandlungen führen zu können. Nun
riss Friya endgültig der Geduldsfaden. Durek wollte das
Wort erheben, doch sie packte ihn am Handgelenk und
trat selbst vor.

»So ist das also?«, rief sie. »Die einen wollen den Feind
das halbe Land einnehmen lassen, in der Hoffnung darauf, dass er dadurch so geschwächt wird, dass er die
nördlichst gelegenen Stämme nicht mehr unterwerfen
kann! Die anderen hegen die Absicht, die Waffen zu
strecken, um widerstandslos dabei zuzusehen, wie unser
Volk versklavt wird! Wenn ich euch zuhöre, muss ich

mich meiner Herkunft schämen! Wenn der Mut den Norden verlassen hat, haben wir nichts anderes verdient, als zur Provinz zu werden!«

Ulfson trat wutschnaubend vor. Wäre der Drudun nicht gewesen, er hätte Friya wohl direkt angegriffen. »Du wagst es, mich und die tapferen Orgran feige zu nennen?«, grollte er. »Durek, du solltest deinem Weib Manieren beibringen!«

Er wollte weitersprechen, aber in diesem Augenblick drängte sich eine große Gestalt durch die Gefolgschaft einer der kleineren Stämme. Der Mann, dessen Ankunft niemand bemerkt hatte und der ein mächtiges Schwert auf der Schulter trug, schob Männer und Kriegerinnen beiseite, dann schritt er das Innere des Kreises ab, bis er an Friyas Seite stand. Er rammte das Schwert in die Erde und lehnte sich auf die breite Parierstange.

»Wolf?«, schnaubte Ulfson fassungslos. »Du hast dich doch zurückgezogen!«

»Jetzt bin ich hier«, stellte Wolf mit einem zähnefletschenden Lächeln fest. Seine Augen funkelten bedrohlich. »Ich möchte dich nicht unterbrechen. Ich glaube, du wolltest gerade damit fortfahren, meine Schwester zu beleidigen.«

»Sie hat mich beleidigt!«, verteidigte sich Ulfson.

Wolf kniff die Augen zusammen. »Sie hat gesagt, dass der große Ulfson, Stammesführer der Orgran wie ein Feigling gesprochen hast. Und das hast du. Wenn du die Wahrheit als Beleidigung auffasst, schlage ich vor, du forderst mich zum Blutgericht heraus.«

Ulfson starrte Wolf an. Er schien abzuwägen, ob er es mit dem berüchtigten Jäger aufnehmen konnte, der nun offenkundig das Schwert seiner Ahnen führte. Alrun war legendär. Keine Waffe, hieß es, würde jemals mehr

Köpfe rollen lassen als der mächtige Zweihänder. Letztlich hielt Ulfson Wolfs grimmigem Raubtierblick nicht stand. Sortan, der Stammesführer der Tulgri, ersparte ihm einen Gesichtsverlust, indem er neben ihn trat und sagte: »Der Norden darf nicht fallen.« Der hochgewachsene, gertenschlanke Mann sprach deutlich und betont. Seine Autorität war selbst für seine Gegner beeindruckend, jeder hing an seinen Lippen. »Wir alle haben Handel mit Burgstadt getrieben, die Einnahme schadet jedem hier Anwesenden. Es ist Zeit für eine Waffenruhe zwischen den Stämmen.« Er hob seine Stimme: »Ernennen wir einen Kriegshäuptling! Ich sage, tränken wir die Flüsse mit dem Blut der Blauröcke und Breitnasen!«

Ulfson knirschte mit den Zähnen, brummte aber: »Krieg!«

Wolf nickte. »Krieg.«

»Krieg!«, riefen Torgon, Durek und alle anderen Stammesführer, auch jene, die zuvor geschwankt hatten.

Es war entschieden.

Der Drudun leitete die Wahl des Kriegshäuptlings; genaugenommen wurden drei in festgelegter Reihenfolge bestimmt. Fiel ein Kriegshäuptling, würde ein Stellvertreter übernehmen. Auch Friya und Wolf reckten die Faust gen Himmel, als Sortan zum ersten Kriegsherr gewählt wurde. Er war zwar ein listiger Hund, aber seine Verschlagenheit würde sich hoffentlich gegen den gemeinsamen Feind richten, und er war ein verdienter Anführer und Krieger. Graf Torgon wurde als Stellvertreter gewählt. Eine vernünftige Entscheidung. Der Graf hatte Weitblick, er kannte den Feind, und seine Loyalität zum Norden stand außer Frage. Nun ging es um den dritten Platz. Häuptlinge kleinerer Stämme wurde vorgeschlagen, erreichten aber keine Mehrheit. Friya passte einen günstigen Zeitpunkt ab, trat vor und sagte: »Wolf, mein Bruder, ist zu uns zurückgekehrt. Er trägt das Schwert Alrun, und sein Ruf reicht weit über den Norden hinaus. Allein sein Name wird die Herzen unserer Feinde mit Furcht erfüllen. Ich schlage ihn als dritten Kriegshäuptling vor!«

Durek und Wolf blickten Friya gleichermaßen entsetzt an. Wolf wurde mit großer Mehrheit zum dritten in der Reihenfolge bestimmt – wohl vor allem wegen des Gesetzes, das jedem nicht Gewählten erlaubte, jene, die gegen ihn stimmten, anschließend zum Blutgericht herauszufordern. Und Wolf hatte ja bereits klargemacht, dass er nicht vor einem Zweikampf zurückschreckte. Die Anwesenden konnten schließlich nicht ahnen, dass er diesen Titel überhaupt nicht haben wollte.

Die Drudun sprachen einen Segen über Sortan, Graf Torgon und Wolf, danach löste der Meister-Drudun den Rat mit einer knappen Zeremonie auf.

»Eilt nach Hause!«, rief Sortan. »Sammelt alle Krieger und Vorräte! Wir treffen uns am Endstein!«

Endstein nannten die Nordländer die Stelle, an der die Alte Reichsstraße sich verlor. Dort würden die Stämme sich also sammeln, um gegen die Feinde aus dem Süden zu ziehen.

***

»Du hättest der dritte Kriegshäuptling werden sollen«, grollte Wolf an Graf Barnas gerichtet.

Der bärige Mann zuckte mit den breiten Schultern und grinste Wolf frech an. Der Graf hatte sich im Rat fein zurückgehalten, und Wolf verdächtigte ihn und Friya, ein abgekartetes Spiel aufgeführt zu haben.

»Ich danke dir, dass du gekommen bist«, sagte Friya, die ein Trinkhorn in der Hand hielt.

Wolf schnaubte und betrachtete seine Schwester. Die Jahre hatten sie härter gemacht, aber Wolf sah noch immer das kleine Mädchen in ihr, dem er das Bogenschießen beigebracht hatte. Die hohen, markanten Wangenknochen und die leicht zusammengekniffenen, eisblauen Augen verliehen ihr einen strengen Ausdruck. Hinter dieser Maske erkannte Wolf jedoch das trotzige Kind. Er seufzte schwer. »Kleiner Otter, ich bin gekommen, um dich im Thong zu unterstützen. Nicht, um mich in einen sinnlosen Krieg einzumischen, geschweige denn, Verantwortung darin zu übernehmen.«

»Wir haben diesen Krieg nicht begonnen«, zischte Friya. »Er wird uns aufgezwungen. Was sollen wir denn sonst tun? Der Norden, aus dem ich stamme, unterwirft sich nicht.«

»Frag doch mal eine der Frauen von Ulfson, ob sie sich frei und unabhängig in deinem geliebten Norden fühlt«, konterte Wolf mürrisch.

»Wenn du so denkst, wieso hast du dann im Thong anders gesprochen?«, fragte Barnas.

»Wie gesagt, ich wollte meine Schwester nicht hängenlassen«, antwortete Wolf. »Ihr beiden habt es zu weit getrieben, habt mir ein altes Schwert in die Hand gedrückt und mich zum Kriegshäuptling ernennen lassen.« Wolf schüttelte verdrossen den Kopf.

»Wenn wir einen raschen Sieg erzielen«, versuchte Barnas ihn zu beruhigen, »spielt es keine Rolle, dass du der zweite Stellvertreter bist.«

»Hört auf, mir und vielleicht auch euch selbst etwas vorzumachen«, brummte Wolf. »Viele Männer, Frauen und Kinder werden sterben. Neue Fehden werden entstehen, Rache wird auf Rache folgen. Dieser Krieg wird kein rasches Ende nehmen.«

Zu diesem Zeitpunkt konnte Wolf noch nicht ahnen, wie recht er behalten sollte. Sie tranken, aßen – und als sich Durek hinzugesellte, eröffneten er und Friya das weitere Vorgehen. Der von ihnen geführte Stamm war in Vorahnung auf den Ausgang des Thongs bereits in voller Stärke erschienen. Die Krieger und Kriegerinnen würden bei Tagesanbruch zu ihnen stoßen, genauso wie jene vom Stamm Kana. Gemeinsam würden sie nach Südwesten, Richtung Endstein ziehen, um bei den nahe ansässigen Nygrar Gastrecht in Anspruch zu nehmen, bis sich die übrigen Stämme einfanden. »Ich hoffe, sie kommen bald, damit uns noch Zeit und Raum für eine Taktik bleibt«, schloss Durek.

»Ihr glaubt, der erste Kriegshäuptling legt es nicht auf eine Feldschlacht an?«, fragte Barnas.

»Wir müssen Sortan gemeinsam von der Verlockung einer raschen Entscheidung abbringen«, sagte Friya. »Die Feinde sind zahlreich, und wir kennen ihre Stärken und Schwächen noch nicht. Außerdem bewegen sie sich auf unbekanntem Land, unserem Land. Wir sollten jeden Vorteil nutzen, der sich uns bietet.«

»Wir brauchen mehr Informationen«, knurrte Barnas. »Der Feind wird Burgstadt halten wollen. Das bedeutet, die Zahl jener, die weiter nach Norden ziehen, wird kleiner. Auch über die Ausrüstung und die Moral der feindlichen Truppen wissen wir so gut wie nichts.«

»Schon gut«, brummte Wolf säuerlich, »ihr braucht einen Kundschafter. Ich werde das übernehmen. Vielleicht treffe ich auf Überlebende, die rechtzeitig aus Burgstadt fliehen konnten.«

»Ein Dutzend meiner besten Späher wird dich begleiten«, entschied Barnas.

Wolf grunzte. »Schärfe ihnen ein, dass sie mir nicht im Weg herumstehen.« Mit diesen Worten stand er auf. »Ich lege mich aufs Ohr. Noch vor der Dämmerung breche ich auf.«

Als Wolf sich zurückgezogen hatte, warf Graf Barnas Friya einen schelmischen Blick zu. Diese biss sich auf die Unterlippe. Ja, ihr Plan war aufgegangen, sie hatten ihren Bruder für die gemeinsame Sache gewonnen, aber sie hasste es, ihn zu manipulieren. Sie strich sich eine Haarsträhne aus dem Gesicht und nahm einen tiefen Schluck aus dem Horn. Es herrschte Krieg, und im Krieg musste man Dinge tun, die man sonst niemals tun würde.

Kapitel IV

Ein starker Wind blies von der See her und zerzauste Isma das Haar. Mit kurzgeschorenem Haar war er vor fünf Jahren fortgegangen. Jetzt, da er der Heimat so nah war, kehrten die alten Schuldgefühle zurück. Nicht weil er damals eine Wahl gehabt hätte, sondern weil er sich insgeheim gewünscht hatte, vom Dimar des Dorfverbands ausgewählt zu werden. Alle paar Jahre wurden Geiseln in die Drabati-Föderation geschickt, wo sie an der Akademia zu Nifaria, der einzigen Stadt der Föderation studierten. Beide Länder genossen durch diese Vereinbarung einen Vorteil: Die Absolventen brachten Wissen nach Kislav. Andersherum bestand die langfristige Strategie der Drabati-Föderation darin, dass die jungen Männer die Drabati-Kultur zum größeren Nachbarn trugen und sich die Länder weiter annäherten. Die Heimkehrer waren anerkannte Heiler und Gelehrte.

Isma hielt an, blickte von der Bucht auf die Brandung, die gegen schroffe Felsen rollte, und hinaus auf das endlose Meer. Er erinnerte sich an den Jungen, der er damals gewesen war. Er hatte nicht nur den Glauben an den Einen verloren, er hatte Dinge gesehen und gelernt, die sein ganzes Weltbild auf den Kopf gestellt hatten. Da er sich als Schüler von Beginn an hervorgetan hatte, war er in die wahren Mysterien eingeweiht worden. Die Elemente gehorchten seinem Befehl. Die Welt war so viel tiefer, als der kleine Junge, der von Zuhause weggerissen wurde, sich hatte vorstellen können. Als Verwandelter würde er heimkehren.

Ein anderer hätte seinen Augen nicht getraut, aber Isma hatte sich an vermeintlich Unerklärbares gewöhnt, dennoch fuhr ihm ein Schauder über den Rücken. Aus den Wellen war unweit der Küste etwas Großes, Schwarzes aufgetaucht. Das Ding, oder das Wesen, erinnerte an eine überdimensionale Muschel. Es musste beseelt sein, da es sich gegen die Strömung bewegte, stellte Isma aufgeregt fest. Er verbarg sich hinter Felsen und schlich der riesigen Muschel nach.

Als Isma auf eine Klippe geklettert war, trieb die Muschel auf eine sandige Bucht zu. Ihm stellten sich die Nackenhaare auf. Er war seinem Dorf bereits viel näher, als er gedacht hatte. Durch seinen langen Aufenthalt in der Akademia hatte er wohl an Orientierung auf dem Land eingebüßt. Da lag es, still und verschlafen, das Dorf seiner Kindheit. In der Abendsonne fielen die Schatten des Gebirges auf die kleine Ansammlung von Häusern, die von einem Palisadenring umgeben war. Ob seine Mutter ihm Vorwürfe machen würde, weil er sie nach dem Tod des Vaters mit den zwei kleineren Brüdern allein gelassen hatte? Nein, sie würde ihn an ihre warme Brust drücken, ihn auf die Stirn küssen und dem Einen danken, dass er wohlauf zu ihr zurückkehrte. Sie war eine gute, liebevolle Frau. Ob Rava, seine Kindheitsfreundin, immer noch so schön wie früher war? In der Akademia hatte er vieles gelernt, aber nichts über Frauen, denen der Zugang zu den heiligen Hallen des Wissens streng verboten war. Er schreckte aus seinen Tagträumen hoch, als die riesige, mit Seetang überzogene Muschel den Strand erreichte und aufklappte. Tatsächlich. Sie öffnete sich!

Im Schein der Abendsonne sah Isma Gestalten aus dem Ding steigen. Es handelte sich also nicht um ein Wesen, sondern um eine Art Gefährt, ein Boot. Die Wesen, die herauskamen, waren keine Menschen, auch wenn sie auf zwei Beinen gingen. Ihre Bewegungen wirkten seltsam fremd. Sah er richtig, oder täuschten ihn seine Augen? Hatten diese Wesen Schwänze, mit denen sie das Gleichgewicht hielten?

Die Sonne verschwand hinter den Berggipfeln, und im einsetzenden Zwielicht beobachtete Isma, wie sich ein Reiter von Norden her näherte. Er trug einen schwarzen Umhang mit Kapuze. Was ging hier bloß vor?

Der Reiter lenkte sein Pferd genau auf die Wesen am Strand zu, deren Zahl auf über ein Dutzend angewachsen war. Die Muschel, aus der sie gestiegen waren, klappte zu, trieb ein Stück seewärts und versank. Nun hatte der Reiter die Wesen erreicht. Er stieg ab und ging die letzten Schritte zu Fuß. Isma ärgerte sich, dass er so wenig sehen konnte. Er hatte das starke Gefühl, dass etwas Wichtiges, etwas Schreckliches vor sich ging, und er war der einzige Zeuge. Tief atmete er durch, klärte seinen Geist, dann trat er in Verbindung mit den Luftelementaren. Leise wisperte er ihnen zu, und sie antworteten. Der Befehl war schlicht. Sie sollten ihm die Worte, die unten gesprochen wurden, zutragen. Nicht ohne Stolz lauschte er der Unterhaltung, die der Wind an sein Ohr wehte.

»Alles verläuft genau, wie ER in seiner erhabenen Weisheit vorausgesehen hat«, sagte eine finstere Stimme, die Isma dem Mann zuschrieb, der mit dem Pferd gekommen war. »Die andarische Führungsspitze, einschließlich des Königs, hält die Offensive im Norden für ihren eigenen Einfall. Allerdings entwickelt Karlik

Troga einen Argwohn gegen mich. Wir müssen ihn austauschen, ehe Erkenntnis in ihm reifen kann.«

Die Antwort bestand in einem krächzenden Fauchen, das keine menschlichen Stimmbänder zu bilden imstande waren: »Das hast du gut gemacht, Fargar. ER wird dich reich belohnen, wenn ER kommt, um Festmahl zu halten.« Ein gieriges Gurgeln. »Wenn wir schon von Futter reden …«

»Dieses Dorf, es wird von so gut wie keinen Kriegern bewacht. Labt euch, aber geht sorgfältig vor. Lasst niemanden am Leben. Wenn ihr fertig seid und die Gestalt der Beute angenommen habt, treffen wir uns wieder hier. Ich warte.«

Einige Momente herrschte Stille, dann war ein heißhungriges Jaulen zu hören, das auch ohne Elementarwirken an Ismas Ohren gedrungen wäre. Die finsteren Wesen unten am Stand setzten sich mit beängstigender Geschwindigkeit in Bewegung. Raubtiere, Dämonen, die landeinwärts pirschten. Zu seinem Heimatdorf! Isma sprang auf und rannte los.

Im Laufen löste er die Trageriemen des Rucksacks und warf ihn von sich. Sein Fuß verfing sich in einer Wurzel. Er stürzte, rappelte sich auf und rannte weiter. Er rannte, wie er noch nie in seinem Leben gerannt war, obgleich er mit einem hämmernden Schmerz im Kopf für die elementare Unterstützung bezahlte. Doch es genügte nicht, die Dämonen, die aus der See emporgestiegen waren, erreichten das Dorf vor ihm. An einer Stelle war die Palisade eingerissen, und jetzt hörte Isma die Schreie. Entsetzliche Schreie, die sich tief in sein Gedächtnis einprägen sollten.

Einen verzweifelten Atemzug stand er wie angewurzelt da. Das Dorf war verloren. Jeder hier würde sterben.

Seine Mutter, seine beiden Brüder, Rava. Vielleicht waren sie ja nicht da, waren auf die Jagd gegangen und schliefen friedlich in den Wäldern. Eine kindliche Hoffnung. Aber was konnte er tun? Wenn er das Dorf betrat, würden die Schreckenskreaturen auch ihn töten. Und wer sollte dann den Rest von Kislav vor der Bedrohung warnen? Sein Wissen um die Mysterien half ihm gegen diese Bestien nicht. Er hatte gelernt zu erkennen, wann er chancenlos war.

Schreie und Feuer. Eine Lampe musste umgestoßen worden sein. Ein strohgedecktes Haus brannte lichterloh, und die Flammen schlugen auf andere Dächer über. Das Weinen eines Kindes riss Isma aus seiner Erstarrung. Ein Mädchen, keine zehn Sommer alt, mit einer Puppe in den Händen, war aus einem Hinterfenster geklettert und lief schluchzend in Ismas Richtung. Er rannte dem Mädchen entgegen, packte es, presste ihm eine Hand auf den Mund und trug es, so rasch ihn seine Beine trugen, hinaus durch das Loch in der Palisade.

»Bitte, sei still!«, flehte er das Mädchen an.

Er nahm die Hand von ihrem Mund, damit er sie besser tragen konnte, und floh mit ihr in die Dunkelheit.

***

Das gesamte Dorf war bis auf die Fundamente heruntergebrannt. Da noch immer einige Balken glühten, war es heiß wie in der Esse einer Schmiede. Isma wischte sich mit dem Arm den Schweiß von der Stirn und stocherte mit einem Stock in einem Kohlehaufen. Hier hatte einmal ihr Haus gestanden. Der Stock traf auf etwas Festes, er hob ihn hoch. Ein Schädel! Vor Schreck fiel ihm der Stock aus der Hand. Schaudernd drehte er sich zu dem Mädchen um, das ihn hasserfüllt anstarrte.

»Wieso hast du nicht gekämpft?«, fragte sie anklagend.

»Es waren zu viele …«, versuchte sich Isma stockend zu verteidigen, »und ich bin kein Krieger.«

»Du bist ein Feigling!«, schrie das Mädchen. »Verflucht sollst du sein!«

Isma ließ sich auf die Knie nieder und breitete die Arme aus. »Es tut mir leid, so leid.«

Das Mädchen zögerte, dann brach ihr Blick und sie warf sich weinend an Ismas Brust. Isma wartete, bis keine Tränen mehr übrig waren und das Mädchen nur noch zuckend aufschluchzte.

»Wie heißt du?«, fragte er mit sanfter Stimme.

»Lira«, gab das Mädchen gepresst und kaum hörbar leise zurück.

»Lira«, sagte Isma eindringlich, »wir müssen fort von hier. Wir müssen zur Hauptstadt und dem Karlik berichten, was hier geschehen ist.«

»Ich will nicht weg«, sagte Lira mit schwacher Stimme.

»Ich auch nicht«, erwiderte Isma, »aber uns bleibt keine Wahl. Was hier passiert ist, darf sich nicht wiederholen.« Behutsam nahm er ihren Kopf in beide Hände und drückte sie ein kleines Stück von sich weg. Lira sah ihn mit geröteten Augen an und nickte stumm mit bebenden Lippen.

Sie waren kaum drei Steinwürfe vom ausgelöschten Dorf entfernt, als Hufgetrappel zu vernehmen war. Isma hielt erschöpft inne. Ein halbes Dutzend Reiter kam in Sicht, ihre Wappenröcke zeigten die goldene Sonne auf rotem Grund, das Hoheitszeichen von Kislav. Vermutlich hatte jemand der nächstgelegenen Garnison das Feuer gemeldet, und die Garde waren sogleich ausgerückt. Zuerst wollten die Soldaten in gestrecktem Galopp an dem jungen Mann, der ein Mädchen an der Hand hielt, vorbeipreschen, doch dann registrierte der Hauptmann die fliederfarbene, mit arkanen Zeichen bestickte Tunika, die Isma trug, und zügelte sein Pferd. Schnaubend hielt das große Tier keine Armeslänge vor Isma und dem Mädchen.

»Alumnu, kommt Ihr aus dem Dorf?« Der Hauptmann hob das Kinn, unter dem sich der Helmgurt spannte, in die Richtung des hinter ihnen liegenden Schreckens.

»Ja«, bestätigte Isma.

»Und Ihr habt gesehen, was vorgefallen ist?«

»Ja«, sagte Isma noch einmal. »Dort werdet ihr nichts mehr vorfinden, außer Tod.«

»Drabati-Räuber?«

Isma schüttelte den Kopf. »Ich muss nach Murim und dem Karlik Bericht erstatten.«

Der Soldat neben dem Hauptmann grunzte belustigt. »Der Karlik hat Besseres zu tun, als …«

Der Hauptmann würgte die Rede ab, indem er barsch die Hand hob.

»Tjaro, Bodwin, bringt die beiden zur Garnison«, befahl der Hauptmann. »Gebt ihnen zu essen und alles, was der Alumnu für die Reise in die Hauptstadt für nötig hält.«

»Danke«, sagte Isma müde.

Der Hauptmann nickte, lenkte sein Pferd um sie herum und gab dem Tier die Sporen.

Isma sah ihm nicht nach. Er nahm sich fest vor, erst wieder an die vergangene Nacht zu denken, wenn er vor dem Karlik stand.

***

Einen halben Mond später saß Sir Jormun von Freimark, der jüngste Großmarschall in der Geschichte des
letzten Ritterordens der Vereinigten Herzogtümer, in der
großen Ratshalle von Luhheim auf dem Ehrenplatz und
lauschte dem Bericht eines Sprechers. Dieser verlas eine
abgefangene Nachricht, die König Guram zugedacht gewesen war. Der Verfasser des knappen Berichts war Prinz
Shinn, der die antarische Offensive im Norden befeh-
ligte.

»Die Aufständischen fochten tapfer, selbst nachdem
ihr Schildwall aufbrach. Zuletzt errangen wir einen blutigen Sieg, doch erlitten wir erhebliche Verluste. Ohne
die Truppen aus Kislav, die in der Schlacht einen gerin-
geren Blutzoll entrichteten, wäre es mir unmöglich, die
königliche Ordnung aufrechtzuerhalten. Die ansässigen
Bewohner der Wehrgehöfte sind uns feindlich gesonnen,
für jeden Sack Korn müssen wir hart kämpfen. Daher
ersuche ich die Krone um Nachschub an Verpflegung und
Soldaten. Gezeichnet: Prinz Shinn, Erstgeborener aus
dem Hause Maruta, Eure Majestät pflichttreuer Sohn.«
Der hagere Sprecher räusperte sich und fügte hinzu: »Das
Siegel des Prinzen war ungebrochen.«

»Habt dank«, sagte Senator Odwynn, »Ihr dürft Euch
entfernen.«

Der Bote verbeugte sich tief, und zwei Wachen ge-
leiteten ihn zur Tür. Als sie sich schloss, begann die
Debatte. Der Hohe Senat setzte sich aus jeweils zwei
Vertretern der sechsundzwanzig Herzogtümer zu-
sammen. Wie immer waren sie sich uneins. Manche
Wortbeiträge dienten scheinbar einzig und allein der

Selbstdarstellung des jeweiligen Redners. Wichtigtuer, Sophisten, Politiker. Jormun musste ein Gähnen unterdrücken. Er hatte seine Redeabsicht dem Vorsitzenden kundgetan, aber es dauerte, bis er endlich an die Reihe kam. Als es soweit war, erhob er sich und sagte mit kraftvoller Stimme:

»Verehrte Senatoren, ich kann verstehen, dass diese Lage Verwirrung stiftet, und einem Krieg sollte man niemals leichtfertig beitreten. Über zwei Dinge müssen wir uns allerdings klar sein. Erstens, der Norden wird uns um Hilfe anrufen. Ohne Zweifel wurden Boten ausgesandt, sie haben uns nur noch nicht erreicht, oder wurden abgefangen. Der Norden und die Herzogtümer sind von alters her Bündnispartner.«

Dem Ritter entging nicht, dass einige Senatoren mit den Augen rollten. Er war kein geübter Redner, und Worte wie Ehre und Rechtschaffenheit, die ihm alles bedeuteten, waren für sie nur Begriffe, um sich einen Vorteil zu verschaffen. Mit unterdrückter Wut und in Falten gezogener Stirn fuhr er fort:

»Zweitens, der strategisch gewichtigere Grund, der dagegen spricht, einer Eroberung des Nordens tatenlos zuzusehen, besteht darin, dass uns mit dem eben rezitierten Schreiben ein Beweis für einen Pakt zwischen Kislav und Antarion vorliegt. Zwei machthungrige Großreiche. Die Drabati-Föderation ist so eng mit Kislav verbunden, dass sie tun wird, was immer der Karlik verlangt. Dasselbe gilt für Parlin, das geradezu eine Provinz von Antarion genannt werden kann. Verehrte Senatoren, ein Blick auf die Karte von Affalah genügt, um festzustellen, dass wir bald von allen Seiten umzingelt sein werden. Ist der Norden erst gefallen und unter Kontrolle gebracht, werden sich die gierigen Augen von König und

Karlik auf die Vereinigten Herzogtümer richten.« Vereinzeltes Nicken. Der Ritter biss sich auf die Lippen und sagte: »Ich bitte eindringlich, dies zu bedenken.« Damit setzte er sich.

Die Gegenrede hielt Herzog Karolon. Der feiste Mann mit ungesunder roter Gesichtsfarbe sagte: »Junger Marschall, niemand der Anwesenden hegt den geringsten Zweifel an euren herausragenden Fähigkeiten als Ritter und Ordensführer, jedoch, es hat auch seinen Grund, weshalb der Orden des Schwarzen Schwans Rede-, aber kein Stimmrecht in diesem Senat hat.« Leises Lachen, dem der Herzog Raum gab, ehe er weiter ausführte: »In Rücksicht auf unseren jungen Gast erinnere ich an die Komplexität der Pakte, Handelsabkommen und geheimeren Bündnisse der Reiche. Kislav kann auf Dauer nicht zum Freund von Antarion werden. Die Interessen widersprechen sich. Blind in einen Krieg zu stolpern, würde uns in der aktuellen Lage nur unnötig schwächen. Bedenkt die Berichte der Spione, die aus Farlain zurückkehrten. Hinter der goldenen Stadt liegt eine Flotte, die täglich größer wird und auf ihren Einsatz wartet. Würden wir unsere Ritter nach Norden schicken, wären unsere Küsten einem Angriff, gar einer Invasion schutzlos ausgeliefert. Wir haben eine Verantwortung für unsere Schutzbefohlenen.«

Jormun musste sich verkneifen, erneut aufzustehen und den Mann zu fragen, ob er überhört hatte, was er zuerst gesagt hatte. Ob ihm der alte Bündnispartner, der sich in Not befand und auf ihre Unterstützung zählte, gleichgültig sei. Aber es war ohnehin schon außergewöhnlich, dass ein Ordensvertreter sich im Senat zu Wort meldete. Seine Pflicht bestand darin, die Entschlüsse des Senats ohne Zögern umzusetzen. Dies musste er sich noch oft in der folgenden Debatte ins Gedächtnis rufen. Einige Senatoren drängten darauf, die Situation auszunutzen und bessere Handelsbedingungen mit Antarion auszuhandeln. Am Ende stand ein fauler Kompromiss. Man würde Legaten an die Großreiche ausschicken und die Truppenstärke an den Grenzen erhöhen. Jormun sollte mit einem ausgewählten Kontingent an Ritterbrüdern an die Grenze zu Parlin ziehen. Das kam einer Strafversetzung, zumindest einer Zurechtweisung gleich, aber Jormun war es nur recht. Wäre er an die Grenze im Süden geschickt worden, hätte er seine gesamte Selbstbeherrschung aufbieten müssen, um keinen folgenreichen Streit vom Zaun zu brechen.

Als die Ratshalle sich leerte, starrte Jormun auf seine zu Fäusten geballten Hände. Ein vom Alter gebeugter Mann mit grauem Bar, kam würdevoll auf ihn zu und setzte sich neben ihn. Der Ritter blickte auf. Der Alte hatte sich nicht zu Wort gemeldet. Zuvor hatte er neben Herzog Darlan gesessen und war wohl dessen Berater, oder ein einflussreicher Adliger.

»Denkt nicht zu schlecht von dieser Institution, Sir«, sagte der alte Mann. Seine Augen hatten beinahe jede Farbe verloren, aber ein schlaues Funkeln bewahrt. »In diesem Raum hält sich Gutes und Schlechtes die Waage. Das kann einen zuweilen zur Verzweiflung treiben, aber ich habe schon viele Umstände erlebt, in denen ich äußerst dankbar dafür war.«

»Kann Handlungsunfähigkeit und mangelnde Entschlusskraft denn ein Vorteil sein?«, fragte Jormun bitter.

»Oh ja, ganz gewiss!«, erwiderte der Alte mit einem leisen Lächeln auf den spröden Lippen. »Bedenkt die aktuelle Lage. Gäbe es in Antarion und Kislav einen Senat wie diesen anstelle eines Alleinherrschers, wäre der Norden nun nicht in Bedrängnis. Zu viele Fürs und Widers. Kühnes Handeln ist meist dem Willen eines einzigen geschuldet. Wenn man erst umsichtig und weitsichtig planen und andere argumentativ von einer Position überzeugen muss, gelangt man selten zu einem gewagten Vorgehen.«

Jormun schnaubte. »Ich befürchte, König Guram und Karlik Troga haben umsichtig und in die Zukunft geplant.«

»Sicher«, gestand der Alte zu, »aber jeder für sich allein und in Hinsicht auf den größten Nutzen für das eigene Land und die Festigung der persönlichen Macht.«

»Ihr denkt auch, das Bündnis wird nicht halten?«

Der Greis zuckte mit den Schultern. »Ich denke, Zurückhaltung hat sich schon sehr oft bewährt. Nicht selten ändert sich im Nachhinein der Blick auf das, was einem in der Hitze der Ereignisse als Entscheidungsschwäche oder gar Feigheit erscheint.«

»Ich danke Euch«, sagte Jormun und erhob sich.

»Passt auf Euch auf, junger Marschall«, gab ihm der Alte noch mit auf den Weg. »Die Vereinigten Herzogtümer werden Euren Schwertarm noch früh genug brauchen.«

Kapitel V

»Er ist zu den Ahnen gegangen.« Der Heilkundige ließ ein Bündel blutgetränkter Verbände zu Boden fallen.

Friya, Graf Barnas und Ulfson erhoben sich gleichzeitig, während Wolf mit versteinerter Miene sitzenblieb. Nach der verlorenen Schlacht hatten sie sich in ein Tal zurückgezogen. Die Feinde hatten ihnen bislang nicht nachgesetzt, aber das war auch nicht nötig. Jeden Tag verließen sie mehr Krieger. Das war nur allzu verständlich, sie sorgten sich um die zurückgelassenen Familien.

»Was wirst du jetzt tun?«, fragte Friya Ulfson leise.

»Sieh dich um!«, schnauzte Ulfson, der nach Sortans Tod der neue Kriegshäuptling war. »Dieser Krieg ist vorüber! Ich nehme meine Männer und verschanze mich. Die Tulgri werden das gleiche tun.«

Graf Barnas wechselte einen besorgten Blick mit Friya. »Auf ein Wort unter vier Augen«, bat er Graf Ulfson. Dieser zog eine Grimasse, folgte Barnas jedoch in den Birkenwald.

»Es tut mir leid um Durek«, sagte Wolf mit belegter Stimme, »er war ein guter Mann.«

»Ja«, sagte Friya, »genau wie Graf Torgon und all die anderen, die gefallen sind, weil sie ihr Land verteidigt haben.«

»Was hast du jetzt vor?«

»Ulfson täuscht sich«, zischte Friya, »dieser Krieg ist nicht vorüber. Er hat gerade erst begonnen.« Die verwischte

Kriegsbemalung verlieh ihrer hasserfüllten Miene etwas Unheimliches.

Plötzlich begriff Wolf. »Nein …«

Friya starrte ihn von Schmerz und unbändigem Zorn erfüllt unverwandt an.

»Tut das nicht«, keuchte Wolf. »Zumindest nicht so.«

»Wir haben keine Zeit für ein Blutgericht«, erwiderte Friya hart.

»Es ist bereits getan«, sagte Barnas, der aus dem Wäldchen zu ihnen zurückkehrte. Er wischte sich den Dolch am Beinkleid ab. »Ulfson hat sich zu Sortan gesellt. Jetzt bist du Kriegshäuptling, Wolf.«

Krieger und Kriegerinnen, viele von ihnen trugen Verbände, standen auf und kamen herbei. Männer aus dem Stamm Orgran, dessen Häuptling gerade ermordet worden war, legten die Hände auf die Griffe ihrer Waffen.

Wolf schüttelte den Kopf. »Na schön, aber das ändert nichts. Auch ich bin dafür, dass wir den Kampf aufgeben und uns zurückziehen. So weit, bis wir mit dem Rücken zum Eismeer stehen, wenn es sein muss.«

Friya fuhr auf. »Sie haben Durek getötet! Meinen Gemahl!« Ihre Hände zitterten heftig. »Bedeutet dir das gar nichts?«

»Natürlich«, brummte Wolf, »aber in unserer Lage sollten wir vor allem an die denken, die noch am Leben sind, und dafür Sorge tragen, dass es so bleibt.«

Friya atmete tief durch. »Wir kämpfen einen Mond weiter. Ist die Lage dann noch immer hoffnungslos, ziehen wir uns zurück.«

Wolf wollte etwas einwenden, aber Friya kam ihm zuvor: »Wenn du mir diesen einen Mond nicht gibst, bleibt mir keine andere Wahl, als dich herauszufordern.«

Wolf starrte seine Schwester fassungslos an. Sie bluffte nicht, sie würde es auf ein Blutgericht ankommen lassen und ihn dazu zwingen, entweder sie zu töten oder sich von ihr töten zu lassen.

»Einen Mond«, sagte Wolf resigniert. Er stand auf und richtete seine Worte an die Krieger und Kriegerinnen: »Graf Barnas hat auf mein Geheiß gehandelt. Sortan und Ulfson sind bei den Ahnen, ich bin euer neuer Kriegshäuptling. Wer damit nicht einverstanden ist, spreche jetzt, und wir halten Blutgericht.« Wolf sah in die versteinerten Mienen. »Niemand?« Sein Blick fiel auf Rogwin, der sich in der Schlacht hervorgetan hatte und aller Wahrscheinlichkeit nach Sortans Stellung als Häuptling der Tulgri einnehmen würde. »Was ist mit dir?«

Rogwin spuckte aus. »Ich fürchte dich nicht, Wolf, und gern würde ich im Schildkreis gegen dich antreten. Aber die Tore zur Halle der Ahnen mögen sich vor mir verschließen, wenn ich kampflos zulasse, dass diese Bastarde aus dem Süden unser Land einnehmen.«

Wolf nickte und sein Blick wanderte zu Tjarson, dem mutmaßlichen Nachfolger von Ulfson. Der stemmte die geballten Fäuste in die Hüften. »Wir folgen dir, einen Mond. Und dann hole ich mir deinen Kopf.«

»Dann gib acht, dass du so lange am Leben bleibst«, grollte Wolf. Tjarson hatte ihn auf eine Idee gebracht. An alle gerichtet, verkündete Wolf mit lauter Stimme: »Wir bilden kleine Kampfverbände und machen Jagd auf die gegnerischen Befehlshaber! Vielleicht haben wir Glück und schlagen der Schlange den Kopf ab.« Neue Entschlossenheit trat in die schmutzigen Gesichter.

»Barnas, du schickst Boten an sämtliche Wehrgehöfte aus. Wer zu alt oder zu jung zum kämpfen ist, zieht sich hinter den Stillen Wächter zurück. Alle anderen sollen sich uns anschließen.«

»Du willst den gesamten Norden in die Berge umsiedeln lassen?«, hakte Friya skeptisch nach.

»Nur für die Dauer des Krieges«, brummte Wolf. »Zweifelst du etwa an deinem Kriegshäuptling?«

Er hatte scharf gesprochen, und Friya blieb nichts anderes übrig, als den Kopf zu schütteln.

»Gut«, knurrte Wolf. »Du wählst ein Dutzend Krieger aus und führst die Verwundeten hinter den Stillen Wächter. Errichte ein Lager und lege Speicher an.«

Friya öffnete den Mund, schloss ihn aber wieder. Das hatte sie sich selbst eingebrockt. Sollte sie es ruhig als Strafe auffassen, nicht kämpfen zu dürfen. Wenn alles vorüber war, vielleicht bereits in einem Mond, konnte er ihr immer noch erklären, weshalb er sie nicht hatte bei sich haben wollen. Möglicherweise würde sie ihm verzeihen, möglicherweise nicht. Aber er konnte nicht in den Krieg ziehen, vor allem nicht in einen so hässlichen wie den, der nun folgen würde, wenn er sich Sorgen um seine kleine Schwester machen musste.

»Also gut«, murmelte Wolf, mehr zu sich selbst, ehe er mit ingrimmiger Stimme rief: »Stolze Krieger und Kriegerinnen des Nordens! Seid ihr bereit, es den Feinden heimzuzahlen? Jeden Gefallenen, den wir beklagen, mit zehn von ihnen aufzuwiegen? Seid ihr bereit, mit mir auf die Jagd zu gehen?«

»Wolf!«, kam es erst aus einigen, dann aus vielen Kehlen. »Wolf, Wolf, Wolf!« Es wurde auf Schilde geschlagen, und Waffen wurden in die Höhe gereckt.

Der Kampfgeist der Nordländer war zu wütendem neuen Leben erwacht.

***

Prinz Shinn blickte über die Schulter. Männer und Tiere sahen abgekämpft aus. Kein Wunder, er hatte sie vier Tage und einen Großteil der Nächte durch die mittleren Hochebenen des Nordens gescheucht. Zweihundert Mann auf erbeuteten Pferden folgten ihm, noch einmal so viele hatte er mit einem Tag Vorsprung vorausgeschickt. Sein Ziel bestand darin, den Widerstandswillen der Einheimischen zu brechen, versprengte Kleintruppen niederzumachen und die Garnison einzunehmen. Als nördlichster Zivilisationsposten hatte die Garnison symbolische Bedeutung, außerdem konnte von ihr aus die Gegend kontrolliert werden. Auch wenn sie die Schlacht für sich hatten entscheiden können, drohte ein kräftezehrender Guerillakrieg, wenn es nun nicht gelang, Nägel mit Köpfen zu machen. Wo blieb die Antwort seines Vaters? Sie brauchten dringend Verstärkung. Die Verbündeten aus Kislav würden sich jetzt nur noch um ihr Hoheitsgebiet kümmern. Es war ausgehandelt worden, dass alle Ländereien westlich der alten Reichsstraße und einer gerade gedachten Verlängerung unter die Herrschaft des Karliks fiel, während Antarion sich die östlichen Gebiete einverleiben sollte. Shinn ließ seinen grauen Hengst in einen leichten Trab fallen. Eine Frage ging ihm nicht aus dem Kopf: Hatte der Kommandant aus Kislav das Fahnensignal tatsächlich falsch verstanden, wie er später beteuerte, oder hatte er aus eiskalter Berechnung erst in die Schlacht eingegriffen, als sie bereits so gut wie gewonnen war? Wahrscheinlich machte es nun keinen Unterschied mehr, aber Shinn bekam den bitteren Geschmack nicht aus dem Mund. Wäre Kislav früher in die rechte Flanke der Gegner gefallen, hätten sie weitaus weniger Verluste erlitten. Jetzt musste Shinn mit viel zu wenig Soldaten ein riesiges Gebiet befrieden. Auch wenn Garand ihn mittlerweile für paranoid halten musste, er würde ihm heute Abend auftragen, eine weitere Brieftaube gen Süden zu schicken.

Am Ende einer weiten Ebene tat sich vor den berittenen Soldaten ein grünes Tal auf, durch das sich ein Fluss schlängelte. Eine Rauchsäule stieg zum freundlich blauen Himmel auf. Prinz Shinn suchte und fand den Ursprung, eine kleine Ansammlung von Hütten mit einem runden Steinhaus in der Mitte. Ein Graben, der mit Wasser aus dem nahen Fluss gespeist wurde, umgab das Wehrgehöft. Die Fallbrücke war heruntergelassen, und neben dem Dorf lagerte die Vorhut, die Shinn vorausgeschickt hatte. Er schnalzte mit der Zunge, und der große Graue trug ihn einen schmalen Pfad hinab ins Tal.

Ein widerwärtiger Gestank nahm an Intensität zu, je näher sie dem Wehrgehöft kamen. Shinn wurde übel, als er die an Pfosten neben dem offenen Tor genagelten Leichen bemerkte. Sie waren stark misshandelt worden, Pfeile spickten sie, und Hautfetzen hingen von totem Fleisch herab.

Der Kommandant der Vorhut ritt auf Shinn zu, der sein Pferd gezügelt hatte und ungläubig auf die Leichen starrte. Die eine war die eines Kindes, und dem Gestank und den Fliegen nach zu urteilen, hielt das Innere des Wehrgehöfts noch größere Schrecken bereit. Der Kommandant salutierte und grinste Shinn breit an.

»Was ist hier geschehen, Feldwebel?«, wollte der Prinz wissen.

Der Feldwebel übersah das Entsetzen in des Prinzen Augen, genauso wie er den gefährlichen Unterton in seiner Stimme überhörte. »Wir haben diesen Barbaren ein wenig Manieren beigebracht«, antwortete der Feldwebel gut gelaunt. »Die Männer vergnügen sich noch mit den Weibern. Aber keine Sorge«, erlaubte sich der Feldwebel mit einem Augenzwinkern hinzuzufügen, »die beiden hübschesten wurden nicht angetastet. Die sind für Euch, mein Prinz.«

»Was habt Ihr Euch dabei gedacht?«, fauchte Shinn.

»Ähm«, machte der Feldwebel verlegen, »ich dachte, nachdem Ihr Erida nach Burgstadt geschickt habt, wäret für glücklich über …«

»Ich meine das alles hier!«, fuhr der Prinz in wütender Geste auf.

Jetzt wurde dem Feldwebel klar, dass er offenbar einen Fehler begangen hatte und sein Vorgesetzter unzufrieden mit ihm war, auch wenn ihm der Grund weiterhin schleierhaft blieb. »Wir sind im Krieg, mein Prinz«, brachte er irritiert hervor. »Abschreckung.«

Shinn hielt seine Hand, die zum Schwertgriff zucken wollte, still. Wenn die Nordländer erfuhren, was seine Soldaten hier angerichtet hatten, würde eine endlose Spirale der Vergeltung folgen; genau das, was er nicht wollte. Sie waren ein stolzes Volk, diese Nordländer, das hatten sie in der Schlacht bewiesen. Er atmete tief durch und verfügte: »Tötet die Frauen, aber tut es schnell. Das Gehöft brennt nieder.«

»Das wird den Männern nicht gefallen«, erdreistete sich der Feldwebel zu brummen. »Es war noch nicht jeder an der Reihe und …«

Weiter kam er nicht. »Und das sind Eure letzten Befehle, die Ihr als Feldwebel empfangt«, schnappte Shinn. »Ihr werdet degradiert.«

Der Mann sperrte den Mund auf.

»Du hast den Prinzen gehört«, bellte Leutnant Efel, der sein Pferd neben das von Shinn gelenkt hatte.

»Ja, Herr«, brummt der Feldwebel, verbeugte sich im Sattel und wendete sein Pferd.

»Dieser ekelerregende Schweinehund«, fluchte Shinn leise.

Efel nickte. »Kein schöner Anblick«, stimmte er dem Prinzen zu, um einschränkend und vorsichtig hinzuzufügen: »Aber der Schweinehund hat nicht ganz unrecht, wir befinden uns im Krieg, und im Krieg geschehen solche Dinge.«

»Nicht unter meinem Kommando«, knurrte Shinn. »Die antarische Armee ist nicht hier, um Kinder zu Tode zu foltern oder Frauen zu vergewaltigen.«

Der Leutnant nickte pflichtschuldig erneut, überzeugt schien er von den Worten des Prinzen allerdings nicht.

»Ihr bleibt hier und gebt acht, dass meine Befehle ausgeführt werden«, beauftragte Shinn den Leutnant. »Ich reite weiter nach Nordwesten und suche einen Lagerplatz für die Nacht.«

Die zweihundert Mann folgten dem Prinzen durch das Tal und danach hinauf auf einen Bergkamm zu. Es war nicht ungefährlich, ohne Kundschafter tiefer in den Norden vorzudringen, aber der Prinz wollte möglichst viel Abstand zwischen sich und das Wehrgehöft bringen.

Auf dem Kamm angelangt, brachte er das Pferd unter sich abrupt zum Stehen. Er hob die Faust, und die Soldaten hinter ihm zügelten ebenfalls ihre Rösser. Der Prinz hatte sich nicht getäuscht. In einem lichten Laubwald waren Bewegungen auszumachen. Gestalten in karierten Hosen, Waffen, die im Abendlicht glitzerten. Nordländer. Bald mussten sie aus dem Wald und über ein ödes Feld, bis sie weiter im Norden wieder in den

Schutz eines Waldes abtauchen konnten. Shinn wartete ab, um die Stärke des Gegners besser einschätzen zu können. Er spürte die sich ausbreitende Unruhe der abgeschlagenen Soldaten hinter sich, die nicht erkennen konnten, warum sie angehalten hatten.

Shinn entspannte sich, als die Nordländer aus dem Wald traten. Es waren zwar viele, aber die meisten schleppten sich mühevoll voran oder wurden von Kameraden gestützt, einige lagen sogar auf Bahren und mussten geschleppt werden. Die Zahl der kampffähigen Krieger war lächerlich gering. Angeführt wurde der traurige Zug von einer Frau, die ihr weiß gefärbtes Haar zu einem langen Zopf geflochten trug. Über ihre Schulter ragte ein Bogen. Die Nordländer hatten bereits ein Drittel der steinigen Ebene hinter sich, als die Frau den Kopf in die Höhe reckte, als wäre sie ein Tier, das eine Witterung aufgenommen hatte. Sie drehte den Kopf, und sie musste den Helm von Shinn im Abendlicht aufblitzen gesehen haben, denn sie rief Befehle nach hinten, schwang anmutig den Bogen vom Rücken und legte einen Pfeil auf.

Shinn erwachte aus einem merkwürdigen Zustand, den er nicht von sich kannte. Das Pflichtgefühl kehrte schlagartig in sein Bewusstsein zurück. Er riss das Schwert aus der Scheide und schrie: »Angriff!«

***

Angst und Verzweiflung stiegen in Friya auf und wollten ihr die Kehle zuschnüren. Mit einem Mal schien die Welt verlangsamt. Die Reiter, die auf sie zupreschten. Die viel zu wenigen Krieger und Kriegerinnen, die ihre Schilde in den Boden rammten oder Speere wurfbereit in die Hand nahmen. Das Stöhnen der Schwerverletzten, als ihre Tragen zu Boden fielen. Und die Angst, die, einem gierigen Ungeheuer gleich, immer mehr Besitz von ihr ergriff, um sie zu lähmen. Eine Szene aus der Kindheit blitzte in ihrer Erinnerung auf. Sie hatte Ziegenmilch gestohlen. Nicht zum ersten Mal, aber diesmal war sie erwischt worden. Sie war dem Nachbarn, dem die Ziegen gehörten, entwischt, aber er hatte ihr hinterhergerufen, er würde sie windelweich prügeln, wenn sie es wagte, die heimische Hütte zu verlassen. Zwei Tage verbrachte sie mit Hausarbeit. Der Vater hatte sich nur über sie lustig gemacht, aber Wolf, der damals noch Padru genannt wurde, nahm sie beiseite und erklärte ihr: ›Du kannst dich nicht ewig verstecken, die Angst wird immer größer. Stell dich ihr.‹ Mit erhobenem Haupt war sie am nächsten Tag vor die Tür des Nachbarn getreten. Er hatte sie windelweich geprügelt, wie angekündigt. Aber sie war anschließend stolz durch das Dorf gegangen. ›Mein mutiger kleiner Otter‹, hatte ihr Bruder sie abends gelobt.

Sie waren hoffnungslos unterlegen, die Soldaten aus dem Süden würden sie allesamt töten. Aber sie würde sich nicht ihrer Angst ergeben, sie würde nicht kampflos sterben. Sie spannte den Bogen, zielte und ließ die Sehne los. Der Pfeil traf einen der Soldaten in die Schulter. Durch die Wucht des Aufpralls wurde er vom Pferd geschleudert. Friya zog einen zweiten Pfeil aus dem Köcher und legte ihn auf. Da war ein Mann unter denen, die auf sie zujagten. Wie alle Kämpfer aus Antarion trug auch er einen blauen Rock, aber sein Kettenhemd und der Brustpanzer darüber waren auf Hochglanz poliert. Seinen Helm zierten goldene Flügel, und ein wehender Mantel wallte hinter ihm. Das musste der Prinz sein,

Prinz Shinn. Friya zielte auf ihn und schoss. Der Prinz hatte den Pfeil kommen sehen und duckte sich im Sattel weg. Noch ein Pfeil. Die ersten Reiter mähten jetzt die Krieger nieder, die sich ihnen tapfer entgegenstellten. Ihr blieb nur noch ein Versuch. Friya ging in die Hocke, spannte die Sehe bis zum Mundwinkel und lies los. Mit Genugtuung sah sie noch, dass der Pfeil sein Ziel gefunden hatte, dann wurde sie von einem Pferd gerammt, taumelte, und etwas Hartes krachte auf ihren Hinterkopf.

***

Friya erwachte mit höllischen Kopfschmerzen und wunderte sich, überhaupt aufzuwachen. Wo war sie, was war geschehen? Sie befand sich in einem gemauerten Raum. Sie lag auf einem Bett, ihr Kopf war verbunden. Beim nächsten Versuch gelang es ihr, sich aufzusetzen. Sie wartete, bis das Pochen hinter der Stirn ein wenig nachließ, stand auf und ging unsicheren Schritts zur Holztür. Sie war verschlossen. Ohne nachzudenken klopfte sie kraftlos gegen das schwere dunkle Holz. Schwindel überkam sie, und sie sank zu Boden. Hatten die Südländer sie gefangengenommen? Aber warum? Sie glaubte, Schritte zu hören. Ihre Augen wollten zufallen, aber sie zwang sich, wach zu bleiben.

Das Schloss knackte, und die Tür öffnete sich.

»Wartet draußen«, sagte eine befehlsgewohnte Männerstimme.

Friya blickte auf und sah den Mann, auf den sie geschossen hatte. Anstelle der Rüstung trug er nun lediglich den blauen Rock und eine kostbar verzierte Tunika, die ein

Gürtel auf Hüfthöhe in Form hielt. Außer einem Dolch hatte der Prinz keine Waffen bei sich. Er schloss die Tür, ging an ihr vorbei und setzte sich auf das Bett. Friya fiel auf, dass er schmerzhaft den Mund verzog, als er sich niederließ. Ihr Pfeil hatte also tatsächlich die Schwachstelle in der Rüstung gefunden, war aber offensichtlich nicht tief genug eingedrungen, um den Mann zu töten. Er musterte sie eingehend, ehe er sagte: »Und da heißt es immer, im Norden gäbe es keine schönen Frauen.«

Friya fletschte die Zähne.

»Ich habe dir eben ein Kompliment gemacht«, stellte der Prinz arrogant fest.

»Du hast viele meiner Brüder und Schwestern getötet«, zischte Friya. Hätte das Reden sie nicht so sehr angestrengt und wäre der Schwindel nicht gewesen, sie hätte sich auf den eitlen Bastard gestürzt und vollendet, was sie mit dem Pfeil begonnen hatte.

Der Prinz seufzte. »Wir befinden uns im Krieg, mein stolzer Wildfang. Im Krieg töten Menschen andere Menschen«, belehrte er sie.

Friya hatte nicht im mindesten Lust, mit diesem eingebildeten Bastard zu philosophieren. Sie würde ihm schon noch zeigen, was Krieg bedeutete, wenn sie die Gelegenheit dazu erhielt. »Wo sind wir?«

»Wir befinden uns in der nördlichsten Garnison«, gab der Prinz Auskunft.

Das Denken fiel Friya noch immer schwer. Der hämmernde Kopfschmerz machte es ihr beinahe unmöglich, einen klaren Gedanken zu fassen. Die Garnison – *Nordend*, wie sie unter den Stämmen genannt wurde – war sicherlich leicht einzunehmen gewesen, da sich Graf Barnas mit den meisten seiner Männer dem Heer angeschlossen hatte. Die Besetzung bedeutete, dass die Blauröcke es ernst damit meinten, den gesamten Norden ihrem Reich einzuverleiben.

»Gibt es noch andere Gefangene?«, fragte Friya heiser.

»Nein«, erwiderte der Prinz hart.

Einen Moment herrschte Schweigen, dann sagte Friya: »Ich werde dir ein Schwert in den Bauch stoßen, ich werde die Klinge umdrehen und Gefallen an deinem qualvollen Tod finden.«

Der Prinz lächelte. »Dann solltet Ihr Euch erst einmal erholen.« Er stand auf. »Wir werden diese erquickliche Unterhaltung in Bälde fortsetzen.« Der Prinz ging zur Tür und klopfte dagegen. Ein Soldat öffnete, der Prinz trat hinaus, und Friya war wieder allein.

Sie schleppte sich zum Bett und legte sich ächzend nieder. Das Ganze hatte auch ein Gutes, dachte sie noch, während ihr bereits die Augen zufielen: Wolf würde früher oder später von dem Überfall erfahren. Er würde annehmen müssen, dass sein kleiner Otter von den Blauröcken getötet worden war. Wenn das geschah, würde die Bestie in ihm die Ketten sprengen, und die Invasoren würden es mit einem Feind zu tun bekommen, wie ihn die schlimmsten Alpträume nicht hervorbrachten.

Kapitel VI

Wolf lag mit zwei Dutzend Kriegern in seinem Rücken auf der Lauer. Von dem Hügel aus hatte man eine gute Sicht auf die Alte Reichsstraße. In der heißen Mittagssonne rann ihm der Schweiß in die Augen, aber er rührte sich nicht. Wenn es sein musste, konnte er einen ganzen Tag lang bewegungslos ausharren. Klingen und reflektierende Rüstteile waren auf seine Anweisung hin schwarz gefärbt worden, damit kein Aufblitzen sie verriet. Der vereinbarte Mond war fast vorüber. Sie hatten Kundschafter aufgerieben und Nachschubkolonnen überfallen. Wolfs Vorsicht hatte dafür gesorgt, dass sie kaum Verluste erlitten hatten. Größeren Kampfverbänden waren sie stets rechtzeitig ausgewichen. Sie hatten zwar keinen hochrangigen Offizier erwischt, aber ohne Nachschub an Nahrung würde der Feind sich irgendwann zurückziehen müssen. Er hatte geglaubt, dass sie gar nicht so schlecht dastanden. Doch als die Verstärkung aus Kislav in Sicht marschierte, erschienen ihm die geführten Scharmützel wie Mückenstiche gegen eine gigantische Bestie. In Viererreihen zog eine endlose Schar frischer Soldaten in Kettenhemden und Lederrüstungen die alte Reichsstraße gen Norden. Es waren zu viele, um sie zu zählen. Und die feindlichen Kommandanten hatten dazugelernt. Der Tross, bestehend aus Ochsenkarren und vollbepackten Lasttieren, war nach allen Seiten hin gut geschützt. Hier gab es keinen Sieg mehr zu erringen. Der Norden musste sich wohl oder übel dieser Übermacht beugen.

»Wir ziehen uns zurück«, flüsterte Wolf über die Schulter, und ganz vorsichtig robbte er rückwärts.

In einem Eibenhain fanden sich vier der insgesamt fünfzehn Trupps nach Einbruch der Dunkelheit zusammen. Wolf legte sich Worte zurecht, obwohl davon auszugehen war, dass jedem, der die Verstärkung gesehen hatte und nur über einen Funken Verstand verfügte, klar sein musste, dass jeder weitere Widerstand zwecklos war. Die Kampfverbände mussten aufgelöst werden. Wolf würde persönlich zu denen von Tjarson und Rogwin gehen, um ihnen die Gelegenheit zu bieten, ihn zum Blutgericht herauszufordern. Wenn nötig, würde er beide erschlagen und dann nach Norden ins Exil ziehen. Die Krieger und Kriegerinnen hatten sich schweigend um ihn versammelt, als nahende Schritte im Unterholz Wolf aufhorchen ließen.

»Nimmer gesehen ward«, raunte eine Kriegerin leise die Parole.

»Wer des Borghuns Pfad kreuzt«, kam die richtige Ergänzung.

Wolf entspannte sich ein wenig, allerdings nur kurz, bis er im Mondschein, der durch das Blätterdach fiel, Barnas' ernste Miene erkannte. Der Graf sollte sich eigentlich mit anderen Trupps weiter westlich treffen. »Ich muss mit dir sprechen, Wolf«, sagte er.

»Wartet«, wies Wolf die Krieger an, »ich bin gleich zurück.«

Als sie weit genug von den anderen entfernt waren, um nicht belauscht zu werden, setzte Barnas an: »Es tut mir leid, ich habe schlechte Nachrichten.« Während er weitersprach, versteifte sich Wolf immer mehr. Ein

Meldereiter, der sein Tier fast zu Tode gehetzt hätte, sei auf Barnas Kampfverband gestoßen. Er habe berichtet, dass es zu einem Massaker unter den ersten gen Norden ziehenden Flüchtlingen gekommen sei. Er habe Friya nicht unter den Leichen entdeckt, aber in der Nähe sei ein Wehrgehöft niedergebrannt worden. »Es besteht die Möglichkeit, dass sie geflohen ist«, sagte Banras leise.

»Und die Verletzten im Stich gelassen hat?«, brachte Wolf hervor. »Das würde sie nie tun.«

Ein schweres Schweigen legte sich über die beiden Männer, nur unterbrochen vom Ruf einer Eule.

»Wer war es?«, fragte Wolf schließlich mit eisiger Stimme. »Breitnasen oder Blauröcke?«

»Dieser Prinz aus Antarion hat meine Garnison besetzt«, gab Barnas zurück.

Wolf knirschte mit den Zähnen. Trauer und Schmerz über den Verlust wollten ihn überwältigen, aber er riss sich zusammen.

»Es ist nicht deine Schuld«, sagte der Graf.

»Ich fühle keine Schuld«, knurrte Wolf, »nur Hass.« Seine Hände ballten sich zu Fäusten. »Geh zurück zu den Kriegern«, bat er den Grafen, »sag ihnen, sie sollen sich ausruhen.«

»Sie erwarten eine Ansprache«, gab Barnas zu bedenken.

»Ruf die übrigen Kampfverbände zusammen«, grollte Wolf. »Ich werde zu allen sprechen.«

***

Ein halber Mond war vergangen, seit es Wolf mit der Unterstützung von Barnas gelungen war, die Stammeskrieger zu überzeugen, den Kampf fortzuführen. Fast jeder hatte zumindest entfernte Verwandte unter den Verwundeten gehabt, die von den Blauröcken niedergemetzelt worden waren. Der ganze Norden, so schien es, befand sich in einem Taumel der Rache, und Wolf stand an seiner Spitze. Lediglich die Anführer und Häuptlinge hatte er in seinen Plan eingeweiht, aber es verbreitete sich das Gefühl, dass nun zurückgeschlagen würde. Täglich hatten sich mehr Krieger und Kriegerinnen dem Heereszug angeschlossen, der in die Gegenrichtung der Hauptstreitmacht aus Kislav zog, nach Süden. Und es würden noch mehr kommen, wenn sie Erfolg hatten. Der Feind ahnte offenbar nichts von dem gewagten Vorhaben. Nun machte sich der Krieg im eigenen Land für die Nordländer bezahlt. Sie legten falsche Fährten und lockten die feindlichen Heeresverbände immer tiefer in den Norden, während ihre Hauptstreitmacht unbemerkt bis nach Burgstadt marschierte.

Wie abgesprochen ließen Barnas, Rogwin und Tjarson die Truppen in Sichtweite der Stadtmauern Aufstellung beziehen. Über zweitausend Krieger und Kriegerinnen, bemalt und kampflustig. Sie klopften auf ihre Schilde, ließen Hörner erschallen und schrien den Feinden auf den Mauern Verwünschungen entgegen.

Barnas sah sich angespannt um. Die Aufstellung war gut, sie zeigte ihre volle Stärke, und der Feind musste annehmen, dass hinter den Hügeln noch mehr Nordländer versammelt waren. »Wie viele siehst du auf den Mauern?«, wandte er sich an Gurad, einen jungen Mann, der bereits in der Garnison gute Dienste verrichtet hatte. Vor allem besaß er die Augen eines Falken.

»Viele, und es werden immer mehr«, antwortete der junge Krieger.

Barnas nickte ein wenig erleichtert. »Wir rücken vor!«, rief er mit donnernder Stimme. Rogwin, Tjarson und andere Häuptlinge nahmen den Ruf auf – und das Heer setzte sich in Bewegung. Sie mussten sich Zeit lassen, ohne Verdacht zu erregen. Bis zum vereinbarten Signal duften sie nicht in Reichweite der Bogenschützen kommen.

***

Burgstadt trug ihren Namen nicht zufällig. Zwar schützte nur ein einziger Verteidigungswall den Stadtkern, aber diese Mauer war so hoch, dass ein fallengelassener Stein einem Mann den Schädel einschlagen konnte. Die Türme waren nicht zur Zierde, sondern dienten ebenfalls einer effektiven Verteidigung. Larna wollte sich gar nicht vorstellen, welch gigantische Steinmassen sich über ihrem Kopf befanden. Ganz zu schweigen von den Soldaten. Sie hatte zwar den Bericht eines Spähers mitgehört, dass die Blauröcke unterbesetzt waren, dennoch würde es ohne Zweifel ein wüster Kampf werden. Und sie würde mittendrin stecken. Warum hatte Wolf sie ausgewählt? Vielleicht erinnerte sie ihn an jemanden, vielleicht an eine Frau, die er früher einmal gekannt hatte. Es spielte keine Rolle. Jetzt war sie hier, und sie würde alles geben, um den Kriegshäuptling nicht zu enttäuschen.

Pitsch-patsch, pitsch-patsch – das Geräusch von zweihundert Paar Stiefeln, die durch ein Kanalrohr schlichen, auf dessen Grund eine ekelerregende Brühe dahinrann. Anfangs hatte Larna geglaubt, sie würde den

Gestank nicht ertragen. Aber man gewöhnte sich daran, man gewöhnte sich an alles. Ihr fiel es allerdings besonders leicht, sich an neue Umstände anzupassen, ihr Totem half ihr dabei. Nachdem die Rattenmutter sie erwählt hatte, war sie dem Gespött der anderen Jugendlichen auf dem Hof ausgesetzt gewesen. Nur ihre beste Freundin hatte zu ihr gehalten, Mifa. Sie war am Schwarzfieber gestorben. Sie hatte die ganze Nacht an ihrem Bett gesessen und ihr die Hand gehalten, bis ihre Seele den Körper verlassen hatte. Weshalb kam ihr diese traurige Erinnerung gerade jetzt in den Sinn?

Der Mann vor ihr hielt an. Schnaufen aus vielen Kehlen in der Finsternis. Sie legte dem Mann die Hand auf die Schulter, um zu spüren, wann es weiterging. Es wäre natürlich alles leichter gewesen, hätten sie Fackeln entzündet, aber die Frau, die Wolf von dem Kloakentunnel erzählt hatte, war der Meinung gewesen, dass Feuer hier unten die Luft in Brand setzen könnte. Schwer vorstellbar, fand Larna, aber Wolf hatte die Warnung der Frau ernstgenommen. Der Mann vor ihr setzte sich wieder in Bewegung. Der lange Zug folgte einer Biegung. Jetzt befanden sie sich in einem steiler ansteigenden Tunnelrohr. Es war auch niedriger, und sie mussten gebückt gehen.

Endlich erreichten sie einen Ausstieg. Larna ließ sich von kräftigen Armen nach oben ziehen und half dann den Nachfolgenden. Eine Fackel wurde entzündet, und Larna erkannte, dass sie sich in einem feuchten Kellerraum befanden, in dem einige wenige verschimmelte Kisten und Truhen lagerten. Als es allmählich zu eng wurde, zückten Krieger Waffen und öffneten die Tür zu einem weiteren Raum. Auch dieser war größtenteils leer. Als alle Krieger und Kriegerinnen dicht gedrängt in den beiden Räumen standen, legte Wolf flüsternd und mit Gesten eine Formation fest. Ein Hüne, der ein im Verhältnis zu seiner Statur kleines Rundschild auf dem Rücken trug, bildete zusammen mit Wolf und einer Kriegerin, die ein großes Horn umgeschnallt hatte, die Spitze. Larna kannte Geschichten über das mit Runen verzierte Horn. Es war das Kriegshorn der Nygrar. Keinen lauteren Schrei gab es im Norden, hieß es.

Wolf nahm eine kurze Axt aus dem Gürtel und sagte mit einem angsteinjagenden Funkeln in den Augen: »Wir rücken geschlossen vor und töten jeden, der sich uns in den Weg stellt, so lautlos wie möglich. Vorwärts!«

Er zog eine schwere Tür auf, sah sich einen Moment lang um und huschte eine Treppe hoch. Die anderen folgten. Larna hielt Schritt. Sie hatte einen Dolch gezückt, aber er kam nicht zum Einsatz, da Wolf, der Hüne und die Kriegerin mit dem Horn sich wie böse Geister durch die Gewölbe mordeten. Larna musste nur aufpassen, nicht über die Leichen zu stolpern, die sie zurückließen. Die Präzision, mit der sie vorgingen, und die Stille, in der der Tod über die Wachen kam, war unheimlich. Larna sagte sich, dass auch sie zu den Geistern gehörte, die die Feste heimsuchten, um ihre Gänsehaut zu vertreiben. Eine Leiter führte sie schließlich in eine großräumige Küche. Wolf schlug einen unbewaffneten Mann nieder, und der Hüne brach einem zweiten mit seinen kräftigen Armen das Genick, sodass ihm der Schrei im Hals stecken blieb. Wolf schlich zur Tür und öffnete sie einen Spaltbreit. Larna huschte neben ihn und ließ sich in die Hocke nieder.

»Wir sind da«, brummte Wolf zufrieden. »Ich kann das Tor sehen.«

Er winkte die Übrigen zu sich heran und wartete, bis eine Kriegerin von hinten meldete: »Wir sind alle oben.«

»In Ordnung«, grollte Wolf, »jeder weiß, was er zu tun hat. Wir öffnen unseren Brüdern und Schwestern das Tor, dann halten wir die Stellung. Macht eure Sippen stolz!« Damit schob er die Tür auf und pirschte los. Erst, als sie über den Burghof huschten, hörte Larna den Lärm, den die Krieger außerhalb der Mauern veranstalteten. Es wurde auf Schilde geklopft, gerufen und sogar Fetzen von Gesängen drangen an ihr Ohr. Die gesamte Aufmerksamkeit der Blauröcke war auf die anrückende Armee gerichtet. Sie bemerkten den Feind im Inneren erst, als die Wächter hinter dem Tor niedergestreckt waren, Wolf eine Leiter erklommen hatte und einen Mann vom Turm warf. Im freien Fall stieß er einen Schrei aus. Larna, die kurz nach Wolf die Leiter hochkam, zog ihr Kurzschwert. Von den Wehrgängen stürmten Blauröcke auf sie zu. Sie wusste, ihre Aufgabe war es, den starken Männern Zeit zu verschaffen, damit diese das Fallgitter hochziehen konnten. Die Krieger und Kriegerinnen, die unten vor dem Tor geblieben waren, hatten es am schwersten. Erste Pfeile wurden auf sie abgefeuert.

Das Kriegshorn der Nygrar wurde gestoßen, und es war wirklich außerordentlich laut. Ein tiefer, weithallender Ton. Ein Blaurock mit Schild und Schwert rannte auf sie zu. Ehe der Mann sie erreichte, traf ihn eine Wurfaxt in die Stirn und er stürzte hinab. Ein Krieger hinter ihr drängte sich nach vorn und parierte den Schwerthieb eines nachfolgenden Blaurocks. Larna stieß einen Kampfschrei aus und warf sich in die Schlacht. Mit ihrer kurzen Reichweite suchte sie keinen Kampf Mann gegen Kriegerin, sondern nutzte Gelegenheiten, hinter den Kriegern tödlich vorzustoßen. Sie hatte einen guten Gleichgewichtssinn und wagte sich deshalb nah an den Rand der Brustwehr. Wann immer sie zustach, sah sie die Überraschung im Gesicht ihrer Gegner. Die Bogenschützen konzentrierten ihr Feuer auf die Krieger unten am Tor, die sich nun mit Schilden schützten. Wolf erkannte die Gefahr. In einer kurzen Atempause sah Larna dem Kriegshäuptling zu, wie er sich auf der anderen Seite einen blutigen Weg zu den Bogenschützen bahnte. Es war atemberaubend anzusehen, wie er das lange Schwert beidhändig führte. Keinen Augenblick hielt er inne, er parierte nicht. Als würde er eine Straße fegen, schritt er voran und fällte jeden Blaurock, der sich ihm in den Weg stellte. Ein Mann stieß mit einem Speer zu, Wolf packte den Speer am Schaft, zog den Blaurock zu sich heran, vollführte eine Drehung, die den Mann auf den Hof stürzen ließ und spaltete dem nächsten mit Alrun Helm und Schädel. Das war ihr Kriegshäuptling. Sie würde ihm bis in die Halle der Ahnen folgen.

Als das Fallgitter zu zwei Dritteln hochgezogen war, hoben starke Hände den Riegel des Außentors aus den Ankern. Die Krieger stemmten sich dagegen und das eisenbeschlagene Tor öffnete sich knarrend. Lauter Beifall war von außen zu hören. Die Blauröcke, die eben noch über den Burghof auf die Krieger am Tor zugestürmt waren, machten kehrt, da sie sahen, was ihnen entgegenkam: Die Armee der Nordländer, die im Laufschritt und in einer Keilformation auf das offene Tor zuhielt.

»Angriff!«, brüllte Graf Barnas. Sein Nebenmann schützte sie beide mit seinem breiten Schild, das er über ihre Köpfe hielt. Pfeile sirrten durch die Luft und gingen auf sie nieder, aber es war kein echter Pfeilhagel, und viele trafen wirkungslos auf Schilde. Erst kurz vor dem

Tor nahm Barnas die Streitaxt in beide Hände, hob sie hoch und ließ ihn in den hastig aufgestellten Schildwall der Feinde krachen. Der Druck hinter ihm war so groß, dass er durch die gegnerischen Reihen gedrückt wurde. Er rammte einem Blaurock die Axt in den Bauch, fuhr herum und schwang die schwere Waffe gegen einen Mann, der mit einem Schwert parieren wollte. Die Streitaxt fegte die Klinge beiseite, wie ein Orkan einen Grashalm, und zertrümmerte ihrem Träger den Schädel. Ein wildes Hacken und Stechen setzte ein. Mann gegen Mann, und dazu noch in der Unterzahl, hatten die antarischen Soldaten keine Chance. Schreie nach Gnade wurden überhört, und bald war der ganze Burghof von Leichen und Pfützen von Blut bedeckt. Barnas riss im Rausch seine Streitaxt hoch und rief: »Sieg! Burgstadt ist wieder unser!«

Sie hatten es tatsächlich geschafft. Larnas Stimmung kippte augenblicklich. Der Blaurock vor ihr, der sich an eine Zinne stützte, während ihm die Eingeweide aus dem Bauch quollen, tat ihr plötzlich leid. Zuvor hatte sie nur den Feind gesehen, jetzt sah sie den Menschen – den Menschen, der Qualen litt und der sterben würde, weil sie ihm den Unterbauch aufgeschlitzt hatte. Sie schnitt eine Grimasse und bereitete den Schmerzen des Mannes ein Ende.

Letzte Blauröcke wurden zusammengetrieben und zur Strecke gebracht. In den Türmen waren bestimmt noch mehr. Wenn sie kein Stroh zwischen den Ohren hatten, würden sie fliehen. Larna blickte zu Wolf, der sein Schwert am Rock eines Gefallenen abwischte, sich umsah und eine Leiter hinabstieg. Auch Larna kletterte rasch hinab auf den Hof. Fast wäre sie in einer Blutlache ausgerutscht, als sie zu den Anführern ging. Sie wollte einfach in Wolfs Nähe sein. Sie wusste, dass auch er ein Mensch mit vielen eindrucksvollen Stärken, aber auch Schwächen war. Er schlief abseits der anderen, doch Larna hatte sich gelegentlich zu ihm geschlichen. Er hatte in Alpträumen geschrien und manchmal auch im Schlaf geweint. Seine Anwesenheit spendete ihr Trost, half ihr, damit klarzukommen, was sie oben auf der Brustwehr für Gräuel angerichtet hatte. Als sie zu den Anführern trat, nickte Barnas und sagte: »Sobald ich Wachen eingeteilt habe, komme ich nach.«

Wolf forderte eine kleine Schar von Kriegern, die bereits angefangen hatten zu prahlen, auf, ihm zu folgen. Larna schloss sich ihnen ungefragt an.

Im Stadtkern herrschte eine gespenstische Stimmung. Die ehemaligen Bewohner mussten geflohen, in die Kerker gesperrt oder getötet worden sein. Die gepflasterten Straßen waren leer. Nur ein Schmied stand wie versteinert an seinem Amboss. Einer der Krieger rief ihm zu, dass Burgstadt befreit sei, aber der Mann sah nur kurz auf, seine Augen waren so leer wie die Straßen.

Als sie auf den breiten Turm, das Herz von Burgstadt zugingen, lockerte Wolf, der das lange Schwert auf dem Rücken trug, demonstrativ die kurze Axt in seinem Gürtel. Worte waren nicht nötig, die Krieger verstanden, dass sie auf der Hut sein mussten. Möglicherweise hatten sich noch Blauröcke in dem Bergfried verschanzt, obgleich das offenstehende Tor dagegen sprach. Ehe sie dieses Tor erreichten, war eine Bewegung in den Schatten dahinter auszumachen. Die Krieger zogen ihre Waffen, entspannten sich jedoch sogleich wieder. Einer grunzte vergnügt.

Eine Frau trat aus dem Tor auf sie zu. Sie war von kleinem Wuchs, aber auffällig wohlgestaltet. Ihre weibliche

Figur wurde betont von einem silbernen Seidenkleid, das mehr zeigte, als es verhüllte. Sie trug Armringe und ein Diadem mit funkelnden Edelsteinen um den zierlichen Hals. Den Kopf, auf dem ihr goldblondes Haar zu einem Knoten gebunden war, hielt sie aufrecht, das Kinn leicht erhoben. Larna verspürte auf Anhieb eine Abneigung gegen die Frau, die nur wenige Sommer älter sein konnte als sie selbst.

»Mein Name ist Erida«, sagte die Frau mit einem ebenso bezaubernden wie falschen Lächeln. »Ich heiße die neuen Herren von Burgstadt willkommen.« Sie trat noch näher. Auf der Seide, die sie wie ein Hauch von schimmerndem Nichts umgab, zeichneten sich ihre Brustwarzen ab. Sie machte einen Knicks und fuhr mit weicher Stimme fort: »Ihr müsst Wolf sein, vor dem alle zittern.«

»Du zitterst nicht«, stellte Wolf nüchtern fest.

»Nein, mein Herr«, stimmte Erida zu. »Ich bin aus freien Stücken geblieben, um Euch und Euch allein zu dienen. Wenn Ihr mich haben wollt.«

»Wenn du sie nicht willst, nehme ich sie«, scherzte ein Krieger und machte dabei eine anzügliche Geste.

»Wir werden sehen«, sagte Wolf. »Weißt du, wo die Gefangenen untergebracht sind?«

»Ich muss gestehen, ich war noch nie in den Verliesen«, erwiderte Erida, »aber ich weiß, wo sie sich befinden. Folgt mir.«

Sie drehte sich um, und der Anblick war nicht weniger aufreizend als der von vorne. Larna schnaubte und folgte gemeinsam mit den anderen argwöhnisch der Hure ins Inne des Bergfrieds.

Hinter einer großen Halle, in der eine lange Tafel stand, stiegen sie eine Wendeltreppe hinab. Ein Gang und wieder eine Treppe. Auf dem Tisch der Wärter lagen

Würfel und ein umgekippter Tonkrug nebst Krügen. Im Zellentrakt war es auffällig still. Erida trat beiseite und schlug die Augen nieder. Wolf ging voraus und blieb vor einer Zelle stehen.

»Graf Dornar«, brummte er.

Ein Krieger kam an seine Seite und schlug sich die Hand vor den Mund. »Diese Bastarde!«

Larna war bei Erida geblieben. Wenn die Hure auch nur eine falsche Bewegung machte, würde sie ihr den Dolch in den hübschen Rücken rammen.

Wolf nickte steif und kam zurück. Er stellte sich dicht vor Erida, ehe er grollte: »Weißt du von Blauröcken, die sich in der Feste verstecken?«

Erida schüttelte eingeschüchtert den Kopf.

»Gibt es sonst etwas, das du mir besser jetzt sagen möchtest?«

»Nein, mein Herr«, erwiderte Erida leise.

Wolf taxierte sie finster. Ohne sie aus seinem bedrohlichen Blick zu entlassen, knurrte er: »Larna, Horwin, begleitet sie in den Turm und gebt acht, dass sie nicht wegläuft.« Und zu Erida fügte er hinzu: »Wir unterhalten uns später.«

Erst auf der Treppe, die in die oberen Stockwerke führte, spürte Larna die Erschöpfung. Der Hure hingegen schienen die zahllosen Stufen, trotz ihrer zierlichen Gestalt, nicht das Geringste auszumachen. Sie wirkte nicht im mindesten angestrengt, ihr Atem ging ruhig und gleichmäßig. Nun ja, sie hatte sich auch nicht den halben Tag durch Abwasserkanäle gezwungen und danach Blauröcke niedergestochen. Wahrscheinlich hatte sie die ganze Zeit vor einem Spiegel mit ihrer aufwändigen Frisur zugebracht.

Erida führte ihre beiden Bewacher in einen karg eingerichteten Raum.

»Das ist nicht dein Zimmer«, stellte Larna misstrauisch fest.

»Nein«, sagte Larna, »mein Gemach liegt gegenüber. Aber dort ist es ... derzeit etwas ungemütlich.«

Larna gab Horwin mit einem Blick zu verstehen, dass er nachsehen sollte.

Seufzend ließ sich Erida auf einem Stuhl vor einem kleinen Fenster nieder. Obwohl ihre Beine müde waren und das Bett sie lockte, blieb Larna stehen.

»Du liebst ihn«, sagte Erida.

»Wen?«, fragte Larna überrascht.

Die Hure lachte affektiert. »Den Mann mit dem langen Schwert natürlich.«

»Wolf?« Larna schluckte ertappt. »Ich verehre ihn, wie eine Kriegerin ihren Häuptling verehrt. Du weißt nichts über uns Nordländer«, fügte sie barsch hinzu.

Horwin kehrte zurück. »Im Raum gegenüber liegen drei tote Blauröcke«, brummte er. »Ich würde sagen, sie wurden vergiftet.«

Instinktiv fuhr Larnas Hand zum Dolchgriff.

»Sie wollten mich zwingen, Burgstadt zu verlassen«, erklärte Erida gleichgültig. »Aber mir gefällt es hier. Außerdem wollte ich den großen Kriegshäuptling des Nordens kennenlernen.«

Ein kalter Schauer fuhr Larnas Rücken hinab. Selten hatte sie eine Frau so sehr gehasst wie diese Metze. Vor allem missfiel ihr, dass sie sich ganz und gar nicht wie eine Gefangene verhielt, sondern eher wie eine Königin. Außerdem war sie so verdammt hübsch. Eine ganz andere Schönheit als die raue Attraktivität von Kriegerinnen. Larna musste an die Narben auf ihrem Körper denken. Erida hatte sicher keine einzige. Es war egal. Wolf war kein Dummkopf. Er würde nicht auf ihre Art hereinfallen – oder doch? Sie setzte sich auf den Boden, lehnte sich am Bett an und zwang sich, die Augen offenzuhalten, während Horwin einen Schrank öffnete und begann, nach Beute zu suchen.

Sie musste doch eingenickt sein, denn als sie Schritte hörte, schreckte sie hoch und stellte fest, dass die Hure nicht mehr auf dem Stuhl saß. Rasch rappelte Larna sich auf und war erleichtert, als sie Erida auf dem Bett liegen sah. *Miststück*, dachte sie, du *wunderschöne Giftschlange*. Ein Rumpeln verriet, dass Horwin einen Nebenraum durchsuchte. So waren Krieger, sie mochten für ihren Stamm und ihr Land kämpfen, aber wenn sich dabei Beute machen ließ, umso besser. Larna rückte ihre leichte Lederrüstung zurecht und stand breitbeinig da, als Wolf mit zwei Kriegern den Raum betrat. Er grinste Larna an – ein seltener Gesichtsausdruck für den stets so ernsten Kriegshäuptling.

»Sie hat ihre Leibgarde ermordet«, meldete Larna.

Wolf nickte. »Ihr könnt uns allein lassen. Ich denke, ich werde mit ihr fertig.«

Larna verließ mit den Kriegern den Raum. Während diese sich gleich Horwin auf Schatzsuche begaben, sank Larna neben der Tür nieder, die sie selbst geschlossen hatte. Durch das Holz gedämpft, hörte sie Wolf mit seiner tiefen Stimme sagen: »Ich weiß, dass du wach bist. Reden wir darüber, wie ihr hergekommen seid. Reden wir über Schiffe.«

Kapitel VII

Isma hatte viel über Murim gelesen, aber er hatte die großartige Hauptstadt von Kislav nie zuvor mit eigenen Augen gesehen. Sie war riesig. Die meisten Gebäude waren mehrstöckig, und über die Dächer ragten zahllose Türme, Kuppeln und andere Gebäudearten, deren Namen Isma nicht kannte. Die Stadt lag auf einer trockenen Ebene, die Luft war heiß und stickig. Gerüche von fremdartigen Gewürzen stiegen ihm in die Nase, und es herrschte ein permanent lauter Geräuschpegel. Händler boten ihre Waren feil, Fuhrwerke ratterten über die langen Straßen, Kinderbanden zogen lärmend an ihm vorbei, Säuglinge weinten in den Armen ihrer Mütter. Murim, die *Stadt der tausend Düfte*, war auch eine Stadt der tausend Stimmen und Farben.

Tjaro, der Soldat, der ihm den weiten Weg über Gesellschaft geleistet hatte, grinste breit, als sie an einem Bordell vorbeikamen. Er war ein angenehm stiller Reisebegleiter gewesen. Wenn er etwas gesagt hatte, dann waren es Lobeshymnen auf die Hurenkunst in der Hauptstadt gewesen. Isma erwiderte das frivole Grinsen mit einem verlegenen Lächeln.

»Du kannst gern hierbleiben«, sagte Isma, »ich finde allein weiter.«

»Ich soll dich bis an die Palastpforte bringen«, widersprach der Soldat halbherzig.

Isma drückte ihm drei Münzen in die schwielige Hand. »Ist schon gut. Ich danke dir, du hast den Befehl vorbildlich ausgeführt.«

Tjaro legte abwägend den Kopf schief. Er kam zu dem Schluss, dass der junge Mann recht hatte, gab diesem aber noch einen Ratschlag mit auf den Weg: »Du solltest deinen Beutel nicht so offen tragen. Tausend Düfte und tausend Diebe.« Mit diesen Worten zwinkerte er Isma zu, schlug ihm kameradschaftlich auf die Schulter und ging auf das Hurenhaus zu. Isma sah ihm nach, schüttelte lächelnd den Kopf und ging ebenfalls seines Weges. Jetzt hatte er nichts mehr, außer den restlichen Münzen in dem Beutel. Die Stute, die sie mit dem Zelter von Tjaro am Stadtrand einem Bauern überlassen hatten, war nur eine Leihgabe gewesen. Seltsamerweise fühlte er sich dennoch gut und frei, auch wenn die Botschaft, die er dem Karlik überbringen wollte, keine erfreuliche war. Sogleich fühlte er Schuldgefühle aufsteigen. Seine Mutter und Brüder waren bestialisch abgeschlachtet worden, doch daran war nichts mehr zu ändern, und Affalah war so groß und voller Abenteuer, auch wenn manche davon düster und fürchterlich waren. Es gab immer auch Licht. In diesem Abenteuer war er vielleicht nicht mehr als ein Windlicht, aber die Flamme würde wachsen. Er nahm sich fest vor, ein Radu, ein Meisterwirker und weiser Gelehrter zu werden, der Könige beriet, Unschuldige beschützte und den Kontinent bereiste, von einem Abenteuer ins nächste. So wie die Radu aus den Geschichten, die man sich an der Akademia erzählte. Seine hochtrabenden Ziele erfuhren einen derben Dämpfer, als die Palastwache ihm schroff mitteilte, er könne sich auf eine Liste eintragen lassen, wenn er wünschte, den Großwesir zu sprechen. Isma beharrte, er wolle nicht den Großwesir, sondern den Karlik sprechen. Daraufhin machten sich die zwei Männer in ihren auf Hochglanz polierten Rüstungen über ihn lustig – und er ließ sich in die Liste eintragen.

»Welche Herberge?«, fragte der Schreiber in desinteressiertem Routineton.

»Das weiß ich noch nicht«, antwortete Isma verunsichert.

Der Schreiber seufzte. »Dann musst du jeden Morgen herkommen, bis du eine feste Unterkunft hast.«

»Ich sagte doch, es handelt sich um eine Angelegenheit von höchster Dringlichkeit«, unternahm Isma einen letzten Versuch.

Der Schreiber sah auf. »Junger Freund, jeder, der den Großwesir sprechen will, glaubt, dass sein Ersuchen das wichtigste auf ganz Affalah ist und Gedeih oder Verderb von Kislav davon abhängt. Gerichtsfälle haben Vorrang, aber ich bin mir sicher, in weniger als einem Mond wirst du angehört werden.«

»In einem Mond?«, schnappte Isma. »Ich bin ein Alumnu!«

»Meine Augen sind schwächer geworden«, sagte der Schreiber sachlich, »aber ich bin nicht blind. Soll ich deinen Namen wieder streichen?«

»Nein«, murmelte Isma resigniert.

»Bis Morgen«, rief ihm der eine Wachmann fröhlich hinterher. Der andere lachte.

Offenbar hatte Isma seinen Rang überschätzt. Auf dem Land wurden Alumnu geschätzt und bewundert, in der Hauptstadt war das offenbar anders. Was hatte er geglaubt, dass der Karlik, der täglich mit höchsten Würdenträgern und bedeutenden Gesandten aus anderen Königreichen zu schaffen hatte, einen einfachen Almunu sofort empfangen würde? Ja, das hatte er gedacht. Jetzt musste er damit zurechtkommen, dass dem nicht so war. Er suchte einige Gasthäuser in Palastnähe auf, doch sie waren allesamt zu teuer für seinen schmalen Geldbeutel. Wenigstens ein Quartier hätten sie ihm stellen können. Ärgerlich und enttäuscht bewegte er sich ohne konkrete Richtung weg vom Herzen der Stadt. Je weiter er ging, umso schmutziger wurde es. Die Stadt der tausend Düfte wurde zu einer Stadt der vielfachen Gerüche, und schließlich wurde ein einziger atemraubender Gestank daraus. Streunende Hunde scharrten auf der Suche nach Essbarem in verstopften Abflussrinnen, Bettler, Krüppel und Kranke hockten allein oder in Gruppen in ärmlichen Gassen. Aus Furcht, sich anzustecken, hielt sich Isma so gut es ging von ihnen fern. Er dachte an Lira. Erst hatte er sich für selbstsüchtig gehalten und deswegen Gewissensbisse gehabt, weil er das Mädchen, die einzige Überlebende aus dem überfallenen Dorf, in der Garnison zurückgelassen hatte, jetzt korrigierte er sich. So, wie sich alles entwickelte, hatte er ihr einen Gefallen erwiesen, indem er sie trotz ihres Flehens nicht mit auf die Reise in die Hauptstadt genommen hatte.

»Ich bring dich um! Fass mich an, und ich bring dich um!«

Isma suchte mit den Augen und fand die Quelle des Gebrülls. Ein Mann mit einem Messer in der Hand stand schwankend auf der Straße. Vor ihm eine ältere Frau und ein Junge, dem die Drohung offensichtlich galt.

Isma trat näher.

»Versuch's doch«, konterte der Junge kühn.

Die ältere Frau hob beschwichtigend die Hände. »Schlaf deinen Rausch aus, Tonka. Morgen können wir über den

Vorfall in Ruhe sprechen. Wir finden bestimmt eine Einigung.«

»Die verdammte Fotze hat mir fast den Schwanz abgebissen!«, schrie der Mann mit dem Messer, der offenbar Tonka hieß.

»Du hast sie geschlagen«, gab der Junge zurück.

Isma bemerkte, dass auch er eine Waffe hinter dem Rücken versteckte.

»Du schuldest uns zwanzig Ökar«, beharrte der Junge.

»Ich zeig dir, was du bekommst, du vorlauter Hosenscheißer«, bellte Tonka und wollte auf den Jungen losgehen.

Isma schritt beherzt zwischen die beiden Streitparteien.

»Ist das hier die Makutu-Straße?«, fragte er.

Tonka sperrte den Mund auf, doch Isma ließ ihn nicht zu Wort kommen und fuhr eilig fort: »Ich bin nämlich nicht von hier. Ich komme aus dem Süden, aus der Akademia zu Nifaria, um genau zu sein. Dort ist es ruhig und friedlich, es herrscht Harmonie.« Während er weiter das Erstbeste, das ihm einfiel, vor sich hinplapperte und bestimmte Reizwörter einstreute, wirkte er Wasserelementarkraft. Dafür benötigte er ein Vorkommen des Elements in der Nähe. Das kleine Rinnsal im Abwasserkanal war alles andere als ideal, aber es genügte für eine unterschwellige Beeinflussung. Der trunkene Mann und der Junge wollten sich nicht wirklich an die Kehlen gehen. Er musste ihre Gemüter nur ein wenig abkühlen, das von Tonka etwas mehr als das des Jungen.

Als Isma seinen Wortschwall beendete, schüttelte Tonka den Kopf, als wäre ihm schwindlig. »Ich hab wohl ein Gläschen zu viel getrunken. Ich geh jetzt heim. Gute Nacht.«

»Er wird morgen bezahlen«, sagte der Junge. »Er kann ohnehin nirgends anders hin.«

Die ältere Frau sah Isma neugierig an. In ihren Augen blitzte es. Sie schickte ihren Jungen ins Haus und sagte: »Das hast du getan, nicht wahr?«

Isma lächelte verlegen. »Ich habe nur ein wenig nachgeholfen.«

»Was machst du hier?«, wollte die Frau wissen. »Das ist kein gutes Viertel für einen jungen Alumnu.«

Isma wollte antworten, doch die Frau kam ihm zuvor. »Ach, komm doch herein und erzähle uns deine Geschichte in Ruhe und bei einem deftigen Abendbrot.«

Und so kam Isma zu seiner ersten bezahlten Arbeit. Die ältere Frau – Sari – führte eine kleine Schenke und hatte außerdem zwei Zimmer, in denen wechselnde Frauen die Säufer nach der Zecherei körperlich bedienten. Sari vermietete die Zimmer stundenweise und erhielt zusätzlich einen Anteil vom Lohn der Huren. Ihr Sohn, Bugu, richtete die Zimmer her und half in der Schenke aus. Zwei weitere Hände waren willkommen, außerdem gab es Streitereien wie die mit Tonka öfters, und Sari war froh, einen Schlichter gewonnen zu haben. Isma erhielt nicht viel mehr als ein Taschengeld, aber zudem zwei Mahlzeiten am Tag und ein Bett in einem winzigen Raum ohne Fenster. Es war besser als nichts. Jeden Morgen stand Isma vor der Dämmerung auf und ging den langen Weg zum Palast – wo er mal um mal abgewiesen wurde. Wenn er zurückkehrte, begann sein Arbeitstag. Er hatte sich sein erstes Abenteuer anders vorgestellt, aber er kam vorerst über die Runden, und es war ja nur eine Etappe. Irgendwann musste der Großwesir ihn schließlich empfangen.

»Schlechte Laune?«, fragte Friya spitz, als Prinz Shinn mit tiefen Ringen unter den Augen in das Zimmer trat, das zu ihrem Gefängnis geworden war. »Ihr habt euch doch nicht etwa einen Schnupfen eingefangen. Ich habe Euch doch gewarnt, dass dieses Klima nichts für einen verweichlichten Südländer ist.«

Er war oft zu ihr gekommen. Auch wenn sich an ihrem Hass auf ihn nichts geändert hatte, so hatte sie doch den Ton angepasst. Sie hatte sich angewöhnt, ihre Beleidigungen in ein höflicheres Gewand zu kleiden, und normalerweise schmunzelte der Prinz dazu überlegen, ehe er sie über Gebräuche der Nordländer aushorchte. Das war die unausgesprochene Vereinbarung, zu der sie gefunden hatten. Sie erzählte ihm von der nordischen Kultur, im Gegenzug trug er dafür Sorge, dass sie Essen und Trinken bekam und nicht von den Soldaten vergewaltigt wurde. Heute jedoch schien der Prinz seinen Humor und Charme vor der Tür abgelegt zu haben.

»Halt deinen vorlauten Mund«, herrschte Shinn sie an. »Ich bin nur gekommen, um dir zu sagen, dass ich eine Reise unternehmen werde und du mich begleiten wirst.« Er rümpfte die Nase. »Ich warne dich, solltest du versuchen zu fliehen oder mit deinen Leuten Kontakt aufzunehmen, hast du keine Gnade zu erwarten.«

Friya fauchte erbost. »Du kannst Gift darauf nehmen, dass ich bei der ersten Gelegenheit, die sich mir bietet, davonlaufe. Nicht nur, weil ich euch Südländer verachte. Vor allem deine Gesellschaft ist mir unerträglich.«

Der Prinz sah sie wütend an. »Wage es nicht, vor den Soldaten so mit mir zu sprechen.«

»Und warum nicht?«, stichelte Friya. »Halten die Männer dich etwa für unfähig? Einen verzogenen Bengel, der nicht einmal …«

Der Prinz schlug ihr mit dem behandschuhten Handrücken ins Gesicht. Nicht so stark, wie er gekonnt hätte, aber fest genug, dass ihr Kopf zur Seite zuckte und die Wange sich sogleich brennend rötete.

Friya wollte ihm die Stirn gegen die Nase rammen, doch sie war noch immer schwach und ihr Angriff zu langsam. Der Prinz wich aus, packte sie am Handgelenk, drehte es um und ergriff sie nun auch an der anderen Hand, sodass sie wehrlos mit dem Rücken zu ihm stand. Sie spürte seine harte Männlichkeit durch den Stoff und glaubte einen Moment lang, er würde sie nehmen. Doch nach einem kurzen Augenblick des Zögerns stieß er sie von sich.

»Ihr seid gewarnt«, sagte Shinn erschöpft. »Nehmt Eure Lage an, oder Ihr werdet die Reise nicht überleben.«

Mit diesen Worten verließ er den Raum. Friya funkelte die Tür noch an, nachdem sie abgeschlossen worden war. Sie würde diesen eingebildeten Bastard töten. Sie wusste noch nicht, wann und wie, aber sie würde es tun.

Als sie am nächsten Tag mit gefesselten Händen auf dem Rücken eines Pferdes saß, schnappte sie auf, was die Laune des Prinzen derart getrübt hatte. Burgstadt war zurückerobert worden. Der Name ihres Bruders fiel, wenn auch nur leise und oft begleitet von einem Zeichen zur Abwehr des Bösen. Friya spürte eine grimmige Genugtuung. Jetzt, da Wolf in den Krieg verwickelt war, würde er sich nicht aufhalten lassen, nicht von einem ganzen Heer von Südländern und erst recht nicht von dem verweichlichten Prinzen. Sie freute sich auf den Augenblick, wenn die beiden sich begegneten. Es würde nicht leicht werden, aber sie würde Wolf davon überzeugen, dass er ihr noch ein wenig von dem Bastard übrig ließ.

Die Sonne kroch langsam höher, ließ die ganzjährig schneebedeckten Berggipfel im Norden golden schimmern und schien auf die bewaldeten Hügel im Osten. Die zweihundert Berittenen folgten einer Route, auf der meist weite Sicht gegeben war. Eine Vorsichtsmaßnahme, um nicht in eine Falle zu laufen. Prinz Shinn saß steif im Sattel seines grauen Hengstes. Die Entscheidung, die er gefällt hatte, gefiel ihm ganz und gar nicht, aber so viel er auch grübelte, er sah keine andere Möglichkeit. Zwar war ihm mittlerweile Verstärkung zugesichert worden, aber es würde zu lange dauern, bis sie eintraf. Er hatte keine andere Wahl, als sich mit dem Verbündeten zu treffen und um ein gemeinsames Vorgehen zu bitten. Burgstadt durfte nicht in der Hand des Feindes bleiben. Die Rückeroberung der Hauptstadt des Nordens war ein herber Rückschlag und eine strategische Katastrophe. Mit der geringen Unterstützung, die sich Parlin hatte abringen lassen, konnte er kaum mehr anfangen, als die Garnison wieder ordentlich zu besetzen, die er gezwungen war, fast wehrlos zurückzulassen. Kislavs Präsenz im Norden hingegen war den empfangenen Berichten nach enorm gestiegen. Soldaten in großer Zahl, Drabati-Reiterschwadrone, und es war sogar von Radu die Rede – Zauberern, eine gefürchtete Geheimwaffe von Kislav und der Föderation. Für gewöhnlich war es keine gute Idee, in schwacher Position in Verhandlungen zu treten, das würde teuer werden und Antarion Gebiete kosten. Sein Vater würde einen Tobsuchtsanfall bekommen, wenn er erfuhr, dass Shinn in seinem Namen auf Eisenberge verzichtete, die dem Hofstaat als eigentlicher Zweck der Eroberung galten. Ohne Zweifel würde sein kleinlicher, intriganter

Bruder die Sache zu seinem Vorteil und Shinns Nachteil ausschlachten. Dieser verfluchte Wolf hatte ihn in eine wirklich heikle Lage gebracht.

Er blickte über die Schulter zu der Gefangenen. Schon als er sie das erste Mal gesehen hatte, ahnte er, dass sie ihm nützlich sein könnte. Leutnant Efel hatte eines Abends zufällig ein Gespräch zischen Soldaten aufgeschnappt und Shinn davon beiläufig berichtet. Dieser war hellhörig geworden und hatte die Soldaten ausgehorcht, die glaubten, die Gefangene wiedererkannt zu haben. Die Soldaten hielten sie für eine Art Prinzessin, die an der Seite von Wolf, der sich zum Anführer der Nordländer aufgeschwungen hatte, in die Schlacht gezogen war. Shinn glaubte dem Gerücht zumindest soweit, dass Friya diesem Wolf nahestand, das erklärte ihre Überheblichkeit. Wenn alle Stricke rissen, würde er sie als Druckmittel einsetzen. Vorerst wollte er diesen Trumpf jedoch noch nicht ausspielen.

Sie ritten, bis es dunkel wurde, und brachen noch vor der Morgendämmerung wieder auf. Erst am dritten Tag der Reise durch das raue Land trafen sie auf kislavsche Kundschafter. Es nieselte, als Prinz Shinn dem Anführer der Kundschafter mitteilte, er müsse dringlichst mit den Heerführern aus Kislav sprechen. Kurz schien der luchsäugige Mann von der Anfrage überfordert, doch der Prinz setzte seine Autorität ein. Eingeschüchtert senkte der Kundschafter das Haupt und sagte: »Folgt uns.«

Dunkle Wolken, begleitet von Wetterleuchten, zogen von Nordosten auf. Bei grollendem Donner, Blitz und starkem Regen erreichten sie das Heerlager. Unzählige graue Zelte nahmen beinahe ein gesamtes Tal ein. Trotz des Gewitters bat der Kundschafter Shinn darum, er möge warten, während er seinem Vorgesetzten Meldung machte. Verstimmt stieg Shinn von seinem grauen Hengst. Er sah die Gefangene an, die seinem Blick trotz der Fesseln stolz standhielt. War es ein Fehler gewesen, nicht zuerst zum Rest der Hauptstreitmacht, die sich momentan ungefähr vier Tagesreisen östlich von ihrem Standpunkt aufhalten musste, zurückzukehren? Er hätte einen Stellvertreter zu dem überlegenen Verbündeten schicken können. Aber wem hätte er zutrauen können, an seiner statt bestmöglich zu verhandeln? Seine Offiziere waren gute Soldaten, aber keine Diplomaten. Er ging zu Leutnant Efel, der mit über den Kopf gezogener Kapuze aufrecht auf dem Rücken seines Pferdes saß.

»Mein Prinz?«

Shinn legte dem Tier, das in Anbetracht des rollenden Donners nicht so ruhig wie sein Reiter war, die Hand auf die Flanke. »Kislav mag unser Verbündeter sein«, sagte Shinn, »aber seid auf der Hut, während ich mit den Kommandanten spreche.«

»Natürlich, mein Prinz«, erwiderte der Leutnant pflichtschuldig.

Durch den dichten Regen war erst spät zu erkennen, dass nicht der Anführer der Kundschafter vom Lager zurückgeritten kam. Der Mann, der auf die Wartenden zuritt, trug ein Stirnband, in das mittig ein Rubin eingelassen war. Das Zeichen eines ranghohen Offiziers. Er verbeugte sich nicht, sondern grüßte militärisch. Die Verhandlungen hatten also bereits begonnen. Shinn seufzte innerlich.

Jetzt waren weitere Männer auf Pferden zu sehen, die sich im Hintergrund hielten.

»Kidash, Siphagi seiner Majestät Karlik Troga«, stellte sich der Mann laut und wichtigtuerisch vor. »Eure

Mukellim … eure *Kämpfer zu Pferd* werden am Südende des Lagers erwartet. Sie werden gut versorgt werden. Agat Padishan hat verfügt, dass Zelte für sie geräumt werden. Euer Durchlaucht dürfen mir folgen.«

Shinn nickte. »Wir führen eine Gefangene mit uns. Ich will, dass sie gut behandelt wird.«

»Ihr wird kein Leid geschehen«, versprach der kislavsche Offizier, allerdings mit einem Grinsen, das Shinn hinterhältig erschien. Vielleicht sollte es auch anzüglich sein, jedenfalls gefiel es ihm gar nicht.

Der Offizier wendete sein Pferd. Shinn tauschte einen letzten Blick mit Efel, ehe er mit der Zunge schnalzte, woraufhin sein Hengst dem Pferd des Offiziers hinterher trabte.

Die Kultur von Kislav war Shinn schon widersprüchlich erschienen, als der alte Gelehrtensklave ihm in seiner Kindheit zum ersten Mal darüber berichtet hatte. Sie waren überaus religiös, im Vergleich zum gottlosen Antarion sogar fanatisch, dennoch waren sie in der Lage, Entscheidungen mit kühler Vernunft zu fällen. Ihre Krieger sahen aus wie Barbaren, aber sie kämpften mit großer Disziplin. Das Lager, durch das sie ritten, wirkte auf den ersten Blick ungeordnet, bei genauerem Hinsehen jedoch zeigte sich eine effektive Struktur von Pfaden und Zugängen zu Mannschafts- und Lagerzelten. Sie ritten tief in das Herz des Lagers, ehe der Offizier sein Pferd zügelte und Shinn mit einer Geste bedeutete abzusteigen. Auf einen Zischlaut hin erschienen Knechte, die sich um die Tiere kümmerten. Zu Fuß gingen sie auf einem Weg, zu dessen beiden Seiten Gräben ausgehoben waren, damit das Regenwasser nicht in die Zelte drang. Das Zelt, zu dem der Offizier Shinn führte, unterschied sich in der achteckigen Form, seiner Größe und den Bannern davor von den übrigen. Der Offizier schlug die Plane beiseite, und Shinn trat ein.

Drei Männer saßen auf einem Teppich. Der Prinz neigte den Kopf. Die Männer erwiderten die höfliche Geste, wobei die angedeutete Verbeugung desjenigen in der Mitte knapper ausfiel. Allerdings hätte es eines weiteren Beweises nicht bedurft, dass er Agat Padishan war. Er trug eine seltsame Kopfbedeckung, von der Kordeln herabhingen und sein rundliches Gesicht einrahmten. Sein schwarzer, von grauen Strähnen durchzogener Bart war akkurat auf eine Handlänge unter dem Kinn gestutzt. Zwischen Augen und Schläfen lagen tiefe Falten, wie von jemandem, der oft in die Sonne geblickt und die Augen dabei zugekniffen hatte. Seine Nasenflügel waren breit, die Lippen voll und weibisch rot.

»Prinz Shinn«, sagte Padishan betont langsam, »lasst Euch bei uns nieder.«

Shinn setzte sich auf ein bereitgelegtes Kissen.

Respektvoll stellte Padishan die beiden Männer neben sich vor. Agat Muasin und Agat Dimar. Der Rang *Agat* kam dem eines antarischen Generals gleich. Alle drei waren ausgezeichnete Heerführer. Shinn wusste, dass es insgesamt lediglich fünf von ihnen in der kislavischen Militärhierarchie gab. Also befanden sich mehr als die Hälfte der Agaten im Norden. Das war überraschend und zeigte, wie ernst es Kislav mit der Eroberung war.

Auf ein Fingerschnippen Padishans regten sich zwei verschleierte Mädchen, die mit gesenktem Kopf still in einer Ecke gekniet hatten. Die eine stellte eine Platte mit Trockenfrüchten auf den niedrigen Tisch, der Shinn von den Agaten trennte, die andere stellte jedem Mann ein kleines Glas hin und goss aus einer Karaffe Tschu ein. Padishan hob sein Glas und führte es langsam bis zur

Stirn, ehe er trank. Shinn machte die Geste nach. Tschu war ein aufwändig gebrannter Birnenschnaps, den die kislavsche Oberschicht liebte. Shinn tat so, als würde das lauwarme Getränk ihm schmecken, stellte das Glas ab und sagte: »Hochverdiente Agaten, dieses Treffen ist mir Ehre und Freude zugleich.«

»Auch uns«, entgegnete Padishan, »ist es wahrlich eine Freude, dass Ihr uns so unerwartet aufsucht.«

Leichter Schwindel überkam Shinn, und er musste dem Impuls widerstehen, den Kopf zu schütteln. Er zwang sich zu einem Lächeln und fuhr fort: »Wir haben gut zusammen gefochten und der Norden ist unser. Da Antarion jedoch einen höheren Blutzoll entrichtete und die Verstärkungen noch unterwegs sind, habe ich Schwierigkeiten damit, die Ordnung aufrecht zu erhalten. Ganz zu Schweigen von der Rückeroberung Burgstadts.«

»Keine Sorge, um Burgstadt werden wir uns kümmern«, sagte Padishan, um mit einem leisen Lächeln hinzuzufügen: »Was die Verstärkungen Eurer Durchlaucht betrifft, liegen uns Informationen vor, dass die Vereinigten Herzogtümer dem König, Eurem hohen Vater, bislang noch keine Erlaubnis erteilt haben, Truppen durch die Herzogtümer ziehen zu lassen. Bliebe also noch der Seeweg. Doch soweit uns bekannt, liegt beinahe die gesamte antarische Flotte in Jara vor Anker.«

Padishan sprach weiter, aber Shinn gelang es nicht, sich auf die Worte zu konzentrieren. Der Schwindel wurde immer stärker und seine Gedanken zerfaserten.

»Ist Euch nicht wohl, Euer Durchlaucht?«, fragte der oberste Agat mit, wie es Shinn schien, falscher Besorgnis.

»Nein … ja … mir geht es gut«, brachte Shinn heraus. »Es war ein langer Ritt.« Er schob sich eine Trockenfrucht in den Mund. Seine Zunge und sein Gaumen fühlte sich seltsam pelzig an. Er musste dieses Gespräch vorantreiben und aus dem Zelt heraus, ehe er sich noch übergab. »Wenn Ihr bereit dazu wäret, auch östlich der Alten Reichsstraße für Frieden zu sorgen, könnte ich sicher … wäre es mir gewiss möglich, den König davon zu überzeugen … zu überzeugen … Eisenberge an Kislav abzutreten.«

Padishan schnaubte belustigt. »Warum sich mit einem Stück zufriedengeben, wenn man den ganzen Braten haben kann?«

»Was?«

Shinn verstand nicht. Er sah die drei Agaten an, die hämisch grinsten. Ein neuerlicher Schwindelanfall überkam ihn so heftig, dass er sich am niedrigen Tisch festhalten musste, um nicht umzukippen. Erst jetzt dämmerte es ihm: der Tschu!

»Gift!«, brachte er mit schwerer Zunge heraus.

»Ihr seid in einen Hinterhalt der Eingeborenen geraten«, erklärte Padishan in sachlichem Ton. »Eine Tragödie – andererseits auch leider keine große Überraschung, so unvorsichtig wie der Königssohn mit unzureichender Schutzmacht durch feindliches Gebiet reitet.«

»Meine Männer?«, keuchte Shinn.

»Leider gab es keine Überlebende, ein echter Jammer.«

»Ihr verfluchten …« Weiter kam er nicht. Alles drehte sich um Shinn, ihm wurde schwarz vor Augen, und er verlor die Besinnung.

***

Er hatte gespielt, er hatte schlecht gespielt, und er hatte verloren. Der Käfig stank nach Erbrochenem und seinem eigenen Kot und Urin. Zuerst hatten ihm die Nachwirkungen des Gifts zugesetzt, dann das Holpern des Pferdewagens, auf dem der Käfig befestigt war. Die Unteroffiziere und Soldaten von Agat Dimar gaben sich keine Mühe, ihn wie eine hochgeborene und damit bedeutende Geisel zu behandeln. Es schien Shinn eher so, als wollte Dimar ihn brechen. Er verstand die Langzeitstrategie dahinter nicht. Aber welche Rolle spielte es auch? Er hatte versagt. Der Thron von Antarion war ihm ferner denn je zuvor. Der getreue Leutnant Efel und all die Soldaten waren tot. Nur Friya war noch übrig. Auch sie hockte in einem Käfig. Jetzt waren sie beide Gefangene.

Bei einer Rast auf einem verlassenen Wehrgehöft zwang ihn ein sadistischer Unteroffizier, einen Brief aufzusetzen. Erst weigerte sich Shinn, aber als der Unteroffizier unter höhnendem Gelächter der beistehenden Soldaten auf den Wagen stieg und sein Gemächt herausholte, um sein Wasser auf den Prinzen abzuschlagen, gab er nach. Es wäre auch sicher nicht bei dieser Demütigung geblieben.

Der Unteroffizier diktierte und Shinn schrieb, wobei der Unteroffizier mittels eines alten Briefes aus Shinns Feder kontrollierte, dass er die Buchstaben auch gleich malte. Es handelte sich um eine kurze Beschreibung der aussichtslosen Lage im Norden und der Empfehlung an die Krone sämtliche Truppen abzuziehen. Nachdem er den Ring in das Siegelwachs gedrückt hatte, packte der Unteroffizier ihn hart am Handgelenk und zog ihm den Ring vom Finger. Rasch ließ er ihn in einer Tasche verschwinden und kletterte wieder auf den Wagen, um weiterzumachen, wo er zuvor aufgehört hatte. Während

Shinn die Pisse von den Haaren rann und auf den Käfigboden tropfte, spürte er Friyas Blick auf sich. Ob sie Genugtuung empfand? Er sah sie nicht an, um es herauszufinden.

Shinn hatte viel Zeit, zu viel Zeit, sich seiner Fehler bewusst zu werden, während der Trupp zuerst nach Westen zog, um dann der Küste entlang nach Süden zu folgen. Sie passierten den zerfallenen Wall, der in grauer Vorzeit den Norden vom Rest des Kontinents abgetrennt hatte und der noch vor dem Zusammenbruch des Großreichs nicht mehr besetzt worden war. Die letzte Hoffnung auf eine Befreiungsaktion erlosch in Shinn. Sie waren endgültig zu weit entfernt von dem Einflussgebiet der antarischen Besatzungsmacht. Es war seltsam. Trotz seines Versagens, trotz der Aussichtslosigkeit seiner Lage, bewunderte er die Schönheit der wilden Landschaft. Als er noch das Kommando innegehabt hatte, war sein Blick rein strategisch gewesen. Eine Hügelkette oder ein Wäldchen waren Orte für Hinterhalte gewesen, eine weite Heide ein guter Lagerplatz. Jetzt betrachtete er diese Dinge, ohne ihren Zweck zu prüfen. Er schmeckte die salzige Seeluft auf der Zunge, ahnte, wie frisch die Gräser und Blumen riechen mochten, säße er nicht in dem stinkenden Käfig fest. Nachts hörte er dem Heulen der Grauwölfe zu, das mehr nach Gesang klang als sie derben Kriegslieder der kislavschen Soldaten.

Eines Abends sah er Lichter im Osten. Dort musste die Stadt Dargal liegen. Doch der Zug marschierte weiter nach Süden, offenbar mit dem Ziel, ohne unnötige Unterbrechung direkt zur Hauptstadt zu reisen. Als sie endlich Murim – die Stadt der tausend Düfte, wie die Hauptstadt von Kislav im Volksmund gern genannt wurde – erreichten, geschah es ohne Triumphzug, sondern heimlich im

Schutz der Dunkelheit. Das schlechte Essen und vor allem die mangelnde Bewegungsfreiheit hatten Shinn geschwächt. Er war sich nicht sicher, ob er überhaupt noch ein Schwert halten konnte. Selbst der Hass auf die Verräter war abgeflacht. Teilnahmslos starrte er in die leeren Gassen, an denen sie vorbeiholperten. Der größere Teil der Soldaten trennte sich vom Rest, ehe sie ein Tor passierten. Shinn blickte zum sichelförmigen Mond hinauf, der gerade noch über einer hohen Mauer zu erkennen war. Sein Wagen und auch der, in dem Friya hockte, hielten vor einem dunkel aufragenden Turm. Gleich würden sie den Käfig öffnen. Vermutlich die letzte Gelegenheit für eine Verzweiflungstat. Fünf Soldaten bauten sich vor dem Wagen auf, bevor der Unteroffizier einen langen Schlüssel ins Schloss steckte und ihn klickend umdrehte. Shinn sprang hinaus, ging gemeinsam mit einem Soldaten zu Boden, riss ihm einen Dolch aus der Scheide und stach blindlings zu. Er war tatsächlich zu schwach, um zu kämpfen. Der Dolch wurde ihm entwunden, und ein Stiefelabsatz krachte auf seine Nase. Unsanft wurde er auf die Beine gezogen. Der Unteroffizier, den er am Bein verletzt hatte, beugte sich dicht an ihn heran und flüsterte: »Ich habe mich freiwillig gemeldet, dir Manieren beizubringen. Mein hübsches Gesicht wird das letzte sein, das du auf dieser Welt siehst. Davor aber werden du, ich und die Nordlandhure jede Menge Spaß miteinander haben.«

Sie zerrten ihn in den Turm, dann ging es eine von Fackeln beleuchtete Treppe hinab.

»Uh«, machte der Kerkermeister, »ich wusste nicht, dass ein Prinz so stinken kann. – Schafft ihn dort rein. Das Weib gleich daneben.«

Die massiven Zellentüren wurden geschlossen, Shinn und Friya saßen in der Dunkelheit.

»Es tut mir leid, wie sich alles entwickelt hat«, sagte Shinn leise.

Friya schnaubte nur.

Kapitel VIII

»Mach es noch einmal!«

Isma lächelte, zögerte aber. Wenn seine Meister der Akademia ihn jetzt sehen könnten, wäre die Strafe hart und grausam. Bei dem Gedanken schauderte ihn. Auf der anderen Seite war da diese junge Frau, mit der er sich angefreundet hatte. Sie saß im Schneidersitz auf dem Bett, das Isma für sie und ihre Kunden frisch bezogen hatte. Udi war eine ungewöhnliche Schönheit, vor allem für ihr Gewerbe. Sie hatte kleine Brüste und war auch insgesamt zu schlank, beinahe mager. Es war ihr Gesicht, das die Freier dazu bewog, sie haben zu wollen, und das immer wieder. Vor allem die großen, intelligenten Augen, die im Kerzenlicht glänzten, hatten etwas Bezauberndes an sich.

Isma seufzte. »Aber wirklich nur noch ein Mal.«

Udi klatschte erfreut in die Hände.

Isma konzentrierte sich auf den leichten Luftzug, der durch die Ritzen im Fensterrahmen in den kleinen Raum drang. Halb bittend, halb befehlend sprach er das Element an. Eine winzige Böe bildete sich. Isma verstärkte sie und schickte sie in Richtung Kerze. Die Kerze erlosch. Jetzt war es stockfinster. Nur sein eigener Atem und der von Udi waren zu hören. Er spürte eine Berührung auf seinem Schenkel und zuckte zusammen.

»Was tust du da?«, fragte Isma erschrocken.

»Entspann dich, mein hübscher Zauberer«, gurrte Udi.

»Elementare zu binden ist keine Zauberei«, sagte Imsa nervös, weil Udis Hand auf seinem Schenkel nach oben wanderte. »Es ist eher eine Wissenschaft.«

»Also kann es jeder lernen?«, fragte Udi interessiert. Ihre Stimme klang vollkommen ruhig, während ihre Hand sanft über seinen Schritt strich und sie mit geübten Fingern die Gürtelschnalle löste.

»Nein, nicht jeder«, stammelte Isma. »Die meisten Alumnu vermögen auch nur, ein Element zu nutzen. Viele Menschen sind unbewusst erdverbunden, deshalb werden die meisten Alumnu Heiler, wenn sie die Akademia verlassen und nach Hause zurückkehren.«

Vorsichtig, aber bestimmt legte sich ihre Hand um seine Männlichkeit. Isma entfuhr unwillkürlich ein Stöhnen.

»Ich weiß nicht, ob das richtig ist«, brachte Isma schnaufend heraus. In der Akademia kursierten Gerüchte, dass der Geschlechtsakt der Geisteskraft schade. Aber das war natürlich Unsinn. Nur eine Ausrede für die Nervosität, die ihn erbeben ließ und sich mit der anschwellenden Erregung vermischte.

»Es ist nur anständig«, flötete Udi. »Du hast mir deine Kunst gezeigt, jetzt erhältst du eine Kostprobe von meiner.«

Sie legte die freie Hand an seine Brust und presste ihn mit sanfter Gewalt nach hinten. Als er ihre Lippen und dann ihre Zunge spürte, verstoben alle Einwände, wie Funken eines Feuers.

***

Auf seinem allmorgendlichen Gang zum Palast am nächsten Tag gelang es ihm nicht das Grinsen abzulegen. Wohlige Schauder durchzuckten ihn noch immer bei der Erinnerung an die nicht gekannten Freuden, die Udi ihm bereitet hatte. Er glaubte mittlerweile kaum noch daran, dass er jemals empfangen würde. Der frühmorgendliche Spaziergang war zu einer Gewohnheit geworden, die seiner Anwesenheit in Murim in Augenblicken des Zweifelns Sinn verlieh. Er hatte es nicht schlecht. Die Gastwirtin behandelte ihn gut. Er bekam ausreichend zu essen, und er genoss die Gesellschaft von Udi, die er näher kennengelernt hatte, als ein Freier grob geworden war. Isma hatte den Kerl, der locker das dreifache von ihm wog, besänftigt, woraufhin Udi ihm dankbar gewesen war. Seither hatten sie die Zeit von Udis Pausen gemeinsam verbracht. Es gab kein Grund für Shinn sich zu beschweren – erst recht nicht nach der vergangenen Nacht –, aber eigentlich war er aus einem anderen Grund in die Hauptstadt gekommen. Jeden Tag verblasste dieser Grund mehr, und manchmal fragte er sich, ob ihm seine Erinnerung einen Streich spielte und er diese fremden Unholde an der Küste niemals gesehen hatte. Doch das hätte auch bedeutet, dass seine Familie noch am Leben wäre, und das wagte er nicht zu hoffen. Nein, seine Mutter, seine beiden Brüder und Rava waren tot. Das spürte er. Es fühlte sich wie eine Leere in seinem Herzen an, die real und nicht zu leugnen war.

Die Wachen kannten ihn bereits und spotteten schon, als sie ihn von weitem kommen sahen.

»Lass mich raten«, brummte ein beleibter Mann, dessen Wappenrock sich über den dicken Bauch spannte, »du willst mit dem Karlik sprechen.«

»So ist es«, erwiderte Isma, unberührt von dem spöttelnden Tonfall seines Gegenübers.

»Dummerweise ist der Strahlende gerade damit beschäftigt, den Norden einzunehmen, sein Großreich zu verwalten und den Einen günstig zu stimmen. Aber ich bin mir sicher, sobald er mal Zeit hätte, eine seiner Karlidas zu beglücken, um dem Reich Erben zu schenken, wird er es sich verkneifen und sich ganz dir widmen.« Der dicke Mann, der sich offenbar für klug hielt, grinste breit.

»Ich komme morgen wieder«, sagte Isma.

»Wartet!«, rief eine Stimme, die Isma vertraut war. Es war der alte Schreiber. Auf einen Stock gestützt näherte er sich den Wachen von hinten. »Alumnu Isma, Groß-wesir Narvala empfängt dich heute.«

Isma schluckte. Damit hatte er nicht gerechnet.

»Hydor, geleite den Gast in die Mondhalle.«

Der dicke Wachmann grunzte missvergnügt, und der Schreiber zwinkerte Isma schelmisch zu.

Zum ersten Mal erblickte Isma das Palastgelände von innen, während Hydor schweigend voranging. Zuerst schritten sie durch einen eindrucksvoll angelegten Garten mit Rosensträuchern und Springbrunnen, dahinter lag ein Tor, das von weiteren Soldaten, die lange Spieße hielten, bewacht wurde. Hydor brummte Ismas Namen und Rang, woraufhin die Wachen den Weg freigaben. Ohne ein weiteres Wort machte Hydor kehrt, und Isma betrat allein die große Halle. Die Pracht raubte ihm den Atem und schüchterte ihn ein. Die gesamte Decke der Halle schmückte ein plastisches Gemälde – zwei riesige, geflügelte Kreaturen, die ineinander verschlungen waren und sich gegenseitig in die langen Hälse bissen. Das Bild sollte wohl den legendären Kampf zwischen Andar über Shaidrun darstellen. Isma fiel auf, dass die Augen beider Bestien aus großen Mondsteinen bestanden, das eine Paar dunkel, das andere hell – und doch war es der gleiche Stein. Das passte zur Religion von Kislav, die den Einen verehrte und anbetete, aber den Anderen nicht verteufelte. Keine Liebe ohne Hass, keine Gesundheit ohne Krankheit, kein Frieden ohne Krieg. Der Prophet Rusgula hatte diese Lehre verbreitet. Er und seine Anhänger hatten Kislav gegründet, wie es heute war, und Rusgula hatte sich zum ersten Karlik ausgerufen. Obwohl Ismas Mutter ihn und seine Brüder im Glauben an den Einen und den Anderen aufzogen hatte, war er schon in seiner späten Kindheit skeptisch gewesen. Wenn beide Mächte, beide Prinzipien, das Gute und das Schlechte nur im Wechselspiel existieren konnten, welchen Sinn hatte es dann, den Einen in der Not um Hilfe anzuflehen? In der Akademia hatte er allerdings gelernt, dass sehr viel für den über ihm dargestellten Urkampf sprach. Alle Völker auf Affalah erzählten davon und gaben die Geschichte von Generation zu Generation weiter. Durch die lange Tradierung gab es Variationen, aber im Kern berichteten sie alle vom Kampf Andars gegen Shaidrun. Was, wenn die Geschichte tatsächlich wahr war? Was, wenn die Wesen, die er gesehen hatte, Diener von Shaidrun gewesen waren? Schaudernd senkte er den Blick und ging auf eine gemütlich eingerichtete Warteecke zu. Dort saßen und standen Männer und eine Frau, die Isma für Gesandte anderer Königreiche hielt. Zwei Männer, die in Fell und Leder gekleidet waren, stammten eindeutig aus der Drabati-Föderation. Mit ihren leeren Scheiden am Gürtel wirkten sie auf Isma wie zahnlose Raubtiere. Ein Mann stand neben einem älteren, der auf einem Sessel saß. Der Stehende trug über einem langen Kettenhemd eine rote Tunika mit einem aufgestickten schwarzen Schwan auf der Brust. Das Wappen wies ihn als Ordensritter aus. Der alte Mann musste also ein Gesandter aus den Vereinigten Herzogtümern sein. Die Frau war am weitesten gereist.

Ihre eng beieinander liegenden Augen und das glänzend schwarze Haar verrieten sie als eine Botschafterin aus Farlain. Sie war von fremdartiger Schönheit, und Isma musste sich zwingen, sie nicht mit offenem Mund anzustarren.

Die Zeit verstrich, während die anderen der Reihe nach von einem Bediensteten abgeholt wurden. Isma dachte an seine unverrichtete Arbeit in der Herberge und an Udi, als der Bedienstete endlich ihn höflich aufforderte, ihm zu folgen. Der schlanke Mann mit der faltenfreien gelben Tunika führte ihn eine Treppe hinauf und dann einen Gang entlang. Er öffnete eine ornamentgeschmückte Holztür und bedeutete Isma mit einer eleganten Geste einzutreten. »Eure Hoheit, Großwesir Narvala«, sagte der Bedienstete leise und ehrfürchtig.

Die Tür schloss sich hinter Isma, als er auf den Mann zutrat, der ihm den Rücken zugewandt hatte. Durch das bemalte Fenster, vor dem der Großwesir stand, fiel bläuliches Licht in den großen, spärlich möblierten Raum.

»Du hast lange darauf gewartet, mich sprechen zu dürfen, Alumnu«, sagte der Großwesir ernst, aber nicht unhöflich. »Was ist dein Anliegen?«

Isma leckte sich nervös über die Lippen. Es war nicht allein der ehrfurchtgebietende Rang des Mannes. Die Großmeister der Akademia hatten für Isma eine höhere Instanz dargestellt, aber vor ihnen hatte er sich nicht unwohl gefühlt. Etwas stimmte nicht.

»Nun?«, fragte der Großwesir, da Isma noch immer nichts gesagt hatte. »Ich warte.«

Narvala wandte sich zu ihm um, der Anflug eines Lächelns spielte um seine Mundwinkel. Er war ein gutaussehender Mann mit strengen Zügen, aber gutmütigen Augen.

Ich warte … Ismas Hirn ratterte, und als er sich erinnerte verschluckte er sich am eigenen Speichel. ›Dieses Dorf, es wird von so gut wie keinen Kriegern bewacht. Labt euch, aber geht sorgfältig vor. Lasst niemanden am Leben. Wenn ihr fertig seid und die Gestalt der Beute angenommen habt, treffen wir uns wieder hier. Ich warte.‹ Ja, kein Zweifel, er kannte diese Stimme!

»Junge«, sagte der Großwesir mit schwindender Geduld, »trage jetzt dein Anliegen vor.«

»Ich habe einen Brief von der Akademia zu Nifaria.« Es war keine geschickte Lüge, nur die erste, die ihm in den Sinn kam.

»Dann zeig ihn mir«, forderte Narvala in nachsichtigem Tonfall.

Isma senkte den Blick. »Ich habe ihn verloren. Ein Dieb muss ihn mir gestohlen haben.«

Eine Falte bildete sich zwischen den Augenbrauen des Großwesirs.

»Ich weiß nicht, wie wichtig das Schreiben war«, sagte Isma schuldbewusst. Das Lügen fiel ihm immer leichter. »Ich hoffe, Eure Hoheit und der Großmeister der Akademia, der mir den Auftrag erteilt hat, werdet mir meine Unachtsamkeit verzeihen. Ich habe mich einer Gruppe von Händlern angeschlossen. Eines Morgens war meine gesamte Habe mitsamt dem Brief verschwunden. Ich bin untröstlich, es war allein mein Versagen.«

Narvala sah ihn einen Augenblick lang unverwandt an. Ismas Mund fühlte sich auf einmal trocken an, er schluckte schwer. Vielleicht glaubte ihm der Großwesir, vielleicht kam er aber auch lediglich zu dem Schluss, dass Isma keine Gefahr darstellte und er Wichtigeres zu tun hatte, als seine Zeit mit einem merkwürdigen Grünschnabel zu vergeuden.

»Es war richtig und mutig von dir, zu mir zu kommen«, sagte Narvala. »ich werde einen Boten an die Akademia schicken. Du bist entlassen.«

Isma verbeugte sich tief. »Danke, Eure Hoheit. Danke, dass Ihr mich angehört habt.«

Ein Teil der Beklommenheit fiel von Isma ab, als er den Palast verließ. Auf dem langen Weg zurück zum Gasthaus gingen ihm viele Fragen durch den Kopf. Bestand irgendeine Möglichkeit, mit dem Karlik direkt zu sprechen, um ihn vor dem Großwesir zu warnen? Er war ein Verräter, der für eine dunkle Macht arbeitete, daran hatte Isma keinen Zweifel. Aber was ging ihn das Ganze überhaupt an? Durfte er sein Wissen für sich behalten und den Dingen ihren Lauf lassen? Er war nur ein unbedeutender Alumnu, der zufällig Zeuge einer unglaublichen Begebenheit geworden war. Eine Begebenheit aber, bei der sein ganzes Heimatdorf und der Rest seiner Familie ausgelöscht worden war. Nein, dieses Verbrechen konnte er nicht ungesühnt lassen. Vermutlich war das ganze Reich in Gefahr, möglicherweise gar der gesamte Kontinent. Die Last der Verantwortung, die er auf seinen Schultern spürte, drückte ihn nieder. Erschöpft kam er in der Herberge an, die er begonnen hatte, als neues Zuhause zu betrachten. Er entschuldigte sich bei der Gastwirtin und machte sich sogleich an die Arbeit. Der Schankraum musste gewischt und die Betten auf den Zimmern mussten frisch bezogen werden. Von den Huren, den Freiern und den Säufern im Schankraum schnappte er wie immer die aktuellen politischen Ereignisse auf.

Am Abend lag er müde, jedoch unfähig einzuschlafen mit offenen Augen in seiner kleinen Kammer. Es würde ihm niemals gelingen, die Wachen dazu zu bewegen, dass der Karlik ihn anhörte. Im Nebenraum, in dem Udi einen Gast bediente, hatte das Quietschen des Bettes aufgehört. Durch die Wand gedämpft waren leise Stimmen zu hören. Ohne darüber nachzudenken, setzte Isma seine Windkräfte ein, um das Gespräch zu belauschen.

»Ein echter Prinz?«, hakte Udi ungläubig nach.

»Wenn ich es dir doch sage, Kleines«, gab eine tiefe, angetrunkene Männerstimme unwirsch zurück. »Und mehr noch, der Kerl wird der nächste König von Antarion.«

»Wirklich?«, staunte Udi. »ich stelle es mir sehr schwierig vor, einen so mächtigen Mann gefangen zu halten.«

Ein belustigtes Schnauben. »Im Moment ist er ein Fliegenschiss. Ich habe sogar Anweisung, ihn richtig hart ranzunehmen. Man sagt mir natürlich nicht alles, aber ich glaube, er soll gebrochen werden, damit er ein gefügiger Vasallenkönig wird.«

Kurzes Schweigen.

»Kleines, du erzählst niemandem auch nur ein Sterbenswörtchen.«

»Selbstverständlich nicht, mein tapferer Drachenbändiger«, versprach Udi.

Als wieder das Knarzen des Bettes und Stöhnen einsetzte, ließ Isma das Luftelementar frei. Das war ein äußerst interessantes Gespräch gewesen, das er da zufällig mitangehört hatte. Die Lider fielen ihm zu, und der Schlaf kam sanft und befreiend über ihn.

Der Traum war sonderbar klar. Er fühlte seinen Körper, seinen Atem, den Herzschlag in der Brust. Er befand sich in einer Höhle. Tropfsteine hingen von der feuchten Decke herab und wuchsen aus dem unebenen Boden nach oben. Manche hatten sich verbunden und waren zu Säulen geworden. Vorsichtig legte er seine Hand auf eine der Säulen. Auch diese Berührung war viel zu sinnlich für einen Traum. Wo war er?

»Du bist in Gandualar«, sagte eine Stimme, die Isma keinem Geschlecht zuordnen konnte.

War die Stimme nur in seinem Kopf? Obwohl er sich nicht sicher war, fragte er laut: »Und wo ist das?«

Ein scharrendes Lachen. »Die Frage müsste eher lauten, *wer*? Wir sind zu Gast bei Gandualar. Er ist Fels, Stein und Erde.«

Ein Urelementargeist! Das musste ein Traum sein. Isma ging in die Richtung, aus der die Stimme zu kommen schien. Bei jedem Schritt spürte er die Kraft des Elements. Die Luft in der Höhle pulsierte, wie ein langsamer, uralter Herzschlag.

Am Ufer eines unterirdischen Sees saß eine Gestalt. Sie trug einen schlichten braunen Umhang. Lange graue Strähnen fielen ihr auf den Rücken, einige waren verfilzt, andere zu Zöpfen geflochten. Eine langgliedrige Hand forderte Isma mit einer einladenden Geste auf, sich ebenfalls zu setzen.

Er kam der Einladung nach und ließ sich mit überkreuzten Beinen nieder. Die Person drehte ihm das Gesicht zu, und nun erkannte Isma, dass es sich um eine Frau handelte. Trotz der grauen Haare wirkte sie alterslos. Es war ein freundliches Gesicht, obgleich ihm das linke Auge fehlte. An seiner Stelle befand sich eine wüste Narbe, die ihrer Form nach von einer Klinge oder vielleicht auch einem Peitschenschlag herrühren musste. Die Iris des anderen Auges war von einem tiefen Braun, durchsetzt von goldenen Sprenkeln.

Isma wollte sie fragen, wer sie war, aber er wusste instinktiv, dass er darauf keine Antwort erhalten würde. In seinem letzten Jahr an der Akademia hatte er den Kurs eines Meisterwirker, eines Radu, besuchen dürfen, doch auch dessen Macht verblasste im Vergleich zu der Stärke, die diese Frau ausstrahlte.

Ein sanftes Lächeln wie die erfrischende Brise an einem heißen, windstillen Tag umspielte die leicht bläulichen Lippen der Frau, ehe sie sagte: »Wir sind hier, weil ich dich Gandualar vorstellen wollte. Es ist ein Geschenk, das dir die Kraft verleiht, die vor dir liegende Aufgabe zu bewältigen.«

Vielleicht bemerkte das weibliche Wesen, wie Selbstzweifel in ihm aufstiegen, denn es sagte: »Affalah braucht dich.«

Die Geistreise ging noch weiter, doch konnte sich Isma nur noch verschwommen an die folgenden Sequenzen erinnern, als er schweißgebadet aufwachte. Nein, es war definitiv kein normaler Traum gewesen. Er spürte die Kraft des mächtigen Erdelementars, mit dem er sich angefreundet hatte. Sein Kopf schmerzte von all den Fragen, die sich ihm stellten, aber zumindest wusste er nun, was er zu tun hatte. Sein kleines Dasein hatte Bedeutung. Diese Gewissheit, aus der Entschlossenheit entsprang, war das eigentliche Geschenk der sonderbaren Frau in der Höhle gewesen.

Wer war sie?

***

Garem liebte seine Arbeit. Er hatte ein Liedchen auf den Lippen, während der Kerkerknecht die Peitsche knallen ließ. Der Prinz zuckte bei jedem Hieb zusammen, aber er war noch weit davon entfernt zu brechen. Das war nicht weiter schlimm, im Gegenteil, sie hatten alle

Zeit der Welt, und Garem genoss diese Zeit. Ja, es bereitete ihm so viel Freude, den arroganten Antarier zu foltern, dass es ihm schwer fiel zu entscheiden, was ihm mehr Befriedigung verschaffte, seine Arbeit oder der Feierabend, den er regelmäßig mit der engen Hure verbrachte.

Siphagi Kondar, sein Vorgesetzter, ließ ihm weitgehend freie Hand. Die einzigen Einschränkungen bestanden darin, das Gesicht und die Männlichkeit des Prinzen zu schonen, da beides noch gebraucht würde. Als den Rücken des Prinzen blutige Striemen zeichneten, hob Garem die Hand, woraufhin der Knecht die Peitsche mit einem Tuch reinigte, um sie danach aufzurollen. Garem trat hinter den Prinzen, der mit schweren Ketten aufrecht gehalten wurde.

»Wer ist dein Herr und Meister?«, flüsterte Garem dem Prinzen ins Ohr.

Shinn spuckte aus und keuchte: »Jedenfalls kein dreckiger Unteroffizier.«

Garem lächelte, dann packte er den Prinzen an den Haaren, riss seinen Kopf in den Nacken und rieb ihm mit der anderen Hand Salz in die Wunden. Der Körper des Prinzen krümmte sich, soweit es die Fesseln gestatteten.

»Ich werde dir deine Frechheiten austreiben«, versprach Garem. Als er mit dem Salz fertig war, wandte er sich an den Knecht: »Hol die Nordländerin aus der Zelle.«

Shinn erschauerte, während er dabei zusehen musste, wie Friya auf einen Bock gebunden wurde. Sie waren Feinde, aber das hatte sie nicht verdient. Erst nahm der sadistische Unteroffizier sie mit harten Stößen, dann ließ er den Folterknecht ran. Die stolze Kriegerin gab keinen Laut von sich, aber Tränen rannen ihr stumm über die Wangen.

Shinn stieß ein Knurren aus, zu mehr war er nicht fähig. Garem grinste ihn breit an. »Ich hatte mir schon gedacht, dass dir etwas an ihr liegt. Was sagt man dazu? Morgen werde ich es ihr so richtig besorgen und zwar hiermit.« Er hielt eine schlanke, mit Nägeln versetzte Keule unter Shinns Nase. »Das wird ziemlich wehtun, und ich befürchte, danach ist sie nicht mehr zu gebrauchen.« Garem legte den Kopf schief, ehe er fortfuhr: »Aber ich bin kein Unmensch. Du kannst sie heute Nacht noch einmal haben.«

Nachdem der Knecht sich zuckend in Friya ergossen hatte, erhielt er von Garem die Anweisung, beide Gefangene in eine Zelle einzusperren.

Als sie im flackernden Licht einer heruntergebrannten Fackel allein waren, robbte Shinn zum Eingang der gemeinsamen Zelle, nahm die Wasserschale und reichte sie umständlich Friya. Mit zitternden Händen nahm sie die Schale entgegen und trank.

»Es tut mir leid«, setzte Shinn an, doch ihm fehlten die Worte, um fortzufahren.

»Töte mich«, sagte Friya leise, aber entschlossen. »Wenn dein Herz nicht aus Stein ist, tötest du mich heute Nacht.« Damit rollte sie sich ein und drehte sich von ihm weg.

Shinn suchte nach einer halbwegs erträglichen Körperhaltung. Auf der Seite liegend konnte er den Schmerz einigermaßen aushalten. Die Nordländerin hatte Recht. Dadurch, dass er sie gefangen genommen hatte, war er verantwortlich für sie, und er sollte ihr die Gnade eines schnellen Todes erweisen. In der Zelle befanden sich keine Steine oder sonst etwas, womit er ihr hätte den Schädel einschlagen können. Das einzige, was ihm einfiel, war, sie zu erwürgen. Allerdings zweifelte er, ob seine Kräfte dafür noch ausreichten. Er wollte es nicht tun. Könnte er die Zeit doch zurückdrehen. Wäre er mit dem, was er jetzt wusste, zurück in der Garnison im Norden, würde er Friya einfach gehen lassen, und natürlich würde er selbst nicht den vermeintlichen Verbündeten aufsuchen. Diese verfluchten Bastarde! Wie lange hatten sie den Verrat bereits geplant? Lange, wurde ihm klar. Er hätte bereits misstrauisch werden sollen, als Kislav sich bei der ersten Schlacht zurückgehalten hatte.

Nun war es zu spät, die Zeit ließ sich nicht zurückdrehen. Seit seiner Kindheit hatte er nicht mehr geweint, aber jetzt stiegen ihm Tränen der Verzweiflung in die Augen. Die Fackel erlosch. Dunkelheit. Der geschundene Körper des Prinzen war so erschöpft, dass ihn der Schlaf überwältigte, ehe er eine Entscheidung treffen konnte.

***

Der Plan war höchst riskant, und Isma konnte nur hoffen, dass er seinen Teil ebenso gut zu erfüllen vermochte, wie Udi ihren. Der Soldat Garem war Wachs in ihren Händen. Er hatte ihr abgekauft, dass Gefangenschaft und Folter sie erregte und sie unbedingt einmal einen echten Prinzen sehen wollte. Sie hatte schon im Vorfeld einen hohen Preis für die Lüge bezahlt, damit der Perverse ihr ohne Einschränkung glaubte. Auf einem Schleichweg hatte Garem sie in den Palast geführt. Isma hatte nur wenig Elementarkraft einsetzen müssen, um ihnen ungesehen zu folgen, da der Soldat selbst gegen die Vorschriften verstieß. Mutige Udi. Wenn sie aufflogen, würde sie hingerichtet werden. Sie tat es, weil Isma ihr ein anderes Leben versprochen hatte. Der König von Antarion würde die Retter seines Sohns reich belohnen, hatte er ihr gesagt. Jetzt fühlte er sich schuldig. So vieles konnte schiefgehen. All die Wachen. Wenn Alarm geschlagen wurde, waren sie verloren. Er atmete leise tief durch und schlich die Kellertreppe hinab. Auf der letzten Stufe blieb er stehen und lauschte mit pochendem Herzen.

Garem grüßte herablassend den Knecht und befahl ihm, die Gefangenen aus der Zelle zu holen.

»Du darfst sogar selbst Hand anlegen«, bot der Soldat Udi an. »Das würde mir gefallen.«

»Wirklich?«, fragte Udi geschmeichelt. »Ein Prinz unter meiner Knute … eine äußerst reizende Vorstellung.«

Vorsichtig lugte Isma um die Ecke. Sein Mut sank. Der Prinz war so schwach, dass der Knecht ihn sich auf die Schulter hieven musste, um ihn zu einer Streckbank zu schaffen. Die Frau, von der Udi ihm erzählt hatte, befand sich kaum in besserer Verfassung. Sie mochte einmal eine Kriegerin gewesen sein, jetzt wirkte sie wie ein Häuflein Elend. Das war schlecht, sehr schlecht sogar. Wie sollten sie die beiden Folterer überwältigen – eine Hure und ein Alumnu? Die Elementarkräfte, die er beherrschte, halfen nicht bei einem Handgemenge, und mit Gandualar hatte er eine andere Vereinbarung getroffen, zumindest hoffte er das. Sie hatten sich nicht mit Worten, sondern auf andere Weise verständigt. Und wenn es doch nur ein Traum gewesen war? Für Zweifel war es jetzt zu spät.

»Für was ist das da?«, fragte Udi.

»Das gute Stück liegt für die Nordlandschlampe bereit«, erklärte der Soldat.

»Um sie damit zu …?«, hakte Udi schaudernd nach.

»Ganz recht«, brummte Garem, »aber den Anblick würde ich dir dann doch lieber ersparen. Das wird ziemlich hässlich.«

»Ja«, stimmte Udi zu, »aber ich würde es gerne einmal in der Hand halten.«

»Sicher«, gestand ihr Garem zu.

Bei allen Geistern, schoss es Isma durch den Kopf, *was hatte sie vor?* Wieder lugte er um die Ecke. Mit der linken Hand machte sie ein Zeichen hinter dem Rücken, das nur ihm gelten konnte, während sie mit der Rechten ein fies aussehendes Folterinstrument aufnahm. Der Knecht kettete den schlaffen Prinzen auf die Streckbank. Garem schloss die Zelle ab, in der sich die Nordländerin befinden musste, die Isma von seinem Standpunkt aus allerdings nicht sehen konnte. Plötzlich geschah alles ganz schnell. Udi holte mit dem Folterwerkzeug aus und trat auf Garem zu. Dieser drehte sich um und bekam die nagelbestückte Keule mitten ins Gesicht. Er taumelte zurück.

Jetzt musste auch Isma handeln. Er kam aus seinem Versteck, ließ eine Fackel auflodern, sodass einen Moment lang alle von dem gleißendem Licht geblendet wurden. Garem wollte einen Schrei ausstoßen, doch ein Arm schloss sich von hinten durch Gitterstäbe um seinen Hals. Die Nordländerin!

Isma nahm eine neunschwänzige Katze aus einer Halterung und hieb damit auf den Knecht ein. Dieser zuckte zusammen, als die Peitschenstränge ihn an der Schulter trafen. Er war jedoch nicht außer Gefecht. Überrascht, aber auch wütend starrte er Isma einen Moment lang an, dann ging er auf ihn los. Der erste Schlag traf Isma hart gegen das Kinn, der zweite in den Magen. Isma krümmte sich keuchend. Er versuchte dem Mann ans Schienbein zu treten, verfehlte sein Ziel jedoch und bekam einen weiteren Faustschlag ab, der ihn zu Boden schickte. Der körperlich überlegene Mann stürzte sich auf ihn. Benommen nahm Isma wahr, dass sein Gegner ein Messer gezückt hatte. Das wollte er ihm nun in die Kehle stoßen. Verzweifelt packte er die Handgelenke des Knechts. Die Spitze der kurzen Klinge näherte sich seinem Hals. Der Mann war viel zu stark. Plötzlich erstarb der Gegendruck. Der Knecht grunzte und kippte zur Seite. Die Nordländerin – sie musste ihre Zelle aufgeschlossen haben – hatte ihm eine Zange in den Rücken gestoßen. Sie riss das spitze Werkzeug aus seinem Fleisch und stach erneut zu. Wieder und wieder ging die Zange auf den Wehrlosen nieder, auch als der Körper sich nicht mehr aufbäumte. Isma rappelte sich auf die Beine und sah sich um. Udi befreite den Prinzen von seinen Ketten.

»Wir müssen uns an den Händen fassen«, sagte Isma. Er hatte leise gesprochen, aber Udi hatte ihn verstanden. Sie stützte den Prinzen, und dieser packte die Nordländerin an der Hand. Schritte waren auf der Treppe zu hören. Isma konzentrierte sich. Seine Lippen formten in einem fort den Namen des Urelementars. Tatsächlich! Der Boden unter ihnen wölbte sich, und dann wurden sie buchstäblich vom Erdboden verschluckt.

Ismas Magen rebellierte noch immer, als die merkwürdige Reise endete und sie sich in einem dunklen Hohlraum wiederfanden. Wie Glut glimmende Kristalle spendeten ein schwaches Licht. Kleine Rinnsale flossen an den Wänden herab. Die Nordländerin beugte sich über eine Pfütze und schöpfte Wasser mit den hohlen Händen.

»Du hast beide Männer getötet«, stellte Udi anerkennend, aber auch mit Entsetzen in der Stimme fest.

Die Nordländerin hielt nicht mit dem Trinken inne, überhaupt gab sie nicht zu erkennen, Udi gehört zu haben. Vielleicht war sie taub.

»Wo sind wir hier?«, wollte der Prinz krächzend wissen.

»Ähm«, setzte Isma an, aber da ihm die Worte für eine verständliche Erklärung fehlten, sagte er: »Lasst mich Eure Wunden ansehen.«

Wie sich später herausstellte, war die Nordländerin nicht taub, dennoch wirkte sie auf Isma mehr wie ein wildes Tier als ein menschliches Wesen. Wenn sie Feuer war, das jederzeit ungestüm auflodern konnte, war der Prinz Eis. Beide jedoch verband ein tiefer Hass auf Kislav. Das war Isma unangenehm, auch wenn sie ihn und Udi als ihre Retter ausnahmen. Für sein Anliegen hatten sie kein Ohr, aber der Prinz teilte zumindest die Ansicht, dass sie so schnell wie möglich nach Ander-Stadt reisen sollten. Allerdings widersprach er Ismas Vorschlag, wenn sie Murim verlassen hatten, direkt nach Süden zu ziehen.

»Sie werden nach uns suchen. Niemals kommen wir unbemerkt durch die Drabati-Föderation.« Der Prinz biss die Zähne zusammen, da Isma ihm mit einem feuchten Stofffetzen, den er sich von der Tunika gerissen hatte, einen tiefen Schnitt am Rücken abtupfte. »Wir schlagen uns nach Osten durch.«

»Und folgen dann dem Nabelgebirge«, ergänzte Isma. Der Prinz nickte.

»Damit bin auch ich einverstanden«, knurrte die Nordländerin.

Isma vermutete, dass sie sich zurück in ihre Heimat absetzen oder bei den Herzogtümern um Unterstützung für den Krieg im Norden bitten wollte.

»Wenn du uns hier herausbringst«, wandte sich Udi an Isma, »führe ich uns aus der Stadt.«

»Gut«, entschied Isma. »Aber zuerst sollten wir uns ein wenig ausruhen. Im Augenblick befinden wir uns nicht in Gefahr.«

Während die anderen schliefen, trat Isma in Verbindung mit dem Urelementar, das ihnen Unterschlupf gewährt hatte. Der Austausch war wieder seltsam und ganz anders als der Kontakt zu niederen Geistern. Isma konzentrierte sich auf eine Emotion: *Dankbarkeit*, dann spürte er die Erwiderung: *Frieden, Eintracht*.

Kapitel IX

»Sprich«, forderte der König Hofmeister Darlin auf. Der König sah die tief eingegrabene Besorgnis auf der Miene des alten Freundes und Wegbegleiters. Eine der Aufgaben des ergrauten Mannes mit der Hakennase bestand darin, sämtliche Nachrichten zu sammeln, auszuwerten und daraus einen Bericht zu erstellen. Außer dem König selbst waren nur sein jüngerer Sohn, Prinz Neidar und Armeemeister Hakin im Beratungsraum anwesend. Der ovale Tisch, an dem sie saßen, stellte eine dreidimensionale Karte des gesamten Kontinents dar. Kunstvoll gearbeitete Figuren zeigten an, wo größere Heeresverbände stationiert waren. Die antarischen Einheiten waren grün bemalt, die von Kislav grau und die der Herzogtümer blau.

Der Hofmeister beugte sich über den Tisch und verschob grüne Schiffe von Jara die Küste entlang, über den östlichen Zipfel, wo die Feste Dunrod lag, und dann weiter nach Süden bis zur Mündung der Leira.

Der Blick des Königs verfinsterte sich.

»Es gibt keinen Zweifel«, sagte der Hofmeister, »nachdem die Barbaren aus dem Norden in Jara eingefallen sind und unsere Flotte gekapert haben, befinden sie sich nun auf dem Weg zu uns. Angeführt werden sie von diesem Kriegshäuptling namens Wolf. Schätzungen zufolge handelt es sich um dreitausend bis viertausend Krieger.«

»Dieser verfluchte Kasin«, schnaubte Prinz Neidar. »Entweder ist er ein Feigling oder ein Verräter. Jara hätte standhalten können.«

»Dann hätten die Barbaren sicherlich ganz Parlin verwüstet«, gab Hofmeister Darlin zu bedenken.

Neidar wollte etwas einwenden, doch der König schnitt ihm mit einer harschen Geste das Wort ab. »Ich frage mich, weshalb es einer Horde ungebildeter Barbaren überhaupt möglich ist, eine Flotte einen so weiten Weg zu navigieren.«

»Sie haben gleich nach dem Aufbruch Fischerdörfer überfallen«, erklärte der Hofmeister. »Außerdem zwingen sie vermutlich unsere Offiziere, die zur Bewachung der Schiffe zurückgeblieben sind, ihnen über die See zu helfen.«

»Diese illoyalen Bastarde«, knurrte der Prinz.

Speichel troff ihm aus dem Mundwinkel. Dafür konnte er nichts. Ein Großteil seiner linken Körperhälfte war gelähmt, seit der schweren Krankheit, die ihn in früher Kindheit befallen hatte. Aber er musste lernen, sein Temperament im Zaun zu halten. Der König warf ihm einen maßregelnden Blick zu. Der Prinz schluckte hart und sagte: »Was wollen die Barbaren eigentlich? Wir werden sie vernichtend schlagen, und der weite Weg war umsonst.«

»Sie sinnen auf Vergeltung«, sagte König Guram ruhig. »Wir haben ihr Land eingenommen. Und da sie gegen die vereinten Kräfte von uns und Kislav keine Aussicht mehr auf Sieg hatten, haben sie sich für eine Flucht nach vorne entschieden.« Der König rieb sich das stoppelige Kinn, dann sah er seinen alten Freund an.

Der Hofmeister erriet die Gedanken des Königs und schüttelte traurig den Kopf. »Es gibt noch immer keine

Nachrichten über den Verbleib des Prinzen. Möglicherweise ist er in Gefangenschaft geraten. Die Unterhändler, die in den tiefen Norden geschickt wurden, sind nicht zurückgekehrt.«

»Er ist tot, Vater«, sagte Neidar hart. »Unsere Verbündeten kontrollieren einen Großteil des Nordens, und sie informierten unsere Hauptleute vor Ort über den Fund des überfallenen Regiments, das mein Bruder anführte. Es heißt, die Nordland-Barbaren fressen die Anführer ihrer Feinde, um sich deren Stärke einzuverleiben.«

»Neidar!«, bellte der König.

Aber diesmal ließ sich der Prinz nicht zum Schweigen bringen. Er wischte sich eine Träne aus den Augen und sagte leise, aber fest: »Wir müssen seinen Tod akzeptieren und uns auf das konzentrieren, worauf wir Einfluss nehmen können.« Der Prinz erhob sich ungeschickt. »Wir werden den Mord an meinem Bruder rächen! Ich werde mir diesen Wolf persönlich vornehmen – aber zuerst müssen wir uns klug auf die Ankunft der Barbaren vorbereiten.«

Der Armeemeister räusperte sich. Hakin war ein Mann wie ein Berg. Groß, breitschultrig und kahlköpfig. »Ich schlage vor, ein Regiment von der Drabati-Grenze abzuziehen. Diese Soldaten brauchen ohnehin einmal wieder einen Kampf, um nicht einzurosten. Ein weiteres ließe sich von der Knochenbrücke abkommandieren. Mit einem Teil der königlichen Kavallerie sind wir stark genug, den Feind mit geringen Verlusten zurück ins Meer zu treiben.«

Der König nickte nachdenklich. »Veranlasst den Abzug, aber es soll so geschehen, dass die Späher der Drabtai-Föderation und die Brückenwächter aus Farlain möglichst nichts davon mitbekommen. Veranlasst zusätzlich Aushebungen, und bildet ein Sklavenregiment. Wenn die

Barbaren auf antarischem Boden töten, sollen als erstes Sklaven fallen.«

»Majestät …«, setzte der Armeemeister an.

»Ich bin mir vollauf bewusst, dass es der Sitte widerspricht, Sklaven mit Waffen auszustatten«, brummte der König. »Aber wenn sie alle sterben, erfolgt keine Bedrohung für die innere Sicherheit.«

Der Armeemeister verstand und neigte sein Haupt.

»Außerdem muss die anrückende Flotte andauernd unter Beobachtung gehalten werden«, fuhr der König fort, »von Land und von der See aus. Die Inseln sollen Spähschiffe ausschicken.« Seufzend erhob sich der König.

»Sehr wohl, Majestät«, sagte der Armeemeister.

Alle standen auf und verbeugten sich, ehe König Guram Maruta den Raum verließ.

***

Es war Gerichtstag. Das zog nicht nur die Edelleute an, die ein Verbrechen geahndet sehen wollten, sondern auch zahlreiche Günstlinge und Speichellecker. Die Thronhalle war prall gefüllt. Der König wusste, dass Neidar sich am liebsten gedrückt hätte, aber das kam nicht in Frage. Nun, da er aller Wahrscheinlichkeit nach nur noch einen Sohn und Thronfolger hatte, musste er diesen bestmöglich auf die Königswürde vorbereiten. Und dazu zählte die öffentliche Demonstration maßvoller Gerechtigkeit. Die Fälle einfacher Bürger wurden von den Gerichten auf dem Land verhandelt. Nur selten wählte der Hofmeister besonders öffentlichkeitswirksame Streitigkeiten von Nichtadeligen aus, damit vor dem Thron Recht gesprochen wurde. An diesem Tag standen lediglich drei Fälle von Aristokraten auf der Tagesordnung.

Nachdem der fettleibige Baron Nestor sein Anliegen vorgetragen hatte, übergab der König den Vorsitz förmlich an seinen Sohn. Neidar rief Zeugen und Gegenzeugen auf und machte seine Sache gut genug, sodass der König seinen Gedanken nachhängen konnte. Das Vorgehen der Barbaren mochte verwegen und der Ausgang vorbestimmt erscheinen, dennoch durften sie nicht unterschätzt werden. Hätte er diesen Krieg doch niemals begonnen! Seine Gier nach Eisen hatte ihn vielleicht seinen ältesten Sohn gekostet. Aber es war nicht die Gier allein gewesen. Er hatte mit diesem Feldzug ja gerade dem geliebten Shinn ein noch stärkeres Königreich hinterlassen wollen. Diesen Wolf stellte er sich als personifizierten Rachegeist vor – mit dem einzigen Ziel, ihn heimzusuchen und das zu zerstören, was er mühevoll aufgebaut hatte. In seinen Träumen ähnelte der Nordmann einem echten Wolf. Mit blutigen Lefzen hockte er über dem Leichnam seines Sohns. Doch sein Hunger war noch nicht gestillt. Der König schauderte und vertrieb die Traumbilder. Während er mit halbem Ohr zuhörte, wie Neidar auch den zweiten Fall auf einen Kompromiss hinlenkte, machte der König sich Gedanken über die Gesamtstrategie. Die Präsenz im Norden durfte nicht vollständig aufgegeben werden, ansonsten würde sich Kislav alles unter den Nagel reißen. Dadurch würde Karlik Troga zu mächtig. Er könnte versucht sein, nach Süden zu schielen. Er stieß innerlich einen tiefen Seufzer aus und konzentrierte sich auf den dritten Gerichtsfall. Graf Lakon beschuldigte seine Gattin, den ehelichen Pflichten nicht nachzukommen.

Die Verhandlung war erheiternd, und das nicht ohne Absicht. Der Graf war durch unkluge Geschäftsabschlüsse und, wie man sich erzählte, einem Hang zum Glücksspiel verarmt. Dem König war schnell klar, dass es sich um die Aufführung eines Theaterstücks handelte, das die beiden Eheleute gemeinsam ausgeheckt hatten, um sich ins Gespräch der hohen Gesellschaft zu bringen. Gewiss bauten sie darauf, in der Folge als Kuriosum auf Bälle der einen oder anderen Baronin eingeladen zu werden, wo die Möglichkeit bestand, Gönner zu finden, die ihnen aus der misslichen Lage halfen. Trotz des Gekichers in der Halle führte Neidar die Verhandlung vollkommen ernst und sachlich.

Die Frau des Grafen warf diesem vor, dass seine Vergnügungen mit den Haussklavinnen sie anwidere und außerdem seine Körperpflege stark zu wünschen übrig lasse.

»Was kann ich tun?«, fragte Graf Lakon mit theatralischer Geste auf eine Nachfrage des Prinzen. »Selbstverständlich habe ich versucht, sie zum Beischlaf zu zwingen, doch seht mich an und seht sie an, Euer Durchlaucht! Sie ist mir körperlich überlegen.«

Allgemeine Belustigung erfüllte den Saal.

Prinz Neidar stemmte sich auf die Lehne des Throns, um seinen halb gelähmten Körper in aufrechte Position zu bringen. »Es ergeht folgender Beschluss: Da ihr nicht in der Lage seid, eurer standesgemäßen Verpflichtung nachzukommen, eurem Haus Erben zu schenken, wird diese Ehe annulliert. Der Grafentitel wird aberkannt und eure Ländereien fallen an die Krone.«

Plötzlich herrschte Schweigen.

Der König grinste stolz auf seinen Sohn in sich hinein.

»Euer Durchlaucht«, stammelte der Graf, der nun keiner mehr war. Entsetzen ob des unerwartet strengen Urteils lag auf seiner feisten Miene.

»Der Richtspruch tritt mit sofortige Wirkung in Kraft«, sagte Neidar fest. »Entferne dich, Bürger Lakon.«

Erschüttert verbeugte sich der unglückliche Mann, der einmal mehr gespielt und verloren hatte, und verließ mit dem Weib die Halle.

»Der Gerichtstag ist hiermit geschlossen«, verkündete der König. »Wie üblich sind alle Anwesenden eingeladen, am anschließenden Bankett teilzunehmen, sofern keine anderweitigen Verpflichtungen eine sofortige Abreise erzwingen.«

Das Festmahl fand in einem großflächigen Innenhof statt. Diener trugen Platten voll Wildbret, frisch gebackenen Brötchen und Schwarzbeermarmelade auf. Die Schwarzbeeren stammten von den Ketai-Inseln und waren eine kostspielige Spezialität. Die Edelleute schlugen kräftig zu und spülten die Speisen mit Apfelwein hinunter. Neidar verachtete diese hochgeborenen Schmarotzer. Er gab sich höflich-distanziert, auch wenn er sie heimlich auf sich zeigen und tuscheln sah. Sollte der Krüppel etwa ihr nächster König werden? Nicht vorstellbar. Lächerlich.

Er spürte auch die Blicke seines Vaters auf sich, der ihn permanent beobachtete und testete, seit er ahnte, dass sein Lieblingssohn gefallen war. Wie die Edelleute unterschätzte auch der hohe König den bemitleidenswerten Krüppel. Der kleine Rat am Vormittag hatte einmal mehr bewiesen, wie leicht er sich täuschen ließ. Weder war Neidar aufbrausend, noch weinte er Shinn auch nur eine Träne nach. Das Ableben seines Bruders war ein äußerst willkommener Bonus zu dem Plan, den er verfolgte.

Als es dämmerte, entschuldigte er sich bei den wichtigsten Adligen. Seinem Vater sagte er, er sei erschöpft nach dem langen Tag und brauche Ruhe. Allerdings zog er sich nicht in seine Gemächer zurück, sondern schleppte sich in eine dunkle Halle. Asba und Karun erwarteten ihn, wie vereinbart. Die beiden vollgerüsteten Männer mit ihren langen Umhängen wirkten wie Statuen. Sie gehörten den Weißklingen, der Leibgarde des Königs an und zählten zu den besten Kriegern im Reich. Die Weißklingen bestanden immer aus zwölf Schwertkämpfern, die im Kindesalter ausgewählt wurden und ihr Leben dem Schutz der Königsfamilie weihten. Der Name ging zurück auf die zwölf Langschwerter aus ungewöhnlich hellem Stahl, von denen es hieß, Andar selbst habe sie für seine hervorragendsten Hauptleute geschmiedet. Asba und Karun waren weniger treu-dumm als ihre Kameraden, und so hatte Neidar sie bereits vor dem anstehenden Machtwechsel für sich gewinnen können.

»Euer Durchlaucht«, grüßte Karun den Prinzen, nachdem sich beide gleichzeitig steif verbeugt hatten. »Der Spion ist wie angekündigt eingetroffen.«

»Gut«, erwiderte Neidar, »bringt mich zu ihm.«

Die Stufen waren eine fürchterliche Quälerei. In guten Phasen brauchte Neidar keinen Stock zum Gehen, aber Treppen waren immer schwierig. Sie kamen erbärmlich langsam voran, da er sich am Geländer festhalten musste, während er sein lahmes Bein Absatz um Absatz hinterherzog.

Endlich erreichten sie eine Vorratskammer. Der schlaksige Mann, der Neidar vor über einem Jahr kontaktiert hatte, federte sich von einem Fass ab und verbeugte sich. Der Prinz hatte ihn überprüfen lassen. Er war ein Kaufmann, der Handel mit den Drabati-Stämmen und Kislav trieb.

Asba und Karun postierten sich zu beiden Seiten des Prinzen, ehe dieser schwer schnaufend sagte: »Ich stehe in deiner Schuld, die Dinge haben sich genauso entwickelt, wie von dir vorausgesehen.«

»Ich danke Euch, Euer Durchlaucht«, erwiderte der Händler ehrerbietig. »Ihr seid zu gnädig.«

»Was gibt es Neues? Weshalb wolltest du mich sprechen, obwohl wir vereinbart hatten, dass Treffen dieser Art nicht mehr stattfinden werden?«

»Verrat, mein Prinz«, sagte der Mann. Schweißperlen glitzerten auf seinen Geheimratsecken. »Mir ist aus vollkommen unzweifelhafter Quelle zugetragen worden, dass Kislav sich nicht an den vereinbarten Pakt zu halten gedenkt. Der Karlik will den gesamten Norden für sich.«

»Tatsächlich?«, sagte Neidar spitz. »Und wie lautet dein Rat?«

»Es steht mir nicht an, Euer Durchlaucht Ratschläge zu erteilen«, entgegnete der Händler kriecherisch.

»Wir dürfen nicht zulassen, dass Kislav sich den gesamten Norden einverleibt«, dachte Neidar laut nach. »Der Karlik muss gezwungen werden, Truppen abzuziehen. Durch Truppenpräsenz, vielleicht sogar durch einen Einmarsch in die Drabati-Föderation.« Neidar zog die Stirn in Falten. »Was meinst du?«

»Das wäre ein weises Vorgehen, Euer Durchlaucht«, stimmte der Mann zu.

»Ja«, sagte Neidar gedehnt, »aber ein weiterer Krieg würde doch sicher deinem Handel schaden.«

»Mein Prinz, das Wohl des Reichs steht weit über meinen nichtigen persönlichen Interessen«, sagte der Mann mit einem Hauch Empörung in der Stimme.

»Hm«, machte Neidar argwöhnisch. Die Leibwächter standen reglos und stumm links und rechts neben ihm. Neidar musste plötzlich grinsen. »Der alte Gelehrtensklave, der meinen Bruder und mich unterrichtete, brachte uns viele unnütze Dinge bei. Ein Sprichwort von ihm hat sich allerdings stets bewahrheitet. Auf drei Dinge darf man niemals vertrauen: *Die Treue eines schönen Weibes, die Vernunft eines Kriegers und die Uneigennützigkeit eines Händlers.*«

»Mein Prinz …«, setzte der Mann unglücklich an.

»Ich weiß nicht, weshalb der Sklave sich mit Frauen auskannte«, fuhr Neidar unbeirrt fort, »er war hässlich wie die Nacht. Ein Schwert konnte er auch nicht führen. Aber er verstand sich ungemein gut auf Zahlen und Rechnen.«

Neidar machte einen schlurfenden Schritt zurück, und sogleich rückten die Weißklingen zusammen.

»Ich hatte schon lange den Verdacht, dass du ein Doppelagent bist«, sagte Neidar in gleichmütigem Tonfall und befahl ebenso beiläufig: »Tötet ihn.«

Blitzschnell fuhren die Klingen aus den Scheiden. Doch was war das? Der Händler wich Karuns Stich aus, unter Asbas Streich duckte er sich hindurch. Die unnatürlich hellen Klingen schnitten Luft. Mit einem Mal bewegte sich der Informant völlig untypisch und unpassend für seine üblicherweise schlaffe Körperhaltung. Hatte er eine Droge genommen, die ihn derart agil machte? Auch die folgenden Angriffe der beiden Leibwächter fanden nicht ihr Ziel. Der Mann wich zurück, und Neidar humpelte im Rücken von Karun und Asba hinterher.

Karun fintierte, ehe er seinen eigentlichen Streich aus dem Handgelenk ausführte. Der Händler sprang nach rechts. Das hatte Asba erwartet. Sein Hieb schlitzte dem Mann von rechts nach links den Bauch auf. Schwarze Eingeweide quollen aus der grässlichen Wunde. Karun beendete den merkwürdigen Kampf mit einem Kehlenstich. Gurgelnd sackte der Mann in sich zusammen.

Die Leibwächter wischten ihre Klingen sauber und starrten auf die Leiche, die sich vor ihren Augen verformte. Ungläubig und fasziniert verfolgte auch Neidar, wie aus dem vermeintlichen Händler etwas anderes wurde. Ein dunkelhäutiges Wesen mit langgezogenem Hinterkopf und einem schuppigen Schwanz.

»Ein Dämon«, klang es metallen aus Asbas geschlossenem Visier.

»Sonderbar«, sagte Neidar und bückte sich, um die Kreatur genauer in Augenschein zu nehmen. »Höchst sonderbar.«

Später in seinem Gemach, leicht benebelt von der Medizin, die ihm die Schmerzen nahm, war Prinz Neidar tief in Gedanken versunken. Was hatten sie da gesehen? Und hatte es Einfluss auf seine Pläne? Er hatte den Weißklingen befohlen, den grotesken Leichnam verschwinden zu lassen. Es war besser, wenn vorerst niemand davon erfuhr. Gleich morgen nach dem Frühstück würde er die Bibliothek aufsuchen. Vielleicht fand sich in alten Schriften etwas über Wesen dieser Art.

Zur gleichen Zeit schlief König Guram Maruta tief und fest und träumte von einem Sturm, der die Barbaren, die sich mit der gestohlenen Flotte näherten, tosend an Klippen zerschellen ließ.

Ein Wunschtraum.

**

Wolf stand am Bug der Wellenreiter, dem Flaggschiff der erbeuteten Flotte. Er hielt sich an den Seilen fest und beäugte grimmig den Einmaster, der seit zwei Tagen in sicherem Abstand vor ihnen hersegelte. Die beiden anderen Kundschafterschiffe des Feindes waren gerade nicht zu sehen, aber sie waren irgendwo da draußen, um sie zu beobachten und Alarm zu schlagen, sobald sie sich auf eine Landung vorbereiteten.

Die Rolle des Kriegshäuptling war Wolf aufgenötigt und durch den Tod seiner Schwester besiegelt worden. Jetzt war er entschieden, ihr bis zum Ende gerecht zu werden. Er würde nicht ruhen, ehe er fiel oder König Guram die Klinge seiner Vorfahren zu schmecken bekam. Zugleich trug er die Verantwortung für die Krieger und Kriegerinnen, die ihm folgten. Es war unsinnig, einen Kampf zu suchen, den sie nur verlieren konnten. Ein Plan war in seinem Kopf gereift, und während er das Kundschafterschiff betrachtete, nahm dieser Plan weiter Gestalt an. Da es trotz der Ostbrise zu warm war, um Stiefel zu tragen, ging er barfuß über das Achterdeck zum Heckaufbau. Argu stand am Steuer, Schweißperlen glitzerten auf seiner rötlichen Stirn. Er hatte keinen Sonnenbrand, das Rot war seine natürliche Hautfarbe. Er war ein guter Mann, der Wolf Treue bis zum Tod gelobt hatte, nachdem er ihn und seine beiden Brüder aus der Sklaverei entlassen hatte. Wolf hatte jedem der ehemaligen Ruderer freigestellt, zu gehen oder an seiner Seite zu bleiben. Alle waren geblieben. Zum großen Vorteil der Nordländer. Bei ihrer langen Arbeit auf den Schiffen hatten sich die Sklaven viel von den Seemännern abgeschaut. Ohne ihre Hilfe und die der Fischer wären die mit der Schifffahrt unerfahrenen Nordländer nicht weit gekommen. Den Fischern, in deren Dörfer sie sich ohne Widerstand Proviant verschafft hatten, vertraute Wolf allerdings nicht. Er argwöhnte, dass die wenigen, die aus eigenem Willen mitgekommen waren, es nur getan hatten, um sie bei geeigneter Gelegenheit zu verraten. Auch wenn sie schworen, Antarion zu hassen, weil das Großreich sie im Stich gelassen hätte. Argu hingegen war unter den Seinen ein angesehener Mann, dem es gelungen war, seine Würde und seinen Stolz durch all die Jahre der Sklaverei zu bewahren.

»Wie lange noch bis zur Grenze?«, fragte Wolf und meinte die Grenze von Antarion zu den Vereinigten Herzogtümern, die sich noch immer aus dem Konflikt heraushielten.

»Wenn der Wind so bleibt«, antwortete Argu, »zwei oder drei Tage.«

»Manche der Männer, die auf deinen Befehl hören, stammen von den Ketai-Inseln, nicht wahr?«

»Sie hören ebenso auf deinen Befehl«, stellte Argu richtig.

»Ja«, stimmte Wolf zu, »aber sie folgen dir.«

Die beiden Männer schauten dem Blasen einer Walschule zu. Die großen Seetiere wagten sich dicht an die Schiffe heran.

Argu drehte leicht am Steuerrad. Seiner linken Hand fehlte der kleine Finger. »Einige der Männer hatten Urgroßeltern, die auf den Inseln lebten.« Argu zog sein Hemd zurück, sodass Wolf das Brandzeichen auf seiner Brust sehen konnte. »Ich wurde als freier Mann geboren. Denjenigen, die du meinst, denen mit dunklerer Haut, wurde ihre Heimat vor langer Zeit genommen. Sie tragen verschiedene Zeichen, die für Zuchtlinien stehen.«

Argus Augen verengten sich, und Wolf spuckte aus.

»Wir werden nicht Harlu einnehmen?«, fragte Argu.

»Es ist das, womit der König rechnet«, erwiderte Wolf.

»So ein Jammer«, bemerkte Argu.

»Weshalb?«, brummte Wolf.

Argu verzog den Mund. »Ich würde die Stadt gern brennen sehen.«

Wolf nickte nur. Er wollte nicht tiefer in seinen neuen Weggefährten dringen. Argu hatte Entsetzliches erdulden müssen, und Wolf wollte die Erinnerungen nicht unnötig wachrufen. Er nahm das Horn, das in einer Halterung neben dem Ruder befestigt war, in beide Hände, setzte es an die Lippen und blies.

Argu wies die Männer in den Wanten mit Zeichen an, das Großsegel einzuholen, damit die anderen Schiffe aufschließen konnten. Es war das dritte Mal, dass sie dieses Manöver durchführten, und diesmal gelang es ohne Zwischenfälle. Vier Schiffe wurden mit Haken aneinandergezogen, um eine Art Brücke zu bilden, wodurch die Stammesführer sich zu einem Rat zusammenfinden konnten. Während Wolf wartete, bemerkte er die zierliche Schönheit Erida auf dem Nachbarschiff. Sie hatte ein hauchdünnes Kleid angelegt, das ihre vollen Brüste betonte. Keine Frage, sie wollte ihn reizen. Ihm zeigen, was er für ein Narr er war, da er sie nicht bei sich auf der Wellenreiter hatte haben wollen. Sicher wäre die Reise in ihrer Gesellschaft vergnüglicher gewesen, aber das wäre den anderen gegenüber ungerecht gewesen. Ein Anführer durfte sich keine Vergnügungen oder Annehmlichkeiten leisten, die denen, die ihm folgten, verwehrt waren. Die Streitmacht bestand aus weitaus mehr Kriegern als Kriegerinnen, und viele von diesen trauerten um ihre gefallenen Ehemänner. Die Kriegerin Larna, die noch immer die Weisung hatte, auf Erida aufzupassen, stand dicht hinter ihr. Grüßend hob Wolf die Hand. Erida erwiderte die Geste und legte kokett den Kopf schief. Sie war wirklich schön – schön und aller Wahrscheinlichkeit nach gefährlich. Aber was war dieser Tage nicht gefährlich?

Wolf empfing Graf Barnas, Rogwin, Tjarson und die weniger bedeutenden Häuptlinge auf dem Heckaufbau.

Erst, als alle da waren, lud er sie ein, ihm in die Kapitänskajüte zu folgen, in der Argu bereits wartete. Den Schreibtisch und die anderen Möbel hatte Wolf von Bord werfen lassen. Die Häuptlinge nahmen im Kreis auf dem Boden Platz. Den Schnaps der Vorbesitzer verschmähten die Nordmänner allerdings nicht. Drei Tonflaschen kreisten, während die Häuptlinge derbe Späße machten. Sie waren allesamt Angeber, und nur manche von ihnen überdecken mit ihrer Großmäuligkeit die Angst vor dem Unbekannten, das vor ihnen lag. Mehr als die Hälfte, darunter Rogwin und Tjarson, waren Männer, die vor gar nichts Angst hatten. Ruhm, Beute und Vergeltung waren ihre einzigen Triebfedern.

»Wenn Wolf erst auf dem Thron in Ander-Stadt sitzt, werde ich König des Westens«, prahlte Rogwin. »Die Frauen dort sollen die schönsten von ganz Affalah sein.«

»Und wenn sie noch so hübsch sind«, grunzte Tjarson belustigt, »sie werden das Lager nicht mit einem stinkenden Nordmann teilen, dessen Nase so schief wie eine Pappel im Sturm ist.«

Rogwin fasste sich an seine mehrfach gebrochene Nase und schnaubte: »Mein Zinken ist denen doch völlig egal. Jede Südlandhure wird sich gerne von ihrem König beglücken lassen. Meine Nase ist dabei sogar von Vorteil. Frag mal deine Schwester.«

Ehe Streit aufkommen konnte, entschied Wolf, dass es an der Zeit war, ernst zu werden. »Das Königreich Antarion verfügt über mehr Soldaten, als wir uns vorstellen können. Es wäre Selbstmord, direkt gegen die Hauptstadt zu ziehen.«

Stille trat ein.

»Ich habe mir etwas anderes überlegt«, fuhr Wolf mit seiner tiefen Stimme fort. »Die gesamte antarische

Gesellschaft beruht auf Arbeiten, die von Sklaven ausgeführt werden. Das hat mich unser Freund Argu gelehrt.« Er nickte dem rothäutigen Mann zu, der sich in solchen Runden zurückhielt.

»Neben der Insel Nutu im Westen stammen die meisten Sklaven von den Ketai-Inseln, die vor unserem Bug liegen. Auch dort gibt es viele Soldaten, aber wir können sie schlagen. Und wenn es uns gelingt, die Inseln von ihren jetzigen Herren zu befreien, könnte es gut sein, dass unsere Armee beträchtlich wächst.«

»Du meinst, die Sklaven könnten sich uns anschließen?«, fragte Majak, ein Unterhäuptling mit struppigem rotem Bart.

Wolf nickte.

»Das sind aber keine Krieger«, warf Rogwin ein. Offenbar war er enttäuscht, dass Wolf sie nicht zu größerem Ruhm in eine Schlacht auf dem Festland führen wollte.

»Meine Brüder und ich waren auch keine Seeleute, und doch haben wir alle Schiffe sicher von Jarva bis hierher gebracht«, gab Argu zu bedenken.

»Das ist etwas anderes«, widersprach Rogwin naserümpfend.

»Es ist etwas anderes«, stimmte Wolf zu. »Wenn sie sich uns überhaupt anschließen, müssen sie zuerst zum Kampf ausgebildet werden. – Ich will euch nichts vormachen. Wenn wir diesem Pfad folgen, werden wir den Norden lange nicht wiedersehen. Aber wenn wir in eine aussichtslose Schlacht ziehen, sehen wir ihn ganz bestimmt nie wieder.«

»Wir wären ein Stachel im Arsch des Königs«, brummte Tjarson.

»Ein giftiger Stachel«, pflichtete Wolf bei, »er könnte den ganzen Arsch entzünden.«

»Das gefällt mir«, lachte Tjarson auf.

Rogwin verschränkte die Armee, doch als sich ein Häuptling nach dem anderen für den Vorschlag aussprach, grollte er: »Na schön, besetzen wir diese Inseln und vergrößern unsere Streitmacht. Aber sobald diese Taugenichtse ein Schwert halten können, ziehen wir gegen Ander-Stadt. Ich habe noch eine Rechnung mit diesem aufgeblasenen König zu begleichen.«

»Das haben wir alle«, sagte Wolf.

»Die armen Mädchen im Westen«, amüsierte sich Tjarson, »jetzt müssen sie noch eine Weile ohne deine schiefe Nase auskommen.«

»Halt's Maul Tjarson, oder ich breche dir deinen erbärmlichen Riecher.«

»Wir sind uns also einig«, hielt Wolf fest.

***

Selbst das Wetter schien Antarion zu hassen und den Nordländern helfen zu wollen. Diesige Nebelschwaden zogen unter einem grau bewölkten Himmel über die See. Wolf und Argu hatten sich die Standorte der feindlichen Aufklärungsschiffe eingeprägt, ehe der Nebel sie verschluckt hatte. Die Wellenreiter ließ sich zurückfallen, während der Rest der Flotte auf die felsige Küste zuhielt. Wolf überließ Argu das Kommando und begab sich auf eine Ruderbank. Es dauerte, bis die Krieger einen gemeinsamen Takt fanden und die Ruder gleichzeitig eintauchten. Wolf legte sich gleich den anderen in die Riemen, und die Wellenreiter nahm Fahrt auf.

Argu erwies sich einmal mehr als vorausschauender Navigator. Plötzlich tauchte der Einmaster aus dem Nebel auf. Panische Rufe waren zu vernehmen. Das feindliche Kundschafterschiff versuchte beizudrehen, doch es war zu spät. Die Krieger und Kriegerinnen auf dem Achterdeck stimmten einen grölenden Kriegsgesang an. Mit Haken bewährte Seile wurden ausgeworfen.

Wolf war froh darum, dass die feindlichen Soldaten ihre Waffen zogen. Er hatte keine Verwendung für Gefangene, und Wehrlose abzuschlachten, hätte ihm Alpträume beschert. Mit Alrun in den Händen sprang er auf das Deck. Das lange Schwert schnitt den Mann mit blauem Rock, der keine Rüstung trug, in der Mitte durch. Blut spritzte nach allen Seiten.

Die Soldaten und auch die Seeleute kämpften mit dem Mut der Verzweiflung, aber der Wildheit und Übermacht der Nordländer hatten sie nichts entgegenzusetzen. Der Kampf war rasch vorüber.

»Macht schnell«, befahl Wolf den Kriegern, die bereits die Luke zum Bauch des Schiffes geöffnet hatten.

Proviantkisten und Wasserfässer wurden auf die Wellenreiter geschleppt, während Wolf und zwei Kriegerinnen Lampenöl auf dem Deck verteilten und die Segel damit benetzten. Wolf wartete, bis er allein auf dem Schiff war, dann schlug er mit einem Feuerstein Funken. Eine blaue Flamme leckte die gelegte Spur entlang, Wolf sprang auf die Wellenreiter. Mit den Rudern wurde das in Flammen aufgehende Schiff abgestoßen.

»Hoffen wir, dass sie anbeißen«, sagte Wolf zu Argu, der das Steuerrad hart einschlug.

»Der Nebel lichtet sich bereits«, stellte der rothäutige Mann mit besorgtem Ton fest.

Beide Männer hofften darauf, dass die beiden anderen Aufklärungsschiffe des Feindes, davon ausgingen, ihren Kameraden sei ein Missgeschick geschehen, und kommen würden, um den vermeintlich in Not Geratenen zu helfen. Bald würde der Nebel die Wahrheit nicht mehr verschleiern. Während die Zeit ablief, ließ Wolf die Männer und Frauen im Kreis rudern, damit sie nicht erst Fahrt aufnehmen mussten, falls sich der Feind noch zeigen sollte.

Wolf suchte den dünner werdenden Nebel ab und blickte nach oben zum Mann im Ausguck, der mittlerweile wieder deutlich zu sehen war. Plötzlich streckte er eine Signalfahne aus. Argu hatte sie auch bemerkt und korrigierte den Kurs.

»Volle Kraft!«, rief Wolf den Männern und Frauen an den Rudern zu.

Das zweiter Kundschafterschiff tauchte vor ihnen auf. Es hatte den Braten gerochen und drehte bei. Argu hielt genau darauf zu.

»Wir rammen es«, erklärte er Wolf, »die Wellenreiter hält das aus.«

»Ruder einziehen und festhalten!«

Mit einem lauten Krachen bohrte sich der Bug in die Breitseite des gegnerischen Schiffes. Der Ruck hätte Wolf von den Füßen gerissen, hätte er nicht seinen eigenen Rat befolgt und sich nicht im letzten Moment ans Steuerrad gekrallt. Die Wellenreiter hob sich bedenklich, ehe sie sich nach unten neigte und Planken splitterten.

Entsetzte Schreie waren zu hören, als das kleinere Schiff entzweibrach. Der Mast kippte, Seile rissen schnalzend und Männer stürzten aus den Wanten hinab ins Wasser. Ehemalige Sklaven bereiteten denjenigen, die versuchten, sich an der Wellenreiter hochzuziehen, unbarmherzig mit Speeren ein Ende.

Die Wellenreiter setzte zurück, und nun hatte der Nebel sich beinahe vollständig aufgelöst. Wolf und Argu erspähten das letzte Aufklärungsschiff. Es hatte beigedreht und floh mit vollen Segeln nach Süden.

»Sie werden glauben, dass wir alle Zeugen einer Landung beseitigen wollten«, sagte Argu.

Wolf nickte. »Es wird widersprüchliche Berichte von Kundschaftern an Land geben. Wir haben zumindest Verwirrung gestiftet. Im besten Fall werden Soldaten von den Ketai-Inseln abgezogen, um die Besatzung von Harlu zu verstärken.«

»Während wir Kurs auf die Inseln nehmen«, grinste Argu. Nach einer kurzen Pause fügte er hinzu: »Du bist ein guter Mann, Wolf.«

Wolf schnaubte. »Sei kein Narr! Ich befreie die Männer und Frauen, die dein Schicksal teilen, nicht aus Großmut, sondern aus Eigennutz.«

Argu sah Wolf von der Seite an. Er schien zu glauben, was er sagte.

***

Dem jungen Soldaten, der Wachdienst auf der Mauer schob, blieb der letzte Bissen der Hammelkeule im Hals stecken, als er die Segel erblickte. Viele Segel, viele Schiffe! Er wusste nichts vom Raub der königlichen Flotte, allerdings irritierte ihn das Banner am Hauptmast des Schiffes an der Spitze: Ein weißer Wolf auf schwarzem Grund.

Der junge Mann hustete und stand einige Augenblicke wie versteinert da. Endlich riss er seine Augen von der näherkommenden Flotte los und erfüllte seine Pflicht. Er rannte zu dem offenen Turm und läutete die Glocke, deren heller Schlag die Stadt Ruet in Alarmbereitschaft versetzte.

»Alle Mann auf die Mauern!«, rief der Leutnant, der Baron Ramus, den Stadthalter von Ruet, in schnellem Schritt begleitete. »Schließt und verriegelt die Tore!«

»Mein Herr«, meldete ein schnauzbärtiger Unteroffizier verlegen, »die meisten Bewohner befinden sich noch außerhalb der Mauern.«

»Du hast deine Befehle, Soldat!«, keifte der Baron.

Auf den Stufen zur Bastion drehte er sich um. Von hier aus hatte man einen guten Blick auf den westlichen Teil der Stadt und den Hafen. Die Barbaren liefen mit voller Fahrt in die Bucht ein. Nur wenige Pfeile gingen von den beiden Wachtürmen aus auf die Schiffe nieder. Nichts konnte eine Landung noch abwenden, und Ruet war nicht auf einen Angriff vorbereitet, erst recht nicht auf einen solchen Ausmaßes. Ramus wischte sich die schweißnassen Hände am Mantel ab. Wie oft hatte er mit seinem Schicksal gehadert? Aufgrund von Pech, schlechten Ernten und intriganten Standesgenossen hatte er seine Ländereien verloren. Doch da er dem König stets die Treue gehalten hatte und sein Vater dessen Freund gewesen war, hatte dieser ihm den Posten als Stadthalter angeboten. Es war eine monotone Aufgabe gewesen, die hauptsächlich aus Verwaltungsarbeit bestanden hatte. In diesem Moment wünschte sich der Baron die Ruhe an seinem Schreibtisch zurück, an dem er Urteile unterschrieben und Sklavenlieferungen organisiert hatte. Was wollten die Barbaren nur auf den Ketai-Inseln? Hier gab es keinen Reichtum zu erbeuten, abgesehen von den Sklaven, und die Nordländer hielten keine Sklaven, das war allgemein bekannt.

Ein Schiff – eines *seiner* Schiffe legte von einem Pier ab, um zu fliehen oder um sich den einfallenden Barbaren todesmutig entgegenzustellen. Die Absicht des Kapitäns spielte keine Rolle, da das Schiff nicht weit kam. Die Wellenreiter, einstmals der Stolz der königlichen Marine, rammte es, dann ein zweites. Barbaren sprangen mit Kriegsgeheul an Bord und metzelten die Soldaten nieder, während immer mehr Schiffe in die Hafenbucht drängten.

Baron Ramus biss sich auf die Lippen und wendete den Blick ab.

»Leutnant Natha«, wandte er sich an den Offizier, der sie Szene ebenfalls beobachtet hatte. Er war ein ernster Mann, der die Befehle des Barons niemals in Frage gestellt hatte. Auch jetzt wirkte er äußerlich gefasst, nur die Blässe im Gesicht, das erste Falten um die Augen zeigte, verriet seine Bestürzung.

»Ich übertrage Euch die Verteidigung der Wehrstadt Ruet«, fuhr der Baron förmlich fort, wobei seine Stimme so klang, als handelte es sich um eine Auszeichnung oder besondere Ehre. »Sollte die Mauer fallen, haltet die Bastion um jeden Preis – im Namen des Königs.«

Damit ließ Baron Ramus den Leutnant stehen und begab sich auf direktem Weg zu dem Fluchttunnel, der vom Keller der Bastion zu einem nördlich der Stadt gelegenen Ausgang führte. Es blieb keine Zeit mehr, die Schätze in Sicherheit zu bringen.

Leutnant Natha hatte immer von einem Tapferkeitsorden geträumt, den er mit stolz geschwellter Brust vom König persönlich verliehen bekam. Er seufzte und machte kehrt. Dieser Tag würde ihm keinen Orden einbringen, aber er kannte seine Pflicht.

***

Blut tropfte von Argus Beil. Er stand gegenüber von Wolf im Schutz einer Häuserecke, nachdem sie einen verlustreichen Vorstoß zum Tor gewagt hatten. Krieger hoben Schilde über sich, während sie Verwundete aus der Gefahrenzone zerrten. Die feindlichen Soldaten schickten nur vereinzelt Pfeile auf sie nieder. Wahrscheinlich hatten sie den Befehl erhalten, Pfeile zu sparen und nur dann zu schießen, wenn sie sich sicher waren zu treffen. Wolf drehte sich um und rief Graf Barnas zu: »Wir benötigen einen Rammbock und mehr Schilde!«

Der nordländische Graf nickte und führte einen Trupp Krieger zurück in die Stadt, in der noch immer gewütet wurde. Aber das war kein Kampf mehr. Die ehemaligen Sklaven nahmen schreckliche Rache an ihren einstigen Herren. Wolf wollte nicht sehen, was in den Häusern geschah, von denen manche in Brand gesteckt worden waren. Rauch und der Geruch von Schweiß und Blut hingen schwer in der Luft.

Rogwin, der Häuptling der Tulgri, schritt an der Spitze seiner Krieger und Kriegerinnen in die Gasse. Sein rot gesprenkeltes Gesicht strahlte verzückt. Auch die Augen der vordersten Männer leuchteten. Die lange Zeit auf See hatte sie gelangweilt, in der Schlacht waren sie endlich wieder in ihrem Element. Wolf gab Rogwin zu verstehen, dass sie im Schutz der Häuser bleiben sollten. Der Häuptling schnitt eine Grimasse, gehorchte jedoch.

Sie mussten nicht lange warten, bis der letzte Graf der Nordlande zurückkehrte. Seine Männer trugen einen breiten Pfosten, der wohl als Stützträger gedient hatte. Zudem führten sie große, rechteckige Schilde mit sich, wie sie manche antarischen Soldaten benutzten. Wolf erteilte Anweisungen. Einem Dutzend Männer befahl er, ihre Gürtel abzulegen und um den Rammbock zu schlingen. So konnte er einhändig getragen und mit der freien Hand noch ein Schild hochgehalten werden.

Weitere Krieger gruppierten sich um den Trupp mit dem Rammbock. Diese hatten die Aufgabe, die Träger zusätzlich mit den Großschilden zu schützen. Graf Barnas brachte Bogenschützen in Stellung. Auch Wolf schnallte sich einen Schild an den linken Unterarm, ehe er vor die Männer und Frauen trat.

»Unsere Feinde sind anders als wir!«, rief er laut. »Sie verstecken sich hinter den Zinnen, sie sind voll Furcht! Während wir voller Mut sind! Seid ihr bereit, dieses verfluchte Tor aufzubrechen?«

Die Antwort bestand in wütendem Geschrei.

»Rache für Burgstadt!«

Damit drehte sich Wolf um und setzte sich in Bewegung. Die Mannschaft mit dem Rammbock folgte ihm. Ein Pfeilregen ging auf sie nieder, doch er ebbte ab, als Barnas das Gegenfeuer eröffnete und feindliche Bogenschützen von der Mauer stürzten. Zwei Pfeile bohrten sich in Wolfs Schild, einer traf ihn in die Schulter und blieb im gehärteten Leder stecken. Die Verletzung machte Wolf nur noch entschlossener. Er preschte vorwärts, bis er das Tor erreicht hatte – und machte sogleich einen Satz zurück. Durch einen Mörderschacht fielen Steine herab. *Zu früh*, grinste Wolf. Die Verteidiger verloren die Nerven. Er ging in die Hocke und signalisierte den Kriegern, dass sie kurz warten sollten. Als keine Steine mehr herabfielen, schrie er: »Jetzt!«

Krachend donnerte der Rammbock gegen das schwere Holz des Tors. Es ächzte, gab aber nicht nach.

»Noch einmal!«

Sie nahmen Anlauf. Ein Mann fiel, von einem Pfeil in den Hals getroffen, zu Boden, Wolf nahm seinen Platz ein.

»Vorwärts!«

Der grob angespitzte Rammbock krachte gegen das Tor, und Holz splitterte, aber sie waren noch immer nicht durchgebrochen. Durch die Mörderschächte fielen kleinere Steine herab, und Bogenschützen beugten sich über die Wehrmauer, um Pfeile niedersausen zu lassen. Ein Nordländer starb, zwei wurden schwer verletzt. Wolf brüllte: »Noch einmal!«

Sie nahmen nur kurzen Anlauf und schwangen im letzten Augenblick den Rammbock vor. Diesmal barst der Riegel. Triumphierender Jubel erklang von den Nordländern, die aus der Deckung dem waghalsigen Manöver zugesehen hatten. Wolf stemmte sich mit seinem gesamten Gewicht gegen den linken Flügel, ächzend öffnete er sich nach innen. Wolf lenkte einen Speerstoß mit dem Schild ab und packte den Speer. Er zog heftig am Schaft, und ein Nebenmann versenkte seine Axt in der Stirn des feindlichen Soldaten.

»Angriff!«, rief Wolf, doch sein Schrei ging im Kriegsgeheul der bereits anstürmenden Nordländer unter.

Sie preschten durch das Tor. Wolf löste Alrun aus der Rückenhalterung und erreichte als erster den fahrig aufgestellten Schildwall. Sein Totem verlieh ihm zusätzliche Kraft, als er das lange Schwert gegen einen Schild schwang. Das verstärkte Holz brach unter dem gewaltigen Hieb entzwei, und Alrun schnitt durch das Kettenhemd des Mannes, der das Schild gehalten hatte. Er kreischte, während Wolf nach vorn, mitten hinein in die Feinde drängte, da er den Bogenschützen auf der Wehrmauer kein freies Schussfeld bieten wollte. Die Klinge eng am Körper parierte er zwei Stiche, dann hatte er wieder ausreichend Platz, um Alrun todbringend einzusetzen.

Der Großteil der Nordländer nahm den Schildwall in die Zange, während kleinere Trupps die Leitern erklommen. Bald stürzten Bogenschützen hinab auf den Hof. Von allen Seiten bedrängt, hielt der Schildwall unten nicht stand. Die Disziplin löste sich in der aufkommenden Panik auf. Wie aus weiter Ferne hörte Wolf Rogwin grimmig lachen. Auch er selbst war in einen Blutrausch geraten. Alrun bekam nicht genug vom Blut der Blauröcke. Er stieß es in einen aufgerissenen Mund unter einem Helm, zog die Klinge heraus und streckte einen Mann nieder, der ihm den Rücken zugewandt hatte. Die antarischen Soldaten versuchten zu fliehen – doch es gab kein Entkommen. Durch den roten Nebel, der sich vor Wolfs Augen gelegt hatte, erkannte er Argu. Der ehemalige Sklave, den er so schätzte, war von oben bis unten in Blut getränkt. Er riss den Kopf eines Soldaten zurück, schlitzte ihm aber nicht die Kehle auf, sondern hieb ihm das Beil in den Schritt. Argu genoss dieses Gemetzel. Ekel stieg in Wolf auf, und sein Rausch endete. Er sah sich um. Der Kampf war gewonnen. Auf den Mauern setzten Nordländer Blauröcken nach, die ihr Heil in der Flucht suchten. Auf dem Hof wurden Soldaten traktiert, die ihre Waffen verloren oder in der Hoffnung auf Gnade niedergelegt hatten. Wie eine Katze mit einer Maus spielt, schoss es Wolf durch den Kopf. Er wollte sich abwenden, da bemerkte er einen Blaurock, der sich noch zur Wehr setzte. Er führte geschickt ein Langschwert und einen Dolch und hielt seine Feinde, die ihn umringt hatten, auf Abstand. Die Waffenkombination war in den Nordlanden angesehen. Nur die mutigsten wählten Schwert und Dolch in einem Blutgericht. Der Soldat focht geschickt und tapfer, obgleich er bereits aus mehreren Schnittwunden blutete.

Wolf schob die Krieger beiseite, die einen Ring um den erschöpften Mann gebildet hatten.

»Schluss mit dem Spiel«, befahl Wolf. Er lehnte sich auf die Parierstange von Alrun und wandte sich an den Soldaten: »Du hast gut gekämpft – für einen Blaurock. Wer bist du?«

Der Mann wischte sich Blut vom Mund und senkte das Schwert ein wenig, ehe er erwiderte: »Leutnant Natha. Mir obliegt die Verteidigung von Ruet.«

Einige Krieger lachten höhnisch. Wolf brachte sie mit einer harschen Geste zum Schweigen.

»Diese Stadt ist jetzt in unserer Hand. Daran ist nichts mehr zu ändern. Du musst nicht für eine verlorene Sache sterben.«

»Es bringt uns keinen Vorteil, den Kerl am Leben zu lassen«, grunzte Tjarson ärgerlich.

»Ich denke schon«, wandte sich Wolf, dem eine Idee gekommen war, lächelnd dem Häuptling der Orgran zu. Zu dem Soldaten sagte er: »Leg deine Waffen nieder, und ich verspreche, dir wird kein Haar mehr gekrümmt.«

Der Leutnant tat, als würde er das Angebot abwägen, in Wirklichkeit war er so ermattet, dass er die Waffen kaum noch halten konnte. Schließlich nickte er und ließ Schwert und Dolch fallen. Scheppernd fielen sie zu Boden – erst dadurch wurde Wolf bewusst, wie still es war. Er spürte, was von ihm erwartet wurde. Wolf reckte Alrun mit einer Hand in die Luft und rief: »Sieg!«

Hunderte von Kehlen nahmen den Triumphschrei auf.

»Sieg!«, »Sieg!«, »Wolf!«, »Wolf!«

Als der Taumel endete, nahm Wolf Graf Barnas beiseite und trug ihm auf, die Inbesitznahme der Garnison anzuführen. Wolf wollte nicht unnötig Krieger verlieren. Barnas war besonnener als Tjarson und Rogwin und würde daher nicht leichtsinnig, sondern vorsichtig und gründlich vorgehen. Außerdem würde er den zusätzlichen

Befehl befolgen, jeden weiteren Soldaten, der seine Waffen streckte, zu verschonen. Tjarson, Rogwin und die weniger bedeutenden Häuptlinge gehorchten ihm in der Öffentlichkeit, aber Nordländer ließen sich ungern Befehle erteilen – je höher ihr Ansehen, umso geringer ihre Bereitschaft zum Gehorsam. Das war in Ordnung für Wolf, er hätte keine hörigen Sklaven anführen wollen. Aber es bedeutete, dass er genau überlegen musste, wen er mit welcher Aufgabe betraute.

»Alle übrigen, die sich ergeben, werden verschont«, sagte Wolf zu Barnas. »Dieser Unterhäuptling, der mit Schwert und Dolch kämpfte, würde unsere Botschaft nur an das Ohr des Königs tragen.«

»Welche Botschaft?«, erkundigte sich Barnas.

»Genaugenommen sind es zwei«, erwiderte Wolf finster grinsend. »Du wirst es sehen. Schaffe alle Gefangenen später auf diesen Platz.«

***

Was nun folgte, war alles andere als angenehm für Wolf, aber es musste sein. Die wilden Krieger und Kriegerinnen waren begeistert, den alten Brauch wieder aufleben zu lassen. Ein mächtiger Topf aus Bronze fand sich schnell. Er wurde mitten auf dem Platz geschleppt, und unter ihm prasselte nun ein Feuer. Noch immer waren Krieger damit beschäftigt, gefallenen Gegnern die Köpfe abzuschlagen, um sie in den Topf zu werfen. Ein übler Gestank hüllte den gesamten Platz ein. Flöten und Trommeln begleiteten die grausige Zeremonie. Kriegerinnen hatten sich die nackten Oberkörper mit Blut beschmiert und tanzten zu den Siegesmelodien. Die ehemaligen Sklaven fügten sich rasch ein. Offenbar fanden sie Gefallen an dieser Art Feier. Einige von ihnen stießen Männer und Frauen, die sie selbst gefangen genommen hatten, in Ketten gelegt vor sich her. Wolf wusste, dass er über diese nicht verfügen durfte, aber sah weg, als er erkannte, was die befreiten Sklaven mit ihnen vorhatten. Sie zwangen sie in Richtung von Käfigen, die an Ketten von der Mauer baumelten. Sicher, ihr Rachedurst mochte gerechtfertigt sein – wahrscheinlich waren Angehörige in diesen Käfigen umgekommen –, dennoch wollte Wolf es nicht sehen. Die Schreie allerdings konnte er nicht überhören. Er sagte sich, dass es seinen Zwecken diente.

Er erblickte Barnas. Der letzte Fürst des Nordens rümpfte die Nase, ehe er den Kriegern hinter ihm ein Zeichen gab, woraufhin sie eine lange Reihe Gefangener auf den Platz führten. Die meisten waren Soldaten, aber auch Hofdamen und schlanke, in Seide gewandete Männer waren darunter. Das Entsetzen stand ihnen ins Gesicht geschrieben. Barnas ließ sie bewachen und ging auf Wolf zu. Vier Krieger, die einen Sessel schleppten, folgten ihm. Sie hoben den Sessel mit hoher verzierter Rückenlehne auf das Podest, an dem Wolf lehnte.

Barnas, der alte Bär, erklärte grinsend: »Die Häuptlinge des Südens wärmen ihre Ärsche gern auf solchen Stühlen. Du solltest dich schon mal daran gewöhnen.«

Wolf seufzte leise, ehe er sich auf das Podest zog. Er rammte Alrun in den hölzernen Boden und ließ sich auf dem Herrscherstuhl nieder.

Barnas stieg auf das Podest und stellte sich rechts neben Wolf. Gemeinsam verfolgten sie, wie die ersten abgekochten Köpfe aus dem brodelnden Topf gefischt wurden. Die Schädel, von denen sich das Fleisch gelöst hatte, wurden durchgesägt und zuletzt mit Bürsten sauber geschrubbt. Die beiden ersten Schalen wurden zu Wolf und Barnas gebracht. Der Graf goss Wein aus einer Tonflasche ein, sie stießen an und tranken.

»Du willst ihnen Angst machen«, sagte Barnas mit Blick auf die Gefangenen, die von seinen Kriegern bewacht wurden. Eine junge Frau übergab sich, woraufhin die Krieger lachten. Der mutige Offizier trat zu ihr und tröstete sie.

»Wir lassen sie mit einem gekaperten Schiff nach Harlu segeln«, fuhr Barnas fort. »Sie sollen verbreiten, was für Ungeheuer der König von Antarion mit dem Einmarsch im Norden aufgeweckt hat.«

Wolf nickte und trank einen weiteren Schluck Wein, der nach Knochenmehl schmeckte.

»Und die zweite Botschaft?«, wollte der Graf wissen.

Wolf gab den Kriegern ein Zeichen, die Gefangenen vor das Podest zu führen.

»Warte noch mit der Ansprache«, riet Argu, der plötzlich neben Wolf aufgetaucht war.

Die Schreie der Gefolterten endeten abrupt. Sämtliche ehemaligen Sklaven auf dem Platz gingen auf die Knie nieder. Der Grund für die Ehrfurcht unter den Sklaven musste in einer kleinen Gruppe zu suchen sein, die auf den Platz getreten war und sich nun sehr langsam auf das Podest zubewegte. Voran schritt eine buckelige Greisin. Ihre Haut war von einem satten Braun, allerdings mit einem Grünstich, wie Wolf es noch nie gesehen hatte.

»Das ist die Matwa, eine Art Königin«, raunte Argu ihm zu.

Wolf neigte höflich den Kopf, als die alte Frau den Blick hob und ihn über den Platz hinweg anblickte.

»Ich weiß, was du vorhast«, flüsterte Argu. »Du willst Unfrieden schüren, indem du den Sklaven in Antarion Befreiung in Aussicht stellst. Durch einen Ehebund könnte diese Botschaft das Königreich in Brand setzen.«

»Unser Kriegshäuptling soll diese hässliche und vertrocknete Matrone heiraten?«, grunzte Barnas abfällig.

»Nicht die Matwa«, korrigierte Argu in einem Tonfall, als wäre Barnas schwer von Begriff, »ihre Tochter.«

Barnas schnaubte, aber Wolfs Blick fiel auf die schlanke Frau, die hinter der Greisin ging. Sie war jung, fast noch ein Mädchen. Ihr Grünstich auf der braunen Haut war sonderbar, fremd, aber anziehend. Sie trug keinerlei Schmuck, dafür ein schlichtes armfreies Hemd, das ihr zu groß war. Ihre dunklen Haare waren sehr kurz. Wahrscheinlich waren sie als Strafe vor nicht allzu langer Zeit geschoren worden. Sie war schön und würde eine schöne Frau werden, doch das spielte keine Rolle. Argu kannte die Sklaven im Süden, von denen Wolf nur gehört hatte. Er würde seinem Rat folgen. Zur Not hätte er auch die bucklige Mutter geheiratet.

»Gleich jetzt?«, fragte Wolf.

Argu lächelte.

Die Zeremonie war erfreulich unkompliziert und ging rasch vonstatten. Die junge Frau und Wolf hielten sich an den Händen, während die Matwa beiden das Versprechen abnahm, sich zu ehren, dann sprach sie mit krächzender Stimme einen Segen und malte ein Band der Vereinigung auf die Hände der beiden.

»Wie heißt du eigentlich?«, fragte Wolf seine Gattin.

»Sardai«, erwiderte das Mädchen kleinlaut.

»Mach dir keine Sorgen, Sardai«, flüsterte Wolf ihr zu. »Wir werden das Lager erst teilen, wenn du dich dazu bereit fühlst.«

Er glaubte einen kurzen Ausdruck der Erleichterung über die junge Miene huschen zu sehen. Auf einen Wink der Matwa hoben beide die Hände, und laute Jubelrufe der ehemaligen Sklaven waren zu hören. Auch die Krieger und Kriegerinnen stießen Hochrufe aus, allerdings nicht ganz so laut und begeistert.

Als die Glückwünsche verklangen, wandte sich Wolf an die Gefangenen: »Ihr werdet heute nicht sterben. Wir schicken euch zurück aufs Festland, wo ihr in Sicherheit seid, bis wir kommen – und wir werden kommen. Antarion wird brennen, und wir werden aus den Schädeln all derer trinken, die sich uns in den Weg stellen.« Zur Bekräftigung nahm Wolf einen Schluck aus der Knochenschale. »Wir werden solange bleiben, bis euer verfluchter, feiger König sich mitsamt seiner Brut selbst entleibt – oder sich uns stellt, damit wir es erledigen.«

Die Frau, die sich vorhin übergeben hatte, zitterte am ganzen Leib. Auch die anderen konnten ihre Angst nicht verbergen, nur der Offizier bewahrte Haltung und starrte Wolf finster an.

»Wer sich uns anschließt hingegen – gleich welchen Standes, ob Soldat, Fürst oder Sklave –, wird uns willkommen sein und darf an unserer Seite Ruhm und Reichtum erringen. Und jetzt geht mir aus den Augen, ich will meine Hochzeit feiern.«

Wolf wandte sich leise an Barnas: »Bring sie zu einem Schiff und triff alle notwendigen Vorkehrungen, damit sie das Festland heil erreichen.«

»Sehr gern, Kriegshäuptling«, grinste Barnas.

***

Erida sah dem Schiff nach, das den Hafen verließ und sich mit voll gesetzten Segeln rasch entfernte.

»Wolf ist in der Tat gewitzt – für einen Barbaren«, dachte sie laut nach.

»Er wird König Guram in die Knie zwingen«, sagte Larna, die neben der Mätresse mit den Unterarmen auf die Mauer gestützt stand, voll glühender Überzeugung.

»Wohl kaum«, bemerkte Erida mit leichtem Spott. »Aber er wird ihm Ungemach bereiten. Grausam genug ist er dazu. Das hat er heute bewiesen.«

Wie zur Bestätigung ihrer Worte hallte ein Schmerzensschrei zu ihnen herauf. Die befreiten Sklaven nahmen noch immer Rache an ihren einstigen Herren. Offenbar bemühten sie sich, ihre erlittenen Qualen so vollständig wie möglich zurückzuzahlen.

»Er ist nicht grausam«, widersprach Larna, »er tut nur, was notwendig ist und der Sache dient.«

»Das war kein Vorwurf, meine Liebe«, schmunzelte Erida. »Im Gegenteil. Ich habe ihn für zu weich gehalten, aber ich korrigiere dieses Urteil gern. Es ist erfreulich zu sehen, dass er bereit ist, bis zum Äußersten zu gehen.«

Sie sah die Kriegerin, die zu ihrer Bewachung abgestellt war, mit ihren listigen Augen an. »Du bist eifersüchtig. Mach dir keine Sorgen wegen dieser Vermählung. Das ist reine Strategie. Die Grünhaut ist noch ein Kind und weiß nicht, was ein Mann ersehnt.«

»Aber du weißt es?«, knurrte Larna.

»Oh ja, meine Liebe. Wenn du willst, unterweise ich dich.«

Larna schnaubte und sah von dem kleiner werdenden Schiff zu dem Wolfsbanner, das nun über der Garnison von Ruet im Wind flatterte.

Kapitel X

Sir Jormun von Freimark las die Nachricht ein zweites Mal und rieb sich das stoppelige Kinn. Fast der ganze Kontinent befand sich in Aufruhr. Und wie reagierte der Senat? Er verdammte ihn zum Nichtstun. Sir Margo war aus dem Sattel gestiegen und erleichterte sich an einen Grenzstein. Jormun musste lächeln. Dem Freund und Ritterbruder schmeckte die Untätigkeit so wenig wie ihm selbst.

»Kehre zum Lager zurück«, sagte Jormun zu dem Meldereiter. »Iss, ruhe dich aus und brich bei Tagesanbruch wieder auf. Wenn du zurück in Luh-heim bist, kannst du dem Senat berichten, dass die einzige Gefahr an der Grenze in tödlicher Langeweile besteht.«

»Sehr wohl, Großmarschall«, entgegnete der Meldereiter ergeben und wendete sein Pferd.

»Margo«, rief Jormun dem Ritterbruder zu, der die letzten Tropfen abschlug, »ich würde dir gern für eine Weile das Kommando übertragen. Traust du dir das zu?«

»Pff«, machte der Mann, dessen langes, dunkelbraunes Haar strähnig auf das knielange Kettenhemd fiel. »Ebenso gut könntest du mich fragen, ob ich mir zutraue, mir den Arsch abzuputzen.« Margo packte umständlich sein Gemächt ein und kam zu Jormun. »Du willst in die Berge, nicht wahr?« Er schüttelte verdrießlich den Kopf. »Du willst zu Yuisgar. Der ist irre, wenn er überhaupt noch lebt. Und es ist unvernünftig, allein ins Nabelgebirge zu reiten. Aber ich werde dich nicht davon abbringen können, oder?«

»Nein«, schmunzelte Jormun. Margo kannte ihn besser als jeder andere. Auch er hatte als zweitgeborener Sohn eines Großherzogs zu Beginn der Ausbildung keinen einfachen Stand im Orden gehabt. Die Ausbilder wie die anderen Anwärter hatten es ihnen schwer gemacht. Anfangs hatte jeder allein durchgehalten und einen Wettkampf aus den harten Prüfungen gemacht, sich bei der letzten jedoch gegenseitig unterstützt. Seither verband sie eine tiefe Freundschaft, die über die Bruderloyalität hinausging. Margo gab sich meist schroff und gleichgültig, aber wenn es darauf ankam, war er äußerst zuverlässig und verantwortungsbewusst. Durch sein ausgezeichnetes Talent im Kampf zollten die Brüder ihm Respekt. Er war über die Grenzen der vereinigten Herzogtümer hinaus bekannt unter dem Spitznamen *Herzbrecher* – aufgrund seines Geschicks mit dem Kriegshammer, aber auch weil es Gerüchte über Liebeleien gab, die einem Ordensritter eigentlich verboten waren. Sie entsprachen der Wahrheit, doch Jormun sah keinen Grund, dem Freund sein einziges Laster zu verargen.

»Geh wenigstens nicht zu weit nach Norden«, brummte Margo. »Die Tunki haben sich in letzter Zeit ruhig verhalten, aber sie sind noch immer da. Und ich habe keine Lust, Lösegeld für dich zu bezahlen.«

Die Tunki waren ein Volk, das einmal das ganze Gebiet des heutigen Parlin bewohnt hatte. Bei der Gründung von Parlin waren sie in die Berge zurückgedrängt worden. Deshalb hassten sie alle Fremden.

»Ich passe auf mich auf«, versprach Jormun.

***

Lediglich von seinem Knappen begleitet blickte Jormun in der Mittagssonne zurück auf das Lager. Von oben betrachtet wirkte es mickrig. Nur zweihundert Ritter plus Gefolge. Aber es handelte sich um Ritter des Schwarzen Schwans – neben den Weißklingen die gefürchtetsten Kämpfer ganz Affalahs. Niemand würde es wagen, sie anzugreifen.

Jormun ritt nicht auf seinem Streitross, sondern auf einem kleinen Tier, kaum größer als ein Pony, das sich besser für die Berge eignete. Sein Knappe Greel fluchte leise vor sich hin. Der junge Mann war der Sohn eines Schmieds und hatte dessen üble Laune geerbt. Jormun mochte ihn trotzdem. Die drei vor ihm hatte er nach kurzer Zeit abgewiesen. Er hatte sie schon deshalb nicht leiden können, weil sie von Herzögen vorgeschlagen worden waren, um zu spionieren und mit der Absicht, ihn eines Tages als Großmarschall abzulösen. Zudem waren alle drei aber auch faul und unfähig gewesen. Greel war nun schon über zwei Jahre sein Knappe. Er erledigte alle Aufgaben, die ihm aufgetragen wurden, zuverlässig und mit echter Hingabe, die Jormun trotz seines ständigen Murrens nicht übersah. Angenehm war an ihm außerdem, dass er keine Fragen stellte und meist nur sprach, wenn er direkt angesprochen wurde. So ritten sie schweigsam auf die Berge zu, deren höchste Gipfel von Wolken verhangen waren.

Die Dämmerung brachte ein Zwielicht mit sich, das die Umgebung unwirklich erscheinen ließ. Jormun und sein Knappe führten die Reittiere an den Zügeln einen steilen Hang hinauf. Nur wenigen Sträuchern und Wildblumen reichte die trockene Erde in den Felsritzen aus, um zu gedeihen. Als sie den Kamm erreicht hatten, blickte Jormun nach Norden. Von einem Tal stieg eine Rauchsäule auf. Vermutlich ein Lager der Tunki. Er sah nach Westen und musste schmunzeln. Zwei mächtige Felsen ähnelten Drachen. Die Mäuler weit aufgerissen starrten sie einander aus steinernen Augen an. ›Finde die geflügelten Wächter und du findest mich, junger Bruder.‹ Das hatte Yuisgar ihm gesagt, als er noch ein vielversprechender Knappe vor seinen letzten Prüfungen gewesen war.

Die Drachenformation war weiter weg, als es den Anschein erweckte, daher beschloss Jormun, die Nacht an einer windgeschützten Stelle zu verbringen. Während Greel die Tiere versorgte und ihnen ein notdürftiges Lager richtete, haftete Jormuns Blick auf den Drachenfelsen. Er selbst glaubte nicht an Wunder und Zeichen, aber Yuisgar tat es. Jormun hoffte, der ehemalige Großmarschall würde es als gutes Omen deuten, dass er ihn ausgerechnet zum Zweitmond aufsuchte, der dunkelrot wie getrocknetes Blut zwischen den Drachen aufstieg. Auf dem gesamten Kontinent begannen nun Festlichkeiten, die an vielen Orten eine Woche anhielten, bis das nur alle vier Jahre auftretende Naturspektakel endete. Im Lager brutzelte bestimmt schon frisch geschlachtetes Wild über den Feuern. Ganz Affalah feierte – und er war hier draußen, allein mit dem missmutig dreinblickenden Greel. Das erinnerte ihn an seine Zeit als fahrender Ritter. Oft sehnte er sich danach zurück, frei und ohne Verantwortung, lediglich geleitet vom Kodex des Ordens durch die Welt zu streifen und dort zu helfen, wo er gebraucht wurde. Er seufzte und betrachtete die beiden Monde, den weißen und den roten, von denen es im einfachen Volk hieß, sie seien Liebende, die sich nur einmal alle vier Jahre begegnen dürften, weil sie ihren Vater, die Sonne, vor Urzeiten hintergangen hätten.

»Tut mir leid, dass wir hier draußen sind«, sagte Jormun an Greel gewandt. »Du würdest sicher gern mit den anderen Knappen feiern.«

Greel zuckte mit den Achseln. »Wenn Ihr mich freistellen würdet, Sir, würde ich mich eh nur betrinken, mich irgendwann übergeben und mich am nächsten Tag an kaum etwas erinnern können.«

Jormun gluckste. Die pessimistische Ehrlichkeit seines Knappen war erfrischend.

»Hast du noch Kraft für ein paar Übungen?«

»Im Dunkeln?«, fragte Greel überrascht.

»Auch in der Nacht muss man kämpfen können«, belehrte ihn Jormun.

Der Knappe ließ sich nicht zweimal bitten, rappelte sich auf und wickelte die Holzschwerter aus, die er stets bei sich führte. Er war lernbegierig, und Jormun fand nur selten die Zeit, ihm persönlich Lektionen zu erteilen.

»Paradehaltung«, wies Jormun ihn an. »Zuerst greife ich an, du verteidigst.«

Klackend trafen die Übungsschwerter im Schein der zwei Monde aufeinander.

***

Jormun hatte sich nicht geirrt. Zu den drachenförmigen Felsen war es weiter, als es den Anschein hatte. Und auf kaum einer Etappe des Weges konnten sie reiten. Er und Greel führten die Pferde an den Zügeln und achteten darauf, dass weder die Tiere noch sie sich eine Verstauchung zuzogen. Bergauf kostete mehr Kraft, aber bergab mussten sie vorsichtiger sein. Als die Sonne im Zenit stand, legten sie eine kurze Rast ein. Kein Rauch war zu sehen und auch sonst kein Anzeichen der Tunki. Doch da war etwas anderes, ein unangenehmer Geruch, der ihnen in die Nase stieg. Sie mussten nicht lange suchen, um die Quelle ausfindig zu machen. Unter einem knorrigen Baum, den der Wind schief hatte wachsen lassen, lag der Kadaver eines Berghirschs. Er war noch nicht alt, höchstens drei Tage, schätzte Jormun. Durch den Mund atmend kniete er sich nieder und vertrieb die Fliegen. Die Todesursache war deutlich zu erkennen: Die Halswirbelsäule des einst edlen Geschöpfs war wie von einer übergroßen Zange aufgeknackt.

»Beim heiligen Speer«, grunzte Greel. Der Anblick erschreckte sogar ihn. »War das ein Raubtier? Aber welche Bestie wäre dazu imstande?«

»Eine große«, erklärte Jormun nüchtern.

Mit einem flauen Gefühl im Magen zogen sie weiter.

Nachmittags erreichten sie den Fuß der Drachenfelsen, aber sie brauchten bis zur Abenddämmerung, bis Greel eine kleine Blockhütte entdeckte, die sich windschief an einen alten Baum lehnte. Die armselige Behausung passte zu Yuisgar, wie Jormun ihn in Erinnerung behalten hatte; asketisch, jede Form von Prunk verachtend. Er übergab dem Knappen den Zügel seines Pferds und klopfte an die schlichte Holztür.

»Hier ist ein Bruder, Sir Jormun von Freimark!«

Keine Antwort.

Der Ritter versuchte es erneut, doch außer Wind und Vogelgezwitscher war nichts zu hören. Es gab auch keine Anzeichen dafür, dass der Bewohner der Hütte seine

Behausung verlassen hatte und bald wieder zurückkehren würde. Unkraut überwucherte einen kleinen Gemüsegarten, und Efeu überzog den unteren Teil der Tür. Ohne große Kraftanstrengung brach Jormun sie auf. Über einer Feuerstelle hing ein Kessel und auf einer Pritsche lag ein Skelett.

Jormun seufzte, betrat die Hütte und kniete sich neben die Schlafstätte. Der Siegelring am knöchernen Ringfinger der linken Hand ließ keinen Zweifel daran, dass es sich um die Überreste von Yuisgar handelte. Enttäuschung überkam Jormun. Er durchsuchte die Hütte und fand in einer Ecke das schmucklose Langschwert, das der ehemalige Großmarschall getragen hatte.

»Sir?«, rief Greel von draußen.

»Er ist tot«, gab Jormun zurück.

Gemeinsam betteten sie die Knochen auf eine fadenscheinige Decke und zogen die sterblichen Überreste Yuisgars aus der Hütte. Jormun suchte eine Stelle aus, auf die die ersten Sonnenstrahlen fallen sollten, dann machten sie sich daran, Steine herbeizuschaffen und das Skelett damit zu bedecken. Es war eine schweißtreibende Arbeit im gespenstischen Licht der beiden Monde. Zuletzt steckte Jormun das Schwert des einstigen Großmarschalls oben in das Hügelgrab. Er glaubte nicht, dass jemand es wagen würde, es zu stehlen. Wenn überhaupt jemand die Anwesenheit des Einsiedlers bemerkt hatte, galt die Hütte sicher als verflucht. Selbst Brüder im Orden hatten Yuisgar für sonderbar und unheimlich gehalten und waren ihm aus dem Weg gegangen. Hier draußen hatte er sicher die Ruhe gehabt, die er sich immer wünschte.

In andächtigem Schweigen starrten der Ritter und der Knappe auf ihr Werk, als ein Heulen die Stille der Nacht zerriss. Es war ein unmenschlicher Laut, der nichts Gutes verhieß.

»Die Bestie, die den Hirsch gerissen hat?«, fragte Greel.

»Vermutlich«, stimmte Jormun zu. »Es könnte sich um einen Siebentod handeln, den der Hunger dazu getrieben hat, die Gipfel zu verlassen.«

»Gibt es sie wirklich? Ich dachte immer, der Siebentod ist eine Erfindung, um Kinder zu erschrecken.«

»Es sind äußerst große Raubtiere, die in den höchsten Höhen des Nabelgebirges hausen«, klärte der Ritter seinen Knappen auf. »Normalerweise bleiben sie hoch oben und begnügen sich mit Nestern von Riesenadlern. Früher war es anders. Jagden wurden auf sie veranstaltet. Das war gefährlich. Es hieß, dass diese Mistviecher sieben Männer zerfleischen, bevor sie so geschwächt sind, dass der achte sie niederstrecken kann. Daher der Name.«

»Dem heiligen Speer sei Dank, dass das nicht unsere Angelegenheit ist«, sagte Greel hoffnungsvoll.

Ein Blick des Ritters genügte, um ihn aufstöhnen zu lassen.

»Nachdem die Bestie Blut geleckt hat, könnte sie noch tiefer hinabkommen und vielleicht sogar ein Dorf in den Tälern angreifen«, gab Jormun zu bedenken.

»Wir gehen also auf die Jagd? Ohne Verstärkung zu holen, nehme ich an.«

Jormun nickte. »Bei Tagesanbruch.«

»Wenn Margo davon erfährt, wird er mich windelweich prügeln«, brummte Greel.

Jormun klopfte ihm belustigt auf die Schulter. »Keine Sorge, die Biester fressen doch immer sieben, ehe sie getötet werden können, und wir sind nur zu zweit.«

»Sehr beruhigend«, krächzte Greel.

Jormun lächelte. Er schätzte die gelegentlichen Plänkeleien mit dem Knappen, der Furcht und Besorgnis nur vortäuschte, während er insgeheim darauf brannte, Abenteuer zu erleben und sich einen Namen zu machen. »Es wäre allerdings gut gewesen, wir hätten Bögen mitgenommen«, dachte der Ritter laut nach.

***

»Alles in Ordnung?«

Friya wischte mit Blättern das Blut weg und dann mit dem Handrücken die Tränen aus dem Gesicht. »Mir geht es gut«, log sie in einem Tonfall, der die kleine Hure davon abhielt nachzusehen. So wollte sie Udi eigentlich nicht mehr nennen, nicht einmal in Gedanken. Ihr hatten sie es zu verdanken, dass sie es unbemerkt aus Murim herausgeschafft hatten. Es war undankbar, sie für die Art ihrer Hilfe geringzuschätzen.

Friya sah an sich hinab und musste es sich verkneifen, erneut loszuheulen. Das war doch kindisch! Wie viele Frauen hatten schon ein Kind wegmachen lassen? Sie konnte von Glück reden, dass die alte Geistsprecherin Erfahrung darin hatte. Hätte sie es allein machen müssen, wären die Schmerzen noch größer gewesen, ebenso wie die Gefahr einer Infektion. Die Nachblutungen waren den Worten der Alten nach völlig normal, aber sie konnte nichts dagegen tun. Immer, wenn sie das Blut sah, füllten sich ihre Augen mit Tränen.

»Bist du sicher, dass ich nicht doch kommen soll?« fragte Udi besorgt.

Friya rümpfte die Nase, rückte den Rock zurecht und kam hinter dem Gebüsch vor.

»Geht es weiter?«

Udi schüttelte den Kopf. »Raschu will noch mindestens zwei Aufführungen geben, nachdem die letzte so gut besucht war.«

Raschu war der Anführer der fahrenden Truppe. Bei den Aufführungen kündigte er die Gaukler, kurze Schauspiele und Musikstücke an. Neben seiner lauten Stimme war seine hervorstechendste Eigenschaft Gier, die sich mit einem ausgeprägten, völlig moralfreien Geschäftssinn paarte. Taschendiebe begleiteten die Spielleute und erleichterten Dörfler während der Aufführungen, dennoch wurde die Truppe stets freundlich empfangen. Sie boten eine willkommene Abwechslung, außerdem genoss fahrendes Volk aus religiösen Gründen in Kislav hohes Ansehen. Udi hatte Raschu überzeugt, sie mitzunehmen, und verbrachte seit ihrem Aufbruch aus Murim jede Nacht im Wagen des unersättlichen Mannes. Friya argwöhnte allerdings, dass er insgeheim noch einen anderen Vorteil aus ihnen schlagen wollte.

»Shinn meint, wir sind weit genug von Garnisonen entfernt.«

Friya nickte erleichtert.

Am nächsten Tag, als die Spielleute, begleitet von Lauten- und Trommelklängen, zu einem weiteren Auftritt ins nahegelegene Dorf gezogen waren, gab Shinn Isma das vereinbarte Zeichen. Der Alumnu ließ zerriebene Blätter in den Suppentopf rieseln, und gemeinsam warteten sie ab, bis die Zurückgebliebenen davon aßen. Die sechs Männer gaben sich faul und lässig, dennoch war unverkennbar, dass sie die Aufgabe hatten, Isma, Shinn, Friya und Udi zu bewachen. Es dauerte nicht lange, und sie schnarchten laut. Die vier Flüchtlinge rafften rasch einige Habseligkeiten zusammen. Shinn kümmerte sich um ein Reittier für jeden, und so stahlen sie sich, ohne

Gewalt anwenden zu müssen, davon. Als Friya sich ein letztes Mal im Sattel umwandte, sah sie das runzlige Gesicht der alten Hexe, die ihr bei der Abtreibung beigestanden und auch ihre Haare schwarz gefärbt hatte, am Fenster ihres Wagens. Üblicherweise schlummerte sie um diese Zeit tief und fest, auch ohne Schlafmittel. Seltsamerweise waren die spröden Lippen zu einem wissenden Lächeln verzogen. Friya wandte den Blick ab und trieb ihr Pferd mit einem »Heia!« an.

Das Reiten bereitete ihr Schmerzen im Unterleib, doch sie ließ sich nichts anmerken. In gestrecktem Galopp rasten sie über eine weite grasbewachsene Ebene auf die Berge im Osten zu.

Die folgenden Tage behielten sie ein rasches Tempo bei. Isma und Udi waren schlechte Reiter, aber Shinn trieb sie an. Der Prinz war kaum wiederzuerkennen. Seine Haare waren struppig und verfilzt, und er hatte sich einen Bart wachsen lassen. Die mehrfach geflickte Weste, die ihm unter den Spielleuten als Tarnung gedient hatte, hätte ihm das Aussehen eines heruntergekommen Gauklers verliehen, wäre da nicht das rostige Kurzschwert gewesen, das an seiner Hüfte baumelte. Lediglich seine aufrechte Haltung im Sattel und sein entschiedener Blick verrieten seine wahre Identität.

Als Grenzsteine anzeigten, dass sie Kislav verließen und die Steppe vor ihnen zur Drabati-Föderation zählte, sagte Shinn: »Wir müssen nur ein kurzes Stück durch die Föderation. Wenn wir unbemerkt die Alte Reichsstraße erreichen, haben wir es so gut wie geschafft.« Er blickte sich nach allen Seiten hin um, ehe er hinzufügte: »Von nun an reiten wir nachts.«

Der Entschluss mochte gut und richtig sein, aber Friya ärgerte sich über den Befehlston. Die Folter in Murim hatte ihn ein wenig von seinem hohen Ross heruntergeholt, doch er würde immer ein verzogener Gockel bleiben. Sie hasste ihn. Er war verantwortlich. Sowohl für ihr persönliches Leid als auch für das der Nordstämme. Sie musste und sie würde ihn töten, auch wenn sie diese Absicht zuweilen vergaß, weil sie aufeinander angewiesen waren. Im Gebirge, nahm sie sich vor. Von dort aus würde sie den Weg zurück in die Heimat allein finden. Udi und Isma würde sie anbieten, mit ihr zu kommen. Aber was erwartete sie im Norden? – Damit würde sie sich auseinandersetzen, wenn sie dort war.

Ob die Geschichten des jungen Hexers wohl wahr waren, von denen er jeden Abend fast fiebrig sprach? Shinn tat zumindest so, als würde er dem Jungen Glauben schenken. Wenn tatsächlich eine Verschwörung im Gange war, die möglicherweise eine Invasion von außerhalb des Kontinents vorbereitete, wären Kislav und Antarion gezwungen, ihre Truppen aus dem Norden abzuziehen, um die eigenen Länder zu verteidigen. Aber auch, wenn ihr das zupass käme, hatte sie starke Zweifel. Die Endlos-See hieß nicht ohne Grund so.

In der Morgendämmerung fanden sie einen gut gelegenen Rastplatz in einer Senke. An einem Tümpel füllten sie ihre Trinkschläuche auf. Das Wasser war zwar trüb und schmeckte nach Lehm, aber sie hatten sich allesamt angewöhnt, nicht wählerisch zu sein. Die Vorräte gingen zur Neige, und bald wären sie gezwungen, auf die Jagd zu gehen – sofern sie sich nicht dauerhaft mit den Beeren und Wurzeln begnügen wollten, mit denen Isma den gestohlenen Proviant ergänzte. Friya litt kaum noch Schmerzen, nur gelegentlich suchte sie ein Krampf heim.

»Wir müssten die Alte Reichsstraße bald erreichen, vielleicht schon kommende Nacht«, sagte Shinn, während er seinen Kopf auf die zusammengeknüllte Weste bettete.

»Morgen Nacht beginnt der Zweitmond«, bemerkte Isma.

»Schon?«, wunderte sich Shinn. »Dann ist es umso besser, dass wir die Steppe so gut wie hinter uns haben.«

»Ich bin froh, nicht mehr in Murim zu sein. Ganz egal, wie diese Reise ausgeht«, seufzte Udi. »Trotz des Verbots betrinken sich die Männer zum Zweitmond und werden grob.«

»Du wirst dieser Arbeit nie wieder nachgehen müssen«, versprach Friya. »Wir alle verdanken dir unser Leben.«

»So ist es«, stimmte Shinn schläfrig zu. »Mein Vater wird dein Gewicht mit Edelsteinen aufwiegen, wenn wir erst in Ander Stadt sind.«

Friya fragte sich, ob das eine leere Versprechung war. Wahrscheinlich. Vermutlich würde der Prinz die kleine Hure sofort vergessen, wenn er wieder einen blauen Rock und eine glänzende Rüstung trug.

Sie drehte sich auf die Seite und schloss die Augen. Isma würde sie zur zweiten Wache wecken.

***

Sie hatten die uralte, breit gepflasterte Straße hastig überquert und ritten im Schein der beiden Monde auf das Nabelgebirge zu. Es waren nicht die heimischen Berge, und doch beruhigte der Anblick Friya. Bald mussten sie absteigen und die Pferde hangaufwärts durch einen dichten Nadelwald führen.

An einer Quelle, deren klares Wasser aus einer Felsspalte sprudelte, legten sie eine Rast ein. Friyas Hand wanderte zum Griff des Dolchs, der in ihrem Gürtel steckte, als sie Shinn dabei beobachtete, wie er sich das Gesicht benetzte und danach lange trank. Die Gelegenheit war günstig. Ein rascher Stich, um ihr geschundenes Volk zu rächen.

Isma trat neben sie.

»Ich spüre die Anwesenheit von etwas Bösem«, sagte er leise. »Ich weiß, dass du dich von uns trennen willst, aber zu unser aller Wohl bitte ich dich, noch ein wenig abzuwarten.«

Auch wenn sie an seinen unheilvollen Befürchtungen zweifelte, hatte sie doch mit eigenen Augen gesehen, auf welch wundersame Weise Isma sie aus dem Folterkeller in Murim gerettet hatte. Zerknirscht nahm sie die Hand vom Dolch, lächelte gezwungen und nickte knapp.

Ein Stück weiter unten sammelte sich das Wasser in einem Becken, in dem große Forellen schwammen. Friya spitzte einen Stock an, und es gelang ihr, trotz der Dunkelheit mit dem schlichten Speer drei Fische aufzuspießen, die sie über einem Feuer brieten.

Den Rest der Nacht ruhte die kleine Gruppe bei dem Quell aus, um im Morgengrauen wieder aufzubrechen. Shinn meinte, sie seien nun weit genug von etwaigen Verfolgern entfernt, außerdem machten die beiden Monde die Nächte ohnehin so hell, dass es kaum einen Unterschied bedeutete.

Das Reisen bei Tag war angenehmer, dafür wurde der Marsch die steilen Hänge hinauf zunehmend anstrengender. Udi beschwerte sich nicht, fiel aber immer häufiger zurück. Friya bot ihr an, auf dem Sattel auszuruhen, während sie beide Tiere an den Zügeln führte. Dankbar unterhielt die junge Frau Friya mit Geschichten, die sie selbst erlebt oder von Freiern gehört hatte.

»Und er hat es nicht gemerkt?«, hakte Friya ungläubig nach.

»Er war so betrunken, dass er seine eigene Mutter nicht erkannt hätte«, gluckste Udi. »Am nächsten Tag verließ er die Stadt. Nach Jahren kehrte er gezwungenermaßen zurück – und wurde gebührlich begrüßt.«

Friya lachte schallend. Es war das erste echte Lachen seit ihrer Gefangennahme.

Sie ritten durch einen Ballatwald. Die dünnen Stämme mit der grauen Rinde ragten hoch hinauf, wo das Laubdach beinahe alle Sonnenstrahlen schluckte. Ein seltsames Gefühl beschlich Friya, als … als würden sie beobachtet.

Der Angriff kam so plötzlich, dass keine Zeit war zu reagieren. Ein scheußliches Maul schnappte von oben auf sie nieder. Fangwerkzeuge schlossen sich um Udis Oberkörper. Sie wurde aus dem Sattel gerissen, und ein Regen aus Blut ging auf Friya nieder. Entsetzt sprang sie zur Seite, rollte sich ab und begriff, was sich ereignet hatte. Ein Untier auf vier stelzenartigen Beinen hatte ihnen aufgelauert. Die Beine des Monstrums hatten dieselbe Farbe wie die Stämme der Bäume; deshalb hatten sie es nicht bemerkt.

Das Biest, dessen ganze Gestalt Friya noch immer nicht erfasst hatte, schüttelte den Kopf, sodass Udi in zwei Hälften zu Boden fiel. *Mutige, treue Udi*, schoss es Friya durch den Kopf. Doch jetzt war keine Zeit zu trauern. Das Biest fraß nicht. Kein gutes Zeichen, wie sie von ihrem Bruder wusste. Es würde zuerst versuchen, sie alle zu töten, ehe es sich an ihren Leichen gütlich tat.

Die Fangwerkzeuge schnappten nach ihr, mit einem Hechtsprung brachte sie sich gerade noch in Sicherheit. Kurz entschlossen rannte Friya zurück, wo sie den Speer hatte fallen lassen. Schaudernd blickte sie nach oben. Der vordere Teil der Bestie erinnerte an ein Spinnenwesen, während die Umrisse des hinteren schwerer zu erkennen waren, weil der Leib wie das Laub der Bäume gemustert war. Eine perfekte Tarnung.

»Komm schon! Versuch es noch einmal, du Mistvieh!«

Sie wollte ihm den Speer in den Rachen stoßen, wenn es erneut nach ihr schnappte.

Schmerzhaft wurde sie von den Beinen gerissen. Das Monster hatte sie mit seinem Schwanz, den Friya zuvor nicht gesehen hatte, zu Fall gebracht. Der Speer war ihr beim Sturz aus der Hand gefallen. Sie riss den Dolch aus ihrem Gürtel und sah mit vor Schreck geweiteten Augen, wie sich die Fangwerkzeuge öffneten und auf sie zukamen.

Im letzten Augenblick stieß Shinn dem Ungeheuer das Kurzschwert seitlich gegen den Kopf. Die Klinge drang nicht tief ein, aber das Monster stieß einen schrillen Schmerzenslaut aus und war für den Moment abgelenkt. Shinn packte Friya am Handgelenk und zog sie auf die Beine.

»Lauft!«, rief er.

Isma, Shinn und Friya rannten, so schnell sie ihre Beine trugen. Das Geräusch splitternder Äste verriet, dass die Kreatur die Verfolgung aufgenommen hatte und sich rasch näherte.

Die heillose Flucht mündete auf eine Lichtung. Der Boden war morastig. Friya stürzte, doch Shinn machte kehrt und half ihr auf die Beine.

Als würde es dem Wesen Missbehagen bereiten, stakste es langsam aus dem Schutz der Bäume. Unter freiem Himmel, die Gelenke eingeknickt, wirkte es nicht ganz so riesig. Die Musterung auf seinem Körper verblasste und wich einem glänzenden Chitin-Schwarz. Der Schwanz, der in einem langen Stachel auslief, wirkte seltsam unpassend.

»Ein Siebentod«, keuchte Shinn.

»Wie besiegen wir es?«, fragte Friya gepresst.

Shinn schüttelte nur den Kopf.

Auch Isma war stehengeblieben und hatte sich dem Schrecken zugewandt. Friya erkannte, dass er die Augen geschlossen hatte und seine Lippen sich stumm bewegten.

In merkwürdig gebückter Haltung kam die Bestie näher.

Es war kein willentlicher Akt, von ganz allein suchte Friyas Hand die von Shinn und drückte sie fest.

Der Kopf der Bestie hob sich ruckartig. Es schien, als würde es schnüffeln.

Erst leise, dann immer lauter war Hufgetrappel zu hören.

Friya traute ihren Augen kaum, als zwei Männer zu Pferd auf die Lichtung preschten. Der vordere zog ein Schwert aus der Scheide und hielt genau auf das Untier zu.

»Für den Schwan!«

»Für den Schwan!«, fiel der hintere Mann in den Schlacht-ruf ein.

Vielleicht war die Bestie schlicht nicht gewohnt, frontal angegriffen zu werden. Sie wich zurück. Der Mann zu Pferd riss im letzten Moment die Zügel herum und hieb sein Schwert mit voller Wucht gegen ein chitingepanzertes Bein. Grünes Blut spritzte auf, und das Untier strauchelte. Allerdings nur kurz. Rasch hatte es sich erholt. Es ließ sich nieder, um im nächsten Augenblick einen Satz auf den Berittenen zu zu machen, der es verletzt hatte. Ein zangenbewährter Klauenfuß schlitzte die

Flanke des Pferdes auf, das scheute und in die Höhe stieg. Der Reiter, der verstärktes Leder über einem Kettenhemd trug, wurde abgeworfen. Der Schwanz peitschte durch die Luft und brachte auch den zweiten Reiter zu Fall. Das grässliche Maul schnappte nach dem ersten, zuckte jedoch zurück, als es blanken Stahl zu schmecken bekam. Die Bestie wollte erneut springen, um den wehrhaften Mann zu zerquetschen. Doch was war das? Erde hatte sich um ihre Beine gelegt. Der Siebentot wurde festgehalten. Ismas Magie!

Ermutigt rappelte sich Shinn auf, und zu dritt hieben die Männer auf die Extremitäten ein, bis das Untier einbrach und der gerüstete Krieger kühn auf seinen Rücken sprang, um sein Schwert in den Nacken der Bestie zu bohren. Nach einem widerwärtigen Todeskrampf hörte es endlich auf zu zappeln.

Der Mann, der ihm den Todesstoß verpasst hatte, glitt von dem Rücken herab, wischte sein Schwert mit einem Tuch sauber und kam zu Friya. Er streckte ihr die Hand entgegen. Sie schlug ein und ließ sich auf die Beine helfen.

»Sir Jormun von Freimark, zu Euren Diensten«, sagte der Mann förmlich.

»Danke für Eure Hilfe«, erwiderte die Nordländerin.

Der Ritter bestand nicht darauf, dass sie sich ebenfalls vorstellte, sondern fragte: »Gibt es Verwundete?«

Friya sah sich um. Isma war erschöpft in die Knie gesunken, aber die Bestie hatte ihn nicht verletzt. »Eine Tote«, sagte sie bitter.

»Dann sind wir zu spät gekommen«, sagte der Ritter. »Es tut mir leid.«

Der andere Fremde beruhigte die Pferde und untersuchte deren Wunden.

»Das ist Greel, mein Knappe«, erklärte der Ritter. Er wandte sich zu Shinn um, der, das Kurzschwert noch in der Hand, heranstapfte. »Tapfer gekämpft. Darf ich Euren Namen erfahren, damit die Barden Euren Ruhm besingen können?«

»Natürlich«, erwiderte Shinn und schöpfte Luft für eine Lüge: »Ich bin …«

»Das ist Prinz Shinn von Antarion«, mischte sich Isma ein. Er deutete auf Friya: »Friya aus den Nordlanden – und mein Name lautet Isma. Ich bin ein Alumnu. Wir sind aus Kislav geflohen, weil uns dort kein Gehör geschenkt wurde. Wir befinden uns auf einer Mission, um die Herren aller Länder vor einer Bedrohung zu warnen.«

Der Ritter versuchte, sich seine Überraschung nicht anmerken zu lassen. Er musterte alle drei, ehe er fragte: »Was für eine Bedrohung?«

Isma sagte selbstbewusst: »Führt uns zu eurem Herrn, oder geleitet uns an die Grenze zu Antarion.«

Jormun kniff ärgerlich die Augen zusammen. »Ich bin der Großmarschall des Schwarzen Schwans, des letzten Ritterordens.«

»Umso besser«, erklärte Isma. »Geht ein Stück mit mir.«

Der Ritter, der Isma um mehr als einen Kopf überragte, sah mit gerunzelter Stirn auf den jungen Mann herab. Schließlich nickte er knapp.

Während die beiden sich entfernten, rollte Shinn mit den Augen. »Dieser Narr«, flüsterte er.

»Er ist zu vertrauensselig«, stimmte Friya mit Blick auf den Knappen, der sich noch immer um die Tiere kümmerte, zu.

Isma und der Großmarschall unterhielten sich lange. Friya ging zurück zu der Stelle, an der Udis zweigeteilte Leiche lag. Shinn begleitete sie, während der Knappe ihnen mit gebührlichem Abstand folgte. Im Norden gab es unterschiedliche Bestattungsriten. Friya entschied, die Leiche zu begraben. Shinn half ihr wortlos, ein Loch auszuheben. Sie nutzen die bloßen Hände, bis der Knappe ihnen eine Schaufel brachte.

Sie waren gerade fertig, als Isma mit dem Ritter zurückkehrte.

»Prinz Shinn«, sagte er bestimmt, »Ihr begleitet mich. Friya, Ihr seid frei zu gehen, wohin immer Ihr wollt, aber vielleicht interessiert es Euch, dass euer Kriegsherr Wolf mit einem großen Stammesverband zu den Ketai Inseln gesegelt ist.«

Friya schluckte schwer und dachte kurz nach. Ihr fiel kein Grund ein, weshalb der Ritter sie belügen sollte.

»Dann komme auch ich mit.«

»Gut«, quittierte der Ritter. »Sobald Ihr Euren Verlust angemessen betrauert habt, brechen wir auf.«

Isma war der einzige, der weinte, nachdem er einen Segen gesprochen hatte. Friyas Herz blutete, aber sie hatte keine Tränen mehr übrig.

***

Nach der letzten Nacht, in der die beiden Monde am Himmel standen, wanderten sie in gemäßigtem Tempo zwischen den Gipfeln hoher Bergriesen hindurch. Die Stimmung war gedrückt, wegen Udis Tod, aber auch, weil Shinn wütend auf Isma war. Jormun ging voraus, und Greel bildete das Schlusslicht. Es war eine dezente Art, Shinn und Isma zu verdeutlichen, dass sie keine andere Wahl hatten, als dem Ritter zu folgen.

Friya verfolgte das Streitgespräch zwischen Isma und Shinn nur mit halbem Ohr. Sie schämte sich, weil sie kaum noch Udi nachtrauerte, sondern stattdessen über ihr Verhältnis zu dem Prinzen nachdachte. Er hatte sie gerettet, jetzt konnte sie ihn nicht mehr töten. Oder doch? Wäre sie eine Verräterin an ihrem Volk, wenn sie es nicht tat?

»Du wirst sehen, dass es zu unserem Besten ist«, verteidigte sich der junge Zauberer. »Er ist ein Ritter, ein echter Ritter des Schwarzen Schwans. Er ist allein seinem Gelübde verpflichtet, edel und …«

»Und du bist so grün hinter den Ohren, dass es nach Moos stinkt, wenn man neben dir geht«, fiel Shinn ihm zischend ins Wort.

»Ich habe lange darüber nachgedacht«, sagte Isma sachlich, »fast ganz Affalah befindet sich im Krieg. Wir schwächen uns täglich mehr, das ist kein Zufall …«

»Hör auf damit«, fuhr Shinn gereizt auf. »Niemand glaubt dir diesen Unsinn!«

Der Alumnu blieb abrupt stehen. »Wie meinst du das?«

»Geht weiter«, brummte der Knappe von hinten.

»Du sagtest, du bringst mich zu deinem Vater, dem König«, sagte Isma, ohne der Aufforderung des Knappen Folge zu leisten. »Du sagtest, er würde mir Gehör schenken und gemeinsam würden wir einen Plan schmieden, der Bedrohung zu begegnen. Du hast es versprochen.«

Jormun machte kehrt und stapfte zu den Streitenden zurück.

Shinn verschränkte die Arme vor der Brust.

»Ich gehe nicht weiter, nicht in diese Richtung. Mein Weg führt mich nach Süden.«

»Ihr werdet mich nach Luh-heim begleiten«, sagte der Ritter mit kalter Stimme und eiserner Miene.

»Gebt mir ein Schwert«, forderte Shinn. »Ich fordere Euch zum Zweikampf heraus, Sir Jormun von Freimark.«

»Nein, Prinz Shinn«, erwiderte der Ritter mit Nachdruck. »Mir ist Euer Ruf als ausgezeichneter Duellant wohl bekannt, und ich würde mich gerne mit Euch messen. Aber nicht heute. Ich werde Euch unbeschadet nach Luh-heim bringen. Ihr habt die Wahl, freiwillig mitzukommen oder gefesselt wie ein Sack auf dem Rücken eines Pferdes.«

»Da siehst du, wie edel dein strahlender Ritter ist«, schnaubte Shinn an Isma gewandt.

»Also, was darf es sein?«, fragte Jormun.

»Machen wir einen Umweg über die lieblichen Herzogtümer«, knurrte Shinn sarkastisch.

Friya zuckte müde die Achseln, und sie gingen weiter.

Drei Tage später erreichten sie das Lager der Ordensritter. Jormun berichtete Margo, was vorgefallen war, und bat ihn das Kommando weiterzuführen, während er mit Isma, Friya und Shinn und einem Dutzend Ritter schnellstmöglich gen Luh-heim aufbrechen wollte.

Kapitel XI

Heute war es besonders schlimm. Die Seite seines Körpers, die nicht taub war, brannte, als flösse flüssiges Feuer durch seine Adern. Prinz Neidar lehnte auf seiner Krücke und bemühte sich, gute Miene zum bösen Spiel zu machen. Jeder, der Rang und Namen hatte, war anwesend. Die zwölf Weißklingen standen mit auf Hochglanz polierten Rüstungen in einem Oval um die Zeremonie, die von zwei Würdenträgern im Wechsel vollzogen wurde. Da beide Reiche keine Staatsreligion besaßen, wurde Andar, der Einer, als imaginärer Trauzeuge angerufen. Die in kostbare Seide gekleidete Prinzessin Nita neigte anmutig den Kopf, während die Wappentücher über ihre Hand, die in der alten des Königs lag, geschlungen wurden. Die dick aufgetragene Schminke ließ ihr Gesicht alterslos erscheinen, doch die Form ihrer Brüste, die sich unter der Seide abzeichnete, war noch mädchenhaft. Diese Vermählung hatte etwas unfreiwillig Komisches. Neidars Blick ruhte einen Moment lang auf den faltigen Zügen seines Vaters. Dieser verfluchte, alte Bastard! Mit keiner Silbe hatte er ihn in seinen Plan eingeweiht, bevor die Gesandtschaft aus Farlain eingetroffen war. Neidar betrachtete die Anwesenden. Hofmeister Darlin, Armeemeister Harkin, die reichen Adligen. Oh, wie er sie alle hasste! Insbesondere die Hoffnung in ihren Mienen auf einen würdigen Erben der Krone. Sie spuckten auf ihn, den Krüppel, den Unwürdigen.

Die meisten hochrangigen Adligen, die er von Kindheit an kannte, waren fett geworden. Lange Schmuckketten hingen auf ihren wohlgenährten Bäuchen. Ganz Antarion war weich und satt geworden – wahrscheinlich hatten sie einen Wolf verdient, der sie heimsuchte und sie für ihre Dekadenz bestrafte. Die Gesandten aus Farlain waren anders. Sie waren durchschnittlich von kleinerem Wuchs, ihre Haut war bronzefarben. Keiner hatte einen Bauch. Sie legten großen Wert auf ihr Äußeres, waren schlank und athletisch. Neidar musste zugeben, dass es ein vorteilhaftes Bündnis war. Nur hätte freilich er die Prinzessin ehelichen sollen und nicht sein fast greiser Vater.

»Möge goldenes Licht auf diesen Bund strahlen, möge er kraftvoll, harmonisch und kinderreich sein. König Guram Maruta, Prinzessin Nita ard Sanael – Ihr seid nun eins, unter der Sonne und den beiden Monden.«

Hochrufe wurden laut, als der König seine neue Frau steif umarmte und sie auf die Stirn küsste. Das Mädchen verbeugte sich unsicher, aber galant.

Die Krönung fand noch am selben Tag statt. Auch das einfache Volk jubelte, als Nita auf dem großen Marktplatz von Andar-Stadt die Krone aufs Haupt gesetzt wurde. Allerdings jubelte das einfache Volk immer, wenn es anschließend etwas umsonst gab.

Unmittelbar nach der Zeremonie zog sich das frischgebackene Königspaar zurück. Neidar schleppte sich mit der hinterdrein flanierenden Prozession in Richtung des Palastes, als Prinz Varna sich zurückfallen ließ, um ihn anzusprechen. Varna war der älteste Sohn von König Sanael. Er trug die langen schwarzen Haare hochgesteckt, wie es in Farlain Mode war, und seine grünen Augen wirkten belustigt.

»Welch ein Freudentag, nicht wahr Prinz Neidar?«

»Mein Herz jauchzt beim Anblick dieser gesegneten Liebe«, gab Neidar mit kaum verhohlenem Sarkasmus zurück.

»Das sollte es«, entgegnete Varna, »beide Reiche profitieren von diesem Bündnis.«

»Ja«, stimmte Neidar zerknirscht zu.

»Es erfreut mich außerdem, meine Schwester bei Euch in Sicherheit zu wissen«, fügte Varna hinzu. »Sie ist doch in besten Händen, nicht wahr?« Der ausländische Prinz und mutmaßliche Thronerbe lächelte, aber seine Augen funkelten kalt. »Sollte ihr etwas zustoßen, und sei es nur ein zufälliger Unfall, werde ich Euch die Verantwortung geben. Dasselbe gilt natürlich im Guten, mein Bruder.«

Dieser herablassende Schönling wagte es tatsächlich, ihm zu drohen! Noch demütigender war allerdings die Aussicht auf einen Lohn. Ein Happen, den man einem Vieh in Aussicht stellte, wenn es sich brav verhielt. Neidar musste an sich halten, aber Geduld war stets eine Stärke von ihm gewesen. Anders als sein verstorbener Bruder Shinn verfügte er über ausreichend Selbstbeherrschung, eine Beleidigung hinunterzuschlucken, um sie bei passender Gelegenheit zurückzuzahlen.

»Ich werde die neue Königin wie meinen Augapfel hüten – solange sie mir nicht davonläuft. Ich bin derzeit nicht gut zu Fuß.« Er hob seine Krücke ein Stück an, doch Varna lachte nicht über den Scherz, sondern beschleunigte ohne weiteres Wort seinen Schritt, sodass Neidar nicht mehr mithalten konnte.

Bei dem üppigen Festbankett, das sich lange hinzog, hatte Neidar Gelegenheit, die neuen Bündnispartner genauer in Augenschein zu nehmen. Er kannte sie alle, aber es war etwas anderes, nun, da sich die Häuser vereinigt hatten. Varna und sein jüngerer Bruder Sikal tranken zurückhaltend und aßen nur kleine Happen. Ihre ganze Präsenz strahlte Hochmut aus. Der jüngste Bruder, Ikanu, war nicht mitgekommen. Angeblich litt er unter einer Krankheit, zweifellos jedoch war er in Farlain zurückgeblieben, um bei einem Notfall die Regierungsgeschäfte zu übernehmen. Die Prinzen genossen den Ruf, hervorragende Kämpfer zu sein. Vor allem mit dem Natush, einem Speer mit einer langen Klinge, hatten sie bei Turnieren ihr Können unter Beweis gestellt. Ob sie auch Klugheit besaßen, ließ sich bei der zurückhaltenden Art, die allen aus Farlain zu eigen war, nur schwer einschätzen. Ihr Vater, König Sanael, hatte stets ein gutmütiges Lächeln auf den Lippen, die von einem graumelierten Bart umrahmt wurden. Seine Augen jedoch, die einen violetten Stich hatten, beobachteten sehr genau. Er war es auch, der Neidars Blick auf sich spürte. Er hob seinen Becher und nickte ihm zu. Neidar erwiderte die Geste respektvoll. Die Königin von Farlain fächerte sich Luft zu. Sie war alt geworden. Die Schminke reichte nicht mehr aus, die Falten in ihrem schmalen Gesicht zu überdecken. Neidar erinnerte sich, wie sie früher mit den Kindern gespielt hatte, während er meist in einer Ecke gehockt und zugesehen hatte. Bis heute hatte er kaum einen Gedanken an Yarlina verschwendet. Er war davon ausgegangen, dass sie einfältig und kinderlieb war. Aber was, wenn sie sich nur um die Kleinen bemüht hatte, um ihre Stärken und Schwächen einzuschätzen? Ja, er hatte es mit einer gerissenen Bande zu tun – er allein, denn sein Vater hatte seine Weitsicht verloren. Das zeigte sich deutlich an zwei Personen, genau genommen am Fehlen bestimmter anderer. Die beiden einzigen bedeutenden Gäste aus Kislav waren der junge Moraka und eine

Karlida, also eine der vielen Frauen des Strahlenden, deren Namen Neidar sich nicht gemerkt hatte. Nach seinem letzten Stand handelte es sich bei Moraka um Nummer Sechzehn in der Thronfolge von Kislav. Der Mann mit dem rundlichen Gesicht und den zusammengewachsenen Augenbrauen war also völlig unbedeutend. Dazu trank er zu viel und machte laute Späße, über die niemand lachte, was der Karlida sichtlich peinlich war. Dass nur die beiden erschienen waren, stellte mehr als eine Beleidigung dar. Der Strahlende spuckte ihnen ins Gesicht und kündigte das Bündnis auf. Die Frage war nur, ob Karlik Troga das von Anfang an geplant hatte oder lediglich auf das Versagen von Shinn und der Armee im Norden reagierte.

Neidar nippte an seinem Wein, während eine kurze respektvolle Stille eintrat, da König und Königin erschienen und sich auf die Ehrenplätze am Kopfende der Haupttafel niederließen. Den Mund der kindlichen Nita umspielte ein Lächeln, und auch der König grinste. Neidar spülte den Ekel mit einem größeren Schluck hinunter. Er musste sich zwingen, sich vor der Königin zu verbeugen und zur Rechten seines Vaters Platz zu nehmen.

Eine Harfenistin spielte auf, und Diener trugen neue Platten mit Speisen herein. Die Diener verrichteten an diesem Tag viele Aufgaben, die sonst von Sklaven ausgeführt wurden. Unter den Sklavenrassen gärte es, seit die Nachricht von Wolf das Festland erreicht hatte. Die Adligen machten sich lustig über Wolfs Vermählung mit einer Sklavin, obgleich es bereits zwei Aufstände in Dörfern gegeben hatte – die blutig niedergeschlagen wurden. An einem Festtag wie heute wollte man keine unliebsamen Zwischenfälle riskieren. Das war gut entschieden, dennoch war es Neidar peinlich, dass den Dienern Fehler unterliefen, weil sie nicht an die niederen Aufgaben gewöhnt waren. Ärgerlich bemerkte er, dass die Hand eines Dieners zitterte, während er den Becher Herzog Karolons, der ihm gegenüber saß, aus einer Karaffe nachfüllte.

»Senator Karolon«, sprach Neidar den feisten Mann mit der geröteten Gesichtshaut an, um die Unfähigkeit des Dieners zu überspielen. »Wie denkt Ihr über die vorübergehende Besetzung auf den Inseln? Immerhin wären von Ruet aus auch Überfälle auf die Herzogtümer vorstellbar.«

»Die Nordländer sind ohne kriegerische Handlungen an den Küsten der Vereinigten Herzogtümer vorbeigesegelt«, erwiderte Karolon. »Wolf scheint keinen Streit mit uns zu suchen.«

Neidar knirschte mit den Zähnen. »Also habt ihr die Feinde Antarions absichtlich unbehelligt ziehen lassen?«

»Ebenso wie zuvor Eure Flotte«, gab der Herzog zu bedenken. »Wundert es Euch, dass die Nordländer nach Vergeltung trachten, nachdem Ihr ihr Land verwüstet habt, um Euch zu bereichern?«

Die anderen Gespräche verstummten abrupt.

Der König räusperte sich und sagte: »Die Nordstämme sind Wilde. Es sollte unser aller Ansinnen sein, den Kontinent auf Dauer zu befrieden und die alte Eintracht wiederherzustellen.«

»Natürlich«, stimmte der feiste Herzog rasch zu. »Aber unter welcher Führung? Weder Kislav noch die Drabati-Föderation ist anwesend, um diesen äußerst wichtigen Punkt zu besprechen«, legte er den Finger in die Wunde.

»Mein strahlender Vater wird niemals das Knie vor gottlosen Heiden beugen«, bemerkte Moraka lallend.

»Niemand muss das Knie beugen«, berichtigte der König mit Nachdruck. »Ich träume von einem runden Tisch, von dem aus die mächtigen Herrscher der zivilisierten Reiche die Geschicke Affalahs lenken.«

Der Gastkönig stand auf, und seine drei Söhne taten es ihm nach. »Farlain teilt diesen Traum«, sagte König Sanael und hob seinen Becher.

Der Herzog prostete den anderen zu, blieb aber stumm, während Moraka sich ebenfalls aufrappelte. Kurz schwankte er und wollte etwas sagen, doch dann erbrach er sich. Er suchte nach Halt, fand jedoch keinen. Die Hände zweier geistesgegenwärtiger Diener bewahrten ihn vor einem Sturz.

Jetzt stand auch Neidar. »Hoher Vater, geehrte Gäste aus Farlain und den Vereinigten Herzogtümern, dieser edle Traum, den wir Weitsichtigen alle teilen, ist es wert, bis zum letzten Blut dafür zu kämpfen. Jedes große Werk beginnt mit einer kleinen Gruppe Gleichgesinnter. Ich trinke auf alle, die diesen schweren, aber lohnenswerten Weg mit dem Hause Maruta beschreiten. Und natürlich auf Königin Nita ard Sanael! Möge sie uns weise und lange führen.«

»Auf die Königin!«, kam es aus vielen Kehlen zugleich.

»Gut gesprochen«, lobte der König seinen Sohn, als sie wieder saßen. Prinz Varna nickte ihm anerkennend zu.

Man musste wissen, wie man aus einer misslichen Lage das Beste machte. Er mochte ein Krüppel sein, dafür verstand er es, sich rasch an unerwartete Gegebenheiten anzupassen. Neidar lächelte freundlich, während er insgeheim bereits neue Pläne schmiedete.

***

Drei Tage und drei Nächte dauerten die Feierlichkeiten an. Neidar führte viele Gespräche und hörte sich die Berichte seiner Spione innerhalb der Hauptstadt und des Palastes an. Die ausladenden Festlichkeiten beruhigten das einfache Volk, die frischgebackene Königin erfreute sich schon jetzt großer Beliebtheit. Belauschte Unterhaltungen ergaben nichts Unerwartetes, aber sie zeichneten ein genaueres Bild von den Besuchern.

Als die hohen Gäste abreisten und die neue Königin lediglich mit zwei Zofen in von Wachen abgeschotteten Gemächern zurückblieb, fand der erste interne Rat statt. Der König eröffnete ihn nicht mit einer Entschuldigung, aber immerhin einer Erklärung, weshalb er nicht jeden Anwesenden in die Heiratspläne eingeweiht hatte.

»Mir wurden handfeste Beweise zugetragen, dass meine schlimmsten Befürchtungen sich erfüllen und Kislav uns den Rücken zukehrt. König Sanael unterbreitete mir sein Angebot genau zum richtigen Zeitpunkt. Farlain ist ein starker Verbündeter in dieser unbequemen Lage.«

Königin Nita, die auf einem Ehrenplatz saß, schien nicht gekränkt von den offenen Worten des Königs. Im Gegenteil, ihre Haltung und ihr Blick drückten Stolz aus.

»Dem Bericht eines bestochenen Soldaten nach«, fuhr der König fort, »fiel Prinz Shinn dem Verrat des Strahlenden zum Opfer. In Ketten gelegt wurde er nach Murim gebracht. Es ist ungewiss, ob er noch am Leben ist. Karlik Troga hat keine Lösegeldforderung gestellt und in einem Brief abgestritten, meinen ältesten Sohn gefangen zu halten.«

Neidar erkannte die Wut in den Augen seines Vaters. Durch die Umstände wirkte er härter und jünger, vielleicht trug auch die mädchenhafte Königin ihren Teil dazu bei. Neidar versuchte, sich sein Entsetzen darüber nicht anmerken zu lassen, dass sein älterer Bruder noch am Leben sein könnte.

»Zuletzt«, kam der König zum Ende seiner Ansprache, »wurden Vorbereitungen getroffen, Kislav in die Schranken zu verweisen und den Strahlenden für sein doppeltes Spiel zur Rechenschaft zu ziehen. Bereits zum Zweitmond sind Schiffe aus der Krakenbucht ausgelaufen mit Kurs auf Nifaria. Von der Drabati-Föderation aus werden wir eine Offensive vorbereiten. Die Suldari der Stämme erden sich uns beugen und uns unterstützen, oder sie werden mit Gewalt unterworfen.« Damit nickte der König in die Runde, um zum Reden aufzufordern.

Neidar hatte als erster die neuen Gegebenheiten sortiert und sagte: »Mir ist neu, dass Farlain über eine Flotte verfügt. Selbst, wenn sie genug Soldaten transportieren kann – Nifaria wurde noch nie eingenommen.«

»Die Schiffe, die mein hoher Vater ausgesandt hat«, erklärte die Königin mit zarter Stimme, »wurden im Geheimen unter absoluter Verschwiegenheit entwickelt und gebaut. Es sind keine Schiffe im eigentlichen Sinne, sondern schwimmende Festungen, die für Belagerungen entworfen wurden.«

»Außerdem«, fügte Armeemeister Hakin hinzu, »könnten wir von Land und See zugleich vorrücken. Nifaria wurde tatsächlich niemals eingenommen, genau darauf werden sich die alten Meister verlassen. Wenn wir rasch vorgehen, bleibt ihnen nichts anderes übrig, als uns die Tore zu öffnen, um ein sinnloses Blutvergießen zu verhindern.«

»In der Tat«, dachte Neidar laut nach. Er war nicht überrascht von der Rede des Armeemeisters. Die Entwicklung dieses Rats gefiel ihm. Es gab nur einen Haken. »Selbstverständlich werden wir unsere Truppen aus dem

Norden nach Parlin zurückziehen. Dort können sie lagern, bis wir zum Schlag gegen Kislav selbst ausholen. Wir verlassen den Norden und zwingen den Strahlenden damit, große Verbände zur Sicherung des neuen Territoriums abzustellen.« Der Prinz fuhr sich über den Mund. »Aber was ist mit den Nordländern in Ruet? Dieser verfluchte Wolf ist wohl kaum den weiten Weg gekommen, um auf den Ketai-Inseln Wurzeln zu schlagen.«

»Wir verstärken Harlu und errichten weitere Grenzposten«, hatte Hakin eine Antwort parat. Auch der alte Armeemeister schien durch die kühnen Eroberungspläne gegen Kislav aufzublühen. Sollte es gelingen, den Strahlenden in die Knie zu zwingen, würden sich die Herzogtümer beugen, und wer immer auf dem Thron von Antarion saß, würde Großkönig sein.

»Den Wilden steht eine gekaperte Flotte zur Verfügung«, mahnte Neidar. »Ganz zu schweigen von dem Unwillen, der derzeit unter den Sklaven herrscht.«

Hofmeister Darlin räusperte sich. »Wir halten die Sklaven mit den Kriegsvorbereitungen beschäftigt und unter strenger Knute.«

»Wäre es nicht klüger, sich zuerst um Wolf und die Wilden zu kümmern, ehe wir gegen Kislav ziehen?«, wandte Neidar skeptisch ein.

»Dazu haben wir nicht die Zeit«, widersprach der König. »Der Augenblick ist zu günstig. Kislav reibt sich im Norden auf und rechnet nicht mit einem raschen Schlag.«

Neidar biss sich auf die Unterlippe. Das war ein schlagendes Argument, aber es gefiel ihm nicht, diesen Wolf im Rücken zu haben. Es war entscheidend, die Herzogtümer zu gewinnen – jedenfalls vorübergehend. Er tauschte einen Blick mit seinem Vater, der verriet, dass er dasselbe gedacht hatte und diese diplomatische Aufgabe ihm überließ.

So oder so, ein gewaltiger Krieg zog auf – und Krieg bedeutete stets Unordnung und damit ein Auftun neuer Möglichkeiten. Neidar tätschelte seine kunstvoll geschnitzte Krücke, in die ein versteckter Dolch eingelassen war, und grinste in sich hinein.

Kapitel XII

Wolf lag in einer luftigen Hütte und starrte an die geflochtene Decke. Es fiel ihm nicht schwer, die nackte junge Frau neben sich zu ignorieren. Es gab so vieles, worüber er nachdenken musste. Am meisten beschäftigte ihn jedoch die ungeheure Grausamkeit und Geringschätzung, mit der die unterdrückten Völker all die Jahrhunderte behandelt worden waren. Er befand sich mit seinen Hauptleuten und einer kleinen Schutztruppe in einem östlich auf der Hauptinsel gelegenen Dorf. Da sie spät abends eingetroffen waren, hatten sie noch nicht die Möglichkeit gehabt, sich genauer umzusehen, aber die Verbitterung hatte dem Dorfältesten im Gesicht gestanden. Wolfs junge Frau hatte ihnen auf der Herreise erklärt, dass den Dörfern im Hinterland zwar zugestanden worden war, für sich und nach den eigenen Bräuchen zu leben. Jeden Frühling jedoch mussten sie die schönsten Jungfrauen und die stärksten jungen Männer nach Ruet in die Sklaverei schicken. Bei Verstößen gegen dieses widerwärtige Gesetz waren furchtbare Exempel statuiert worden. Diese Menschen waren schon gebrochen zur Welt gekommen. Die Matwa war guter Dinge gewesen, dass es ihm gelingen würde, ihnen ihre Selbstachtung zurückzugeben. Sie hatte Andeutungen über eine Prophezeiung gemacht, die unter allen Sklavenrassen verbreitet sei. Wolf hielt wenig davon, einen Aberglauben auszunutzen, um die Männer und Frauen zu blenden. Sie sollten ihm frei und stolz folgen, oder gar nicht.

Er konnte hier nicht länger verweilen, die Hälfte der Streitmacht war unter der Führung von Barnas gen Süden unterwegs, während Rogwin mit einem Teil der Schiffe die Küste hinuntersegelte. Dort lag eine Festung, von der aus Antarion noch immer einen Großteil der Inseln kontrollieren konnte. Diese Festung, genannt *Sternwacht*, musste fallen, und er musste an der Spitze seiner Krieger stehen, wenn die Tore aufbrachen.

Sardai schnarchte leise. Ihre dunkelgrüne Brust hob und senkte sich regelmäßig. Wolf unterdrückte ein Seufzen und stieg vorsichtig aus dem Bett, um sie nicht zu wecken. Er legte sich seinen Fellumhang um und ging barfüßig hinaus. Ein fahler Schein der nahenden Dämmerung ließ nur die Konturen der armseligen Bambushütten erkennen. Vor dem einzigen runden Lehmhaus bemerkte er die Silhouette einer Frau. Es war Erida, die einstige antarische Mätresse. Wolf zögerte, entschloss sich aber doch, zu ihr zu gehen.

»Guten Morgen, Kriegshäuptling.«

Wolf rümpfte nur die Nase.

»Raubt die Verantwortung Euch den Schlaf?«, fragte Erida neckisch.

»Betrübt dich nicht, was du hier siehst?«, gab Wolf mürrisch zurück.

»Keineswegs«, erwiderte Erida unbekümmert. »Ich sehe Potenzial, eine willkommene Verstärkung unserer Armee.«

Wolf überhörte, dass sich die Frau, deren Beweggründe ihm noch immer rätselhaft waren, zu seiner Streitmacht rechnete, und brummte: »Diese Leute haben jede Würde verloren.«

Er glaubte Erida schmunzeln zu sehen. »Selbstachtung erwächst aus Können. Diesen Menschen wurde über viele Generationen hinweg verboten, Waffen zu tragen. Sie verstehen Wehrhaftigkeit als Privileg überlegener Rassen. Zeigt ihnen, dass sie sich täuschen. Du hast die Ketten von ihren Hälsen genommen, jetzt nimm ihnen auch die um ihre Herzen ab.«

»Indem ich ihnen ein Schwert in die Hand drücke?«

Erida legte den Kopf leicht schief. »Indem du sie stark machst und ihnen zeigst, dass sie sich wehren können.« Erida tat so, als würde ihr gerade etwas einfallen. »Larna wäre ideal als Ausbilderin. Frauen gelten hier mehr als Männer, und sie kann jeden Mann niederringen.«

Wolf schwieg eine Weile, ehe er sagte: »Ich werde darüber nachdenken.«

»Warte«, bat Erida und fasste ihn am Handgelenk. Ihre Finger fühlten sich weich und überraschend warm an. »Ich bin ganz allein, umgeben von Kriegern.« Ihre Stimme klang verändert, hilfesuchend, fast ängstlich.

»Du hast dein Schicksal selbst gewählt«, erinnerte sie Wolf.

»Ja, das habe ich«, gab Erida zu. Sie schmiegte sich an ihn. Ihr Schenkel streifte sein Knie. »Versprich mir, dass du mich beschützt, und ich diene dir mit allem, was ich habe.«

»Unter meiner Führung wird dir kein Leid widerfahren«, brummte Wolf mit zunehmender Verwirrung.

Erida stellte sich auf die Zehenspitzen, zog Wolfs Kopf zu sich hinab und presste sanft ihre Lippen auf seine. Ihre Zunge liebkoste seine, und ehe er sich versah, ließ er sich in die Lehmhütte ziehen. Die Hütte, die als Versammlungsplatz diente, war leer. Natürlich war sie das, Erida hatte alles vorbereitet. Er wusste das, und doch konnte er ihrer Anziehung nicht widerstehen. Sie presste ihn auf ein Fell und schon war sie über ihm. Ihre Hände schienen überall zugleich zu sein. Das Totem übernahm die Kontrolle. Er packte sie an den Hüften, richtete sich auf und zog ihr Kleid hoch. Sie ließ sich hinabsinken, und Wolf stieß einen knurrenden Laut der Lust aus.

Nach Sonnenaufgang saß er in der Hütte, in der er Erida genommen hatte – oder sie ihn? –, in einem dicht gedrängten Kreis von dunkelhäutigen Männern und Frauen. Die Frauen waren in der Überzahl. Es waren mehr gekommen, als er erwartet hatte. Einigen waren die Zeichen eines langen Marsches anzusehen. Argu hockte mit überschlagenen Beinen neben ihm, um gegebenenfalls zu vermitteln. Sardai saß zu seiner Linken. Sie hatte die Edelsteinkette angelegt, die er ihr in Ruet geschenkt hatte.

Eine Frau mit ausgemergeltem Gesicht rutschte auf den Knien in die Mitte des Kreises und warf sich vor Wolf auf den Boden. Mit demütig gesenktem Kopf sagte sie: »Ich bin Natarela von den Sukula. Im Namen meiner Rasse grüße ich den Befreier.« Sie sprach zwar in der Einheitssprache, aber mit einem starken Dialekt. Die Frau robbte nach vorne und machte Anstalten, Wolfs Stiefel zu küssen.

Dieser verzog unangenehm berührt das Gesicht. »Steh auf oder setz dich wieder an deinen Platz. Kein Kriechen und keine Unterwürfigkeit mehr.«

Argu fand beruhigende Worte, welche die allgemeine Verstörung auflöste.

Als Ruhe einkehrte, sagte Wolf: »Von heute an gibt es keine Einteilung mehr in Rassen. Wenn ihr die alte Ordnung beibehalten wollt, nennt ihr euch ab jetzt Stämme. Jeder Stamm hat ein Oberhaupt, das gewählt oder auf andere Weise bestimmt wird. Alle Häuptlinge zusammen bilden einen Rat, in dem Entscheidungen gefällt werden. Die erste, um die ich euch bitte, lautet, ob ihr mir in den Krieg folgen werdet.«

Aufgeregtes Getuschel entstand.

Wolf wandte sich seiner Gemahlin zu. Er wollte, dass sie sich in ihrer neuen Stellung übte. Sie machte es gut. Ließ die Männer und Frauen einen nach dem anderen reden, mit dem Ergebnis, dass sie gerne einen Stammesrat nach Wolfs Vorgaben bilden würden, ihre Bereitschaft, sich ihm anzuschließen, wollten sie jedoch gleich zum Ausdruck bringen.

Wolf lächelte. »Gut. Wenn ihr bereit seid, zu kämpfen und eure Freiheit zu verteidigen, müsst ihr lernen, mit Waffen umzugehen. Außerdem müssen wir herausfinden, welcher Kampfstil am besten zu euch passt, damit wir euren Platz auf dem Schlachtfeld kennen.« Er nickte einem Krieger zu, der am Eingang Wache hielt. Kurz darauf führte der Mann Larna und Erida in die runde Hütte.

»Das ist Larna«, erklärte Wolf, »eine ausgezeichnete Kriegerin, die mein vollstes Vertrauen genießt. Sie wird hierbleiben und euch ausbilden.«

Larna kniff die Augen zusammen, zuckte dann aber mit den Schultern.

»Und das«, fuhr Wolf fort, »ist Erida. Sie kennt den Feind wie keine andere unter meinem Befehl.« Wolf wandte sich ihr direkt zu: »Du wirst Larna unterstützen und unsere neuen Verbündeten eine andere Weltsicht lehren.«

Das war vage ausgedrückt, aber nach ihrem letzten Gespräch war Erida klar, worin ihre Aufgabe bestand. Sie zeigte es weder durch ihre Mimik noch Gestik, doch

Wolf wusste, dass die kleine Frau innerlich kochte. Sie war gewitzt und wusste ihre Reize sehr geschickt einzusetzen, aber Wolf war kein vollkommener Narr. Er hatte ihr Spiel durchschaut. Wenn die Inseln restlos von den Blauröcken gesäubert wären, würde er ein ernstes Gespräch mit ihr führen. Er durfte nicht zulassen, dass sie seine Gattin in Verlegenheit brachte.

»Würdest du uns von dir erzählen?«, fragte eine jüngere Frau, die Ohrringe aus Knochen trug. »Von deinem Heimatland. Wie du zu dem wurdest, der du bist, oh dreimal gesegneter Befreier?«

»Wolf«, brummte der Angesprochene, »einfach nur Wolf.« In knappen Worten berichtete er ohne jede Übertreibung, wie er zum Kriegshäuptling geworden war. Ohne Zweifel würde die an sich unspektakuläre Geschichte beim Weitergeben ausgeschmückt werden. Dagegen konnte er nichts tun, aber er wollte nicht auch noch selbst einen Kult um sich befördern. Das war gefährlich. Sollte er fallen, durfte es nicht zu Ende sein. Daher stellte er Argus spätere Rolle in ein äußerst günstiges Licht.

Insgesamt war es kein schlechter Anfang. Als Birnenschnaps kreiste, tauten einige der vorläufigen Stammesvertreter ein wenig auf. Manche erlaubten sich sogar zu lachen. Diese Leute erschienen Wolf wie Kinder, die noch nicht fassen konnten, dass ihr strenger Vater gestorben war, und die von der Freiheit überfordert waren. Das würde sich legen, zumindest hoffte er es.

***

Zur Mittagszeit saß er auf einem Schimmel an der Spitze der kleinen Kriegerschar, die ihn zu dem zentral gelegenen Dorf begleitet hatte. Er wandte sich nicht im Sattel um, spürte jedoch die Blicke von Larna und Erida, die sich in seinen Rücken bohrten. Wolf grinste und schnalzte mit der Zunge, woraufhin sein Reittier in Trab fiel.

Die feuchte Wärme, die tagsüber auf den Inseln herrschte, hatte merkwürdige Pflanzen hervorgebracht, wie Wolf sie nie zuvor gesehen hatte. Die Blätter der meisten Bäume waren länglich und strukturiert wie das Grätenskelett eines Fisches. Hohe Farne wucherten über dem Unterholz. Die Blüten der Pflanzen waren von intensivem Rot und Violett. Ihre Früchte, wusste Wolf von Sardai, waren teils essbar und von köstlichem Geschmack, andere waren so giftig, dass sie einen Krieger krank machen und sogar töten konnten. Es gab auch sonderbare Tiere. Am eigenartigsten war eine Meute von kleinen Kreaturen mit braunem Fell, die sich von Ast zu Ast schwangen und dabei hohe Laute ausstießen, die an das Geschrei von Säuglingen erinnerten. Wolfs Totem wollte diesen Dschungel erkunden, allein auf die Pirsch gehen, um herauszufinden, ob geeignete Beute zu finden war. Er musste diesen Drang unterdrücken. Vielleicht würde sich einmal die Gelegenheit bieten, durch diese eigenartigen Wälder zu streifen, aber er bezweifelte es. Sein Rang würde es kaum gestatten. Wie rasch sich ein Leben radikal ändern konnte! Wie immer, wenn er ins Zweifeln kam, dachte er an Friya, seinen kleinen Otter. Die Blauröcke hatten seine Schwester getötet, und dafür würden sie bezahlen. Er lenkte den Schimmel um einen überwucherten Findling und schloss zu Argu auf, der vorangeritten war.

Nachts entzündeten sie kleine Feuer, die so geschichtet waren, dass sie kaum rauchten. Sie aßen süße Früchte und rösteten erstaunlich schmackhafte Eidechsen. Auf Wolfs Frage, weshalb sie unterwegs keine der Baumspringer erlegen sollten, erklärte Sardai, dass die Magulas als heilig galten und nicht gejagt werden dürften. Nachts erwachte der Wald erst richtig zum Leben. Mannigfache Tierstimmen waren zu hören, der ganze Boden raschelte von Insekten. In einer Nacht weckte Wolf der Schrei einer Kriegerin. Sie war von einer Schlange gebissen worden. Sardai saugte ohne zu zögern das Gift aus, spuckte es auf den Boden und beruhigte die Frau. Sie würde höchstens ein wenig Fieber bekommen.

Am dritten Tag der Reise lichtete sich der Wald. Gerodete Felder taten sich auf. In der Luft lag ein beißender Geruch. Offenbar hatten die Feinde alles, was nicht gleich abzuernten war, niedergebrannt. Sie ritten über die trostlosen Felder, von denen an vereinzelten Stellen noch Rauch aufstieg, bis sie die Feste erblickten. Die Sternwacht war größer, als Wolf sie sich vorgestellt hatte. Zwei Warttürme wurden von einem breiten, viereckigen Hauptturm überragt. Die Ringmauer war hoch und wirkte äußerst stabil. Im Süden schloss sie an eine Felsenküste an. Dort streckten sich Anlegestellen wie ausgestreckte Finger in die See. Außerhalb der Schussweite lagen die Schiffe mit dem Wolfsbanner vor Anker. Wolfs Blick folgte dem Fluss, der zugleich den Burggraben bildete, gegen die Stromrichtung. »Dort«, sagte er und deutete auf den im Westen gelegenen Wald, in dem der Fluss verschwand.

Argu kniff die Augen zusammen. »Ich kann nichts erkennen.«

»Ich kenne Barnas«, brummte Wolf. »Unsere Armee lagert verborgen in diesem Wald.« Er betrachtete noch einmal ruhig die Lage, ehe er anwies: »Du reitest mit der Hälfte der Männer zur Küste und nimmst Kontakt zur Flotte auf. Ich spreche mit Barnas. Mir ist da eine Idee gekommen. Ich denke, wir werden nicht lange belagern müssen.«

Argu grinste, rief die Namen der Krieger und Kriegerinnen, die ihm folgen sollten, und ritt mit ihnen in Richtung Küste davon.

»Ist es nicht gefährlich, wenn wir uns mit so wenigen zeigen?«, wollte Sardai wissen.

»Die Männer hinter diesen Mauern«, erwiderte Wolf grimmig, »haben von Ruet gehört und machen sich in die Röcke, weil sie zu Recht befürchten, dass ihnen dasselbe Schicksal blüht. Sie würden die Tore nicht einmal öffnen, wenn wir nur zu zweit anklopfen würden.« Er schnalzte mit der Zunge und ohne Eile ritten sie über das gerodete Land auf den Wald im Osten zu.

Wolfs Vermutung bestätigte sich. Sie hatten die Waldgrenze kaum passiert, als sich Späher zu erkennen gaben.

»Bring uns zum Grafen«, befahl Wolf einem jungen Krieger, der sein Haar zu vielen Zöpfen geflochten hatte.

Das Lager war von allem Unterholz befreit worden. Eine niedrige Barrikade umgab die Zelte. Graf Barnas, der trotz der Schwüle seinen Fellumhang trug, kam Wolf entgegen, und sie begrüßten sich mit einer Umarmung.

»Wie lief die Rekrutierung?«, fragte Barnas, als sie zu zweit in einem Zelt saßen. Sardai hatte den Wunsch geäußert, sich frisch zu machen.

Wolf seufzte. »Es wird Jahre dauern, bis aus den Sklaven echte Krieger werden, aber an Willen mangelt es ihnen nicht.«

Barnas nickte. »Etwa drei Dutzend Einheimische haben sich uns angeschlossen. Sie wissen nicht, welches das spitze Ende eines Schwertes ist, sind aber eine Hilfe bei den Krankheiten, die einige der Krieger befallen haben.«

Barnas hustete. Erst jetzt fiel Wolf auf, dass der letzte Graf der Nordlande bleicher war als sonst. Es war zwecklos ihn zu fragen, ob auch er sich angesteckt hatte. Der alte Bär hätte es ohnehin abgestritten.

»Wir werden beim Erstürmen der Feste viele Krieger verlieren, andererseits wird ein weiterer Sieg gut für die Moral sein«, brummte Barnas.

»Es gibt eine Alternative zum Kämpfen«, entgegnete Wolf. »Niemand von uns hat die Geduld für eine langwierige Belagerung, aber wir müssen die Besatzer gar nicht aushungern. Wir könnten ihnen das Wasser entziehen. So nahe an der See dürfte das Grundwasser zu salzig zum Trinken sein. Die einzige Wasserzufuhr besteht also in dem Fluss.«

»Wir bauen einen Staudamm und lenken ihn um«, grinste Barnas.

»Da der Seeweg abgeschnitten ist, sitzen die Blauröcke in der Falle«, ergänzte Wolf. »Ohne Trinkwasser sind sie gezwungen, sich zu ergeben – oder rauszukommen und sich uns auf dem Feld zu stellen.«

»Ich werde sofort alles Nötige veranlassen«, sagte der Graf. »Legen wir diese Bastarde trocken.« Er hustete, grinste dann jedoch wieder. »Ich sollte mir endlich merken, dass du klüger bist als du aussiehst.«

»Und du solltest dir mal diesen Flohfänger abrasieren«, knurrte Wolf und nickte in Richtung des brustlangen, schwarzen Barts seines Gegenübers.

Die Häuptlinge und Unterhäuptlinge waren nicht erfreut, ihre Krieger schuften zu lassen. Krieger und

Kriegerinnen aus dem Norden beschwerten sich niemals, wenn sie in einen blutigen Kampf gegen einen überlegenen Gegner zogen, schweißtreibende Arbeit entsprach jedoch nicht ihrem Naturell. Es war ein Glücksfall, dass sich die befreiten Sklaven beteiligten und den Kriegern vormachten, wie man ohne Murren Baumstämme fällte und Steine und anderes Material heranschleppte. Die schwerste Arbeit bestand darin, einen Kanal auszuheben, der den Fluss umlenken sollte. Wolf machte sich auch diesmal mit seinen Männern gemein. Mit nacktem Oberkörper schaufelte er Erde und hackte Steine entzwei, damit sie aus dem Graben gehoben werden konnten.

Am dritten Nachmittag bemerkte Wolf aus dem Augenwinkel Sardai, ließ sich aber nichts anmerken und schaufelte weiter. Die zierliche Frau setzte die Stange ab, die sie auf den Schultern getragen hatte und an deren Enden Wasserkübel befestigt waren. Wolf spürte ihren Blick auf sich, auf seinem schweißnassen Körper, dessen Muskeln sich spannten, als er den Spaten erneut in die Erde stieß. Er lächelte. Es gefiel ihm, dass seine Gemahlin sich nicht vor einfacher Arbeit scheute, und die Weise, wie sie ihn beobachtete, gefiel ihm auch. Jetzt wurden die anderen Männer im Graben ebenfalls auf sie aufmerksam und legten die Werkzeuge nieder.

»Ich habe euch Wasser gebracht«, sagte Sardai.

Sie schöpfte mit einer Kelle und gab jedem, der zu ihr an den Rand trat, zu trinken.

»Ahh«, machte Wolf, »das tut gut.«

»Ich kann meinen Mann und seine Krieger schließlich nicht verdursten lassen«, erklärte Sardai lächelnd.

»Es ist gut, dass du gekommen bist«, erwiderte Wolf leise.

Am frühen Abend kehrte Sardai zurück, diesmal kam sie jedoch nicht allein. Dunkelhäutige Frauen brachten Früchte und faustgroße Nüsse.

»Bei der Versorgung bin ich bereit, ein verdammtes ganzes Meer umzuleiten«, scherzte ein junger Krieger, wobei sein anzüglicher Blick auf einer der dürftig bekleideten Frauen ruhte.

»Wenn du das für ein paar Kari-Nüsse versprichst«, erwiderte die dunkelhäutige Schönheit kess, »bin ich neugierig, was du erst machen würdest, wenn wir uns näher kennenlernen.«

Der junge Mann war überrumpelt von der Aussicht, und die anderen lachten gutmütig.

»Kriegshäuptling!«

Wolf stand auf.

Ein Kundschafter erschien aus dem Dickicht und meldete schwer atmend: »Argu bringt Neuigkeiten von der Flotte. Er und Barnas erwarten dich.«

»Setz dich, iss und trink«, befahl Wolf dem abgehetzten Kundschafter und machte sich zum Lager auf. Sardai schloss sich ihm an.

***

Als sich alle im Zelt auf Fellen niedergelassen hatten, berichtete Argu ohne Umschweife, dass er Tjarson gesprochen habe. Er sei persönlich mit einem Beiboot zur Küste gerudert und habe damit geprahlt, ein Schiff geentert zu haben. Auf dem Schiff habe sich ein wichtiger feindlicher Häuptling befunden, der fliehen wollte. »Er wurde lebend gefangengenommen, Tjarson wollte ihn mir aber nicht überstellen.«

»Dieser Hammelkopf!«, fluchte Wolf.

»Ich hatte keinen direkten Befehl von dir«, sagte Argu bitter, »und Tjarson achtet mich noch immer nicht als seinesgleichen.«

»Das ist es nicht«, knurrte Wolf. »Tjarson, Rogwin und die meisten anderen lechzen nach Blut. Sie wollen den Kampf.«

»Was wirst du tun?«, fragte Argu.

»Ich breche sofort auf. Bei den Totems, ich hoffe, der Gefangene ist noch am Leben.«

Sardai wollte ihn begleiten, aber diesmal verweigerte Wolf ihr den Wunsch.

»Es ist unvernünftig, allein zu reiten«, brummte Barnas.

»Du kannst mir Krieger hinterherschicken«, erwiderte Wolf über die Schulter, »aber ich werde nicht auf sie warten.«

Er suchte sich das schnellste gesattelte Pferd aus, schwang sich auf den Rücken und galoppierte davon. Tjarson, dieser Narr! Wenn der Rang des Gefangenen hoch genug war, bestand eine Aussicht, die Feste ohne Kampf zu nehmen. Die jungen Krieger mochten auf eine Schlacht brennen, aber ihre Klingen würden noch genug Blut zu schmecken bekommen. Es war unnötig, Leben zu verschwenden, wenn es eine Alternative gab.

Er hetzte das Pferd bis zur Erschöpfung, legte eine Rast ein und ritt trotz der Einzug haltenden Dunkelheit weiter. Im Morgengrauen erreichte er die Küste. Müde, hungrig und äußerst schlecht gelaunt kletterte er auf einen Felsen und streckte den Arm in den grauen Himmel.

Die Wache auf der Wellenreiter bemerkte den einsamen Mann, blickte durch ein erbeutetes Fernrohr, schluckte und weckte sogleich Tjarson.

Wolf musste nicht lange warten, bis ein Ruderboot sich der Brandung näherte. Tjarson stand auf ein Knie gestützt am Bug. Schon an seiner Haltung erkannte Wolf, dass eine Kraftprobe anstand. Die letzten Zweifel daran erloschen, als er bemerkte, wer noch im Boot saß: der breite Homdur und der verschlagene Borson. Beide waren Unterhäuptlinge, Zeugen. Wolf knirschte mit den Zähnen. Sein Totem riss an den Ketten.

Das Boot legte an, und die Männer sprangen an Land. Wolf rührte sich nicht und ließ sie zu sich auf den Felsen klettern.

»Wo ist er?«, fragte Wolf ohne falsche Höflichkeit, als auch der dicke Homdur ihm gegenüber stand.

»Wo ist wer?«, stellte sich Tjarson dumm.

»Der Gefangene«, knurrte Wolf.

»Ach, dieser Feigling. Er liegt in Ketten auf meinem Schiff.«

Sein Schiff. Der Wolf wollte ausbrechen, seine Ketten waren bis zum zerreißen gespannt.

»Mir steht nicht der Sinn nach Spielchen«, sagte Wolf bedrohlich leise. »bring ihn her, oder fordere mich heraus, wenn du es wagst.«

»Was hast du mit ihm vor?«, wich Tjarson aus. »Wir befürchten, du könntest ihn ausliefern, ohne dich mit uns abzusprechen.« Tjarson hielt Wolfs Blick mit Mühe stand und fügte hinzu: »Wir können die Feste als Nordländer einnehmen, wie es uns entspricht. Wir wollen uns den Sieg nicht erschleichen.«

»Weshalb hast du den Mann dann noch nicht getötet?«, fragte Wolf lauernd.

»Das ist eine Entscheidung, die wir gemeinsam im Thong treffen sollten«, erwiderte Tjarson, wobei deutlich wurde, dass er diesen Gesprächswechsel im Vorfeld einstudiert hatte.

Mit Mühe widerstand Wolf dem Impuls, das Schwert zu ziehen, und knurrte gepresst: »Nach altem Brauch bestimmen wir einen Kriegshäuptling, um rasch auf unerwartete Gegebenheiten reagieren zu können. Und ich sage, schaff den Gefangenen her oder fordere mich zum Blutgericht.«

Borson, Homdur und die drei Krieger, die zu Tjarsons engsten Vertrauten zählten, wurden sichtlich nervös. Tjarson leckte sich über die Lippen. Einen Augenblick lang sammelte er noch seinen Mut, ehe er zischte: »Jetzt!«

Klingen surrten aus ihren Scheiden. Homdur war schneller als er aussah. Sein Beil, an dessen Stiel ein Dorn angebracht war, stieß als erstes gegen Wolf. Diesem blieb keine Zeit, das lange Schwert aus der Rückenhalterung zu befreien. Stattdessen wich er aus und donnerte dem Angreifer die Stirn auf den Nasenrücken. Er entwand Homdur das Beil und musste sogleich einen Streich von einem der Krieger abwehren.

Das Totem hatte endlich seine Ketten gesprengt. Wolf schnaubte unmenschlich, riss das Beil hoch und erstes Blut spritzte aus dem gespaltenen Kinn des Kriegers. Der Felsen bot wenig Platz, und die Verräter waren nun auf der Hut. Sie bildeten einen Kreis um ihn. Tjarson hielt in beiden Händen ein Kurzschwert und quiekte vergnügt. Ihm würde er auf jeden Fall den Garaus machen.

»Du eingebildeter Bastard«, stieß Tjarson aus, »du bist nicht unser König!«

Wolf lag auf der Zunge, dass er damit nicht durchkommen würde. Die anderen Häuptlinge würden ihn niemals als Kriegshäuptling akzeptieren, dafür war er zu dumm und zu feige. Aber es waren schon genug Worte gewechselt worden.

Wolf zog seinen Dolch, täuschte einen Angriff gegen Borson vor, wirbelte herum und hackte nach Tjarsons Gesicht. Tjarson wich zurück und geriet ins Straucheln. Als Wolf nachsetzen wollte, schlitze Stahl Haut und Fleisch über seinem Schulterblatt auf. Ächzend fuhr er herum und stach dem Angreifer den Dolch in den Unterarm. Der Dolch steckte fest und er musste ihn loslassen. Ein Krieger setzte dazu an, sein Kurzschwert vorzurammen, während Borson jeden Augenblick mit seinem Dolch zustechen würde. Beide Attacken würden tödlich enden, und er konnte nur eine parieren. Plötzlich riss Borson entsetzt die Augen auf und fasste sich an die Kehle, die eine Pfeilspitze durchbohrt hatte.

Wütend verkeilte Wolf das Kurzschwert des Kriegers, packte ihn am Handgelenk und hackte ihm den Arm ab.

Weitere Pfeile zischten durch die Luft und streckten die Verräter nieder. Einer traf Tjarson in den Bauch. Er droht zu stürzen. Wolf packte ihn am Kragen seiner Tunika und knurrte: »Du hast recht, ich bin nicht dein König.« Daraufhin ließ er ihn los, und der Häuptling der Orgran fiel rückwärts hinab, bis sein Körper auf den scharfkantigen Felsen aufschlug. Die Brandung schwappte über ihn. Wolf wandte den Blick ab und sah Barnas, der herangeritten kam. Nun bemerkte er auch die Bogenschützen, die der Graf offenbar vorausgeschickt hatte und die von einem höher gelegenen Felsen aus geschossen hatten.

»Ich nehme mein Lob zurück«, brummte Barnas. »Du bist doch genauso dämlich, wie du aussiehst.«

»Danke, dass du gekommen bist«, erwiderte Wolf.

Die Spuren der Krankheit im Gesicht des Grafen waren nun nicht mehr zu übersehen. Der schnelle Ritt durch die kühle Nacht hatte seinen Zustand sichtlich verschlechtert.

»Wir müssen mit den Häuptlingen sprechen.«

»Ja«, stimmte Wolf zu. Er kniete sich nieder und hackte Borson mit drei Schlägen den Kopf ab. Mit dem blutigen Beil in der Hand, schritt er von einem Gefallenen zum nächsten, um mit ihnen auf gleiche Weise zu verfahren. Er nahm die abgeschlagenen Köpfe an den Haaren und ging zum Beiboot. Barnas folgte ihm. Es war klar, dass sie zu zweit rudern würden. Eine große Zahl konnte Stärke demonstrieren, aber die Nordländer schätzten Mut über alles andere. Sie hätten einen kranken Alten und einen verletzten Mann sehen können, die Mühe hatten, aufs Achterdeck der Wellenreiter zu steigen. Doch die Krieger und Häuptlinge, die sich versammelt und den Kampf an Land durch Fernrohre oder zusammengekniffene Augen beobachtet hatten, sahen etwas anderes. Sie sahen den letzten Graf der Nordlande, über den die meisten schon Geschichten in ihrer Kindheit gehört hatten – und Wolf, ihren Kriegshäuptling, der sie mit übermenschlicher Entschlossenheit nach Süden geführt hatte, dessen Blut auf die Planken tropfte und dessen Augen dennoch funkelten, als er die Köpfe der Erschlagenen über das Deck schleuderte. Seine Stimme war nicht so laut, wie sie es von ihm bei einer Ansprache gewohnt waren, dafür schwang ein Zorn mit, der sich sonst gegen ihre Feinde richtete: »Da heute bereits mit einer alten Tradition gebrochen wurde, mache ich es jedem, der Verrat im Herzen trägt, einfach! Ich fordere zum Blutgericht! Zieht eure Waffen! Graf Barnas und ich treten gegen alle gemeinsam an!«

Niemand rührte sich.

»Was ist mit dir, Rogwin?«, knurrte Wolf den mächtigsten der Häuptlinge an.

Rogwin kickte einen Kopf weg, der vor seine Stiefel gerollt war und sagte: »Ich wusste nicht, was Tjarson und diese anderen Feiglinge vorhatten. Wenn du willst, kämpfe ich mit dir, wenn deine Wunden geheilt sind – aber nicht, weil ich deine Fähigkeiten als Kriegshäuptling anzweifle.«

Wolf glaubte ihm. Rogwin liebte den Kampf, aber anders als sein Vorgänger hatte er keine großen Ambitionen. Er war durch und durch ein Krieger, der Feigheit und Lügen verachtete.

Barnas holte rasselnd Luft, ehe er sprach: »Jeder Häuptling und Unterhäuptling kann einen Thong einberufen, aber es gibt Entscheidungen, die keinen Aufschub dulden. Genau dafür haben wir einen Kriegshäuptling bestimmt. Wir befinden uns auf einem Kriegszug und müssen geschlossen sein. Über Zwietracht unter uns freut sich nur der Feind. Ich für meinen Teil vertraue Wolf und folge ihm bis in die Thronhalle von Ander-Stadt.«

Die Krieger und Kriegerinnen klopften auf Schilde und erneuerten ihren Schwur. »Wolf, Wolf, Wolf!«, riefen sie immer lauter. Die Mannschaften der anderen Schiffe stimmten mit ein, bis Wolf die Faust in den Himmel reckte, woraufhin die Rufe verstummten.

»Gut«, sagte er. »Dann zeigt mir jetzt diesen wichtigen Gefangenen.«

Der Mann war ein Häuflein Elend, stark misshandelt und nach Urin stinkend. Seine Augen mussten sich erst an das Licht an Deck gewöhnen. Er blinzelte nervös und zuckte zusammen, als Wolf die Fäuste in die Hüfte stemmte und angewidert auf ihn herabblickte.

»Du bist also Baron Ramus«, stellte Wolf fest.

Der Mann gab ein Winseln von sich. Auf wundge-
scheuerten Knien gab er ein erbärmliches Bild rück-
haltloser Unterwerfung ab.

»Was wirst du tun, wenn ich dich zurück in die Feste
lasse?«, fragte Wolf mit drohendem Unterton.

»Ich … ich …«, stammelte der Baron, »ich werde sogleich den Befehl der Kapitulation erteilen.«

Rogwin spuckte aus. »Wer wird diesem Kriecher schon
zuhören?«

»Meinem Befehl nicht Folge zu leisten, wäre gleich-
bedeutend mit einer Aufsässigkeit gegen die Krone«,
schnappte der Baron rasch. Offenbar war ihm klar, dass
es um seinen Kopf ging.

Rogwin schnaubte verächtlich, aber Wolf nickte.

»Jeder, der die Waffen niederlegt, wird verschont. Wer
bleiben will, darf bleiben. Alle anderen werden mit Schiffen aufs Festland gebracht.«

Der noch immer kniende Mann schluckte hart. Hoffnung glänzte in seinen feuchten Augen.

»Hast du keinen Erfolg«, brummte Wolf, »trocknen
wir den Fluss aus. Wir haben bereits mit den Arbeiten
begonnen. Wenn die Wachen sich in wenigen Tagen
kaum noch aufrecht halten können, stürmen wir die
Feste, und dann feiern wir ein Fest des Blutes.«

Der Baron sah aus, als müsste er sich jeden Augenblick übergeben. »Ich werde Euch nicht enttäuschen«,
versprach er.

Wolf wandte sich ab. Er hielt diesen jämmerlichen
Anblick und diese winselnde Stimme keinen Wimpern-
schlag länger aus.

Vom Beiboot aus, das nun zwei kräftige Krieger ru-
derten, sahen Wolf und Barnas dabei zu, wie die Wellenreiter sich der Festung näherte. Er würde das letzte

Stück schwimmen müssen, und die Blauröcke würden ihren Befehlshaber wie einen Fisch aus dem Wasser ziehen. Das stärkte seine Position nicht gerade, andererseits konnte wahre Furcht eine starke Triebfeder sein.

»Werden sie sich ergeben?«, fragte Wolf.

Barnas zuckte schwerfällig mit den Schultern. »Würde der Weichling versuchen, mir Befehle zu erteilen, würde ich ihm den Kopf von den Schultern reißen. Aber es sind Blauröcke. Nichts ist ihnen wichtiger als die Gunst ihres Königs.«

***

Sardai rieb vorsichtig eine übelriechende Paste auf Wolfs genähte Wunde am Schulterblatt, ehe sie einen neuen Verband anlegte. Sie war geschickt und hatte viel von der alten Matwa gelernt. Sanft legte sie die kleinen Hände flach auf seinen Rücken. Das tat sie immer. Sie behauptete, auf die Weise könne sie Kraft in seinen Körper strömen lassen. Tatsächlich spürte Wolf auch diesmal Wärme und ein angenehmes Kribbeln, während sie schweigend im Zelt saßen und der Atem seiner Gemahlin ihn im Nacken kitzelte. Es war ein Moment der Ruhe, in dem er mit innerem Abstand über die aktuelle Lage nachdenken konnte. Nach dem Verrat von Tjarson hatte er Argu als Kapitän der Wellenreiter bestimmt. Mit dieser Entscheidung waren nicht alle Häuptlinge glücklich, aber Rogwin sorgte dafür, dass sie sich fügten. Rogwin erwies sich als treuer Mann. Eine ebenso unerwartete wie willkommene Entwicklung.

Obgleich es noch keine Nachricht aus der Sturmwacht gab, hatte Wolf die Arbeiten am Staudamm einstellen lassen. Die Männer sollten nicht unnötig schuften. Am vorigen Abend war die Matwa, seine Schwiegermutter, aus Ruet eingetroffen. Sie war ohne Vorankündigung gekommen. Angeblich, um auf dem Weg mit befreiten Sklavenstämmen zu sprechen, doch Wolf mutmaßte, dass sie sich vornehmlich mit eigenen Augen des Wohles ihrer Tochter versichern wollte. Ruet war ihrem Bericht nach stabil. Die wenigen zurückgebliebenen Nordländer vertrugen sich gut mit den Einheimischen. Es hatte weitere Hochzeiten gegeben. Wolf hatte nichts dagegen, dass die Völker sich mischten, im Gegenteil.

Sardais Hände fuhren zärtlich über seine seitlichen Rippen hinab zur Hüfte. So etwas hatte sie noch nie getan. Ein Schauder der Erregung durchfuhr ihn, als sie die Hände nach vorne unter seinen Bauchnabel gleiten ließ. Plötzlich verstand Wolf. Es war die Anwesenheit der Mutter, die sich im Zelt neben ihnen aufhielt, die Sardai kühn machte. Das war kein guter Beweggrund. Er räusperte sich und nahm ihre zierlichen Hände in seine großen, die stark behaart und von Narben gezeichnet waren.

»Verfügt deine Mutter über Zauberkräfte?«

Sardai seufzte und entspannte ihre Hände. »Die Matwa kennt geheime Rituale, sie ist aber vor allem kräuterkundig.«

»Könntest du sie bitten, sich Barnas anzusehen? Ich mache mir Sorgen um ihn.«

»Natürlich«, versprach die junge Frau.

Der Gesundheitszustand des letzten Grafen der Nordlande hatte sich rapide verschlechtert. Er lag fiebernd in einem Zelt, und seine Kraft reichte gerade noch aus, jeden der es betrat, mit schwacher Stimme anzuschnauzen. Die beiden graubärtigen Getreuen, die davor Wache hielten, schenkten Wolf einen besorgten Blick, als er am folgenden Tag mit einem Kinnnicken zu verstehen gab, dass er den Grafen sprechen wollte.

»Seine Laune hat sich nicht gebessert, seit die Alte heute morgen bei ihm war«, warnte der eine Wächter leise, indem er den Weg freigab.

Wolf holte tief Luft und schob die Eingangsplane zur Seite. Ein beißender Geruch nach verbranntem Räucherwerk stieg ihm in die Luft. Im kargen Licht, das durch Ritzen in der Deckenplane fiel, lag Barnas auf einem Feldbett. Obwohl er sich eine schwere Decke bis zum Kinn gezogen hatte, zitterte der betagte Krieger. Auf einer Kiste neben dem Bett lag ein Wurfbeil. Wolf schob es beiseite und setzte sich.

»Hat es dir die Sprache verschlagen?«, krächzte Barnas.

»Konnte die Matwa dir helfen?«, gab Wolf zurück.

»Ich bin alt«, brummte Barnas, »dagegen gibt es keine Medizin.«

»Du bist krank«, korrigierte Wolf.

Der Graf grunzte. »Krank und alt. Was willst du überhaupt?«

»Ich will, dass du das tust, was du immer getan hast, dass du kämpfst, und dass du bei mir bleibst.«

Barnas schnaubte verächtlich. »Jetzt werd mal nicht rührselig, mein Junge. Ich werde mich mit dem großen Bär verbinden, und ich bereue nur wenig.«

Wolf seufzte. Er musste die Strategie wechseln. »Barnas«, sagte er eindringlich, »ich brauche dich, deine Erfahrung. Hättest du nicht eingegriffen, hätten Tjarson und die anderen mich neulich an der Küste umgebracht. Ohne dich wird dieser Feldzug scheitern. Wenn du mich verlässt, werde ich im Thong vorschlagen, das Heer in den Norden zurückzuführen. Rogwin und die meisten anderen werden sich dagegen aussprechen, und ich werde ihn als neuen Kriegshäuptling vorschlagen.«

Barnas grummelte. »Rogwin ist ebenso treu wie kurzsichtig. Er wird die Krieger mit seiner Blutlust ins Verderben schicken.«

Wolf zuckte mit den Achseln.

»Du verdammter Bastard«, grollte Barnas.

Wolf verkniff sich ein Grinsen.

Am selben Tag traf die erwartete Antwort der belagerten Feste ein. Allerdings stammte sie nicht aus der Feder des Barons. Sardai verlas die Nachricht, die ein Kundschafter überbracht hatte, in Anwesenheit der Häuptlinge, Wolf und der Matwa:

»*An den Emporkömmling und Schlächter namens Wolf, jeden einzelnen seiner barbarischen Gefolgsleute, sowie an die aufständischen Sklaven.*«

Sardai schluckte und musste sich sichtlich zusammenreißen, um fortzufahren: »*Die ehrenhaften und königstreuen Soldaten der Feste Sturmwacht werden bis zum letzten Blutstropfen kämpfen, wenn es sein muss. Sie kennen ihre Pflicht. Jeden Aufständigen erwartet der Tod, die Rädelsführer erwartet ein schlimmeres Schicksal. In seiner grenzenlosen Gnade bietet König Guram aus dem Hause Maruta, in dessen Vollmacht ich schreibe, jedem, der an die Brust Antarions zurückkehrt, Begnadigung an, die auch seine Familie einschließt. Zusätzlich wird derjenige, gleich welcher Herkunft, der den Aufständischen namens Wolf seinem gerechten Ende zuführt, mit einem Adelstitel belohnt.*«

Sardai machte eine kurze Pause. Wolfs linkes Augenlid zuckte vor Wut. Die Krieger auf den Schiffen hatten den Auftrag erhalten, sämtliche Brieftauben abzuschießen, aber offensichtlich waren mindestens zwei durchgekommen. Entweder hatten Offiziere in der Feste die Tauben heimlich losgeschickt, oder sie hatten den Baron genötigt, die Kapitulation absegnen zu lassen.

Barnas trat schwankend und blass wie eine Leiche ins Zelt.

Sardai leckte sich über die trockenen Lippen und las weiter: »*Die verführten Nordstämme werden auf der Stelle zurücksegeln und die geraubte Flotte in Parlin übergeben, wo freies Geleit in die Heimat gewährt wird. Geschieht dies nicht, werden die königlichen Streitkräfte, geeint mit jenen aus Parlin, den Norden derart verwüsten, dass dort auf Generationen hin kein menschliches Leben mehr anzutreffen sein wird. Die Stämme und ihre Bräuche werden aus den Geschichtsbüchern ausgelöscht. Sklaven, die nicht binnen dreier Tage vor den Festungsmauern auf die Knie fallen, werden beim Erklimmen eben jener Mauern sterben, während ihre Anverwandten auf dem Festland einen wesentlich höheren Preis zahlen werden. Diese Revolution ist zu Ende. Gezeichnet, Prinz Neidar Maruta.*«

Sardai legte den Brief mit zitternden Händen beiseite.

Wolf hielt sich zurück. Er wollte erst sehen, wie diese Botschaft auf die anderen wirkte.

Häuptling Olak, ein kampferprobter Hüne, meldete sich als erster zu Wort: »Der Kopf dieses Prinzen wird mir als Trinkgefäß dienen.«

Der normalerweise zurückhaltende Häuptling Gorson äußerte sich nachdenklicher: »Vielleicht sollten wir tatsächlich zurücksegeln. Natürlich nicht, um aufzugeben, aber um unser Land zu verteidigen. Viele von uns haben noch Familie in der Heimat.«

»Genau das möchte dieser unverschämte Hundesohn erreichen«, brummte Barnas mit matter Stimme. »Hätte Antarion Soldaten übrig, wären sie auf dem Weg zu uns. Ich glaube, der König plant etwas anderes, deshalb stammt die Botschaft auch von seinem Sohn und nicht von ihm selbst. Das Ganze soll uns nur verunsichern und Angst einjagen.« Der Graf stützte müde den Kopf auf die Hände. Das Sprechen hatte ihn sichtlich überanstrengt.

»Also«, schloss Wolf, »verbrennen und vergessen wir diesen Brief und bleiben bei unserem Plan. Wir nehmen die Inseln komplett ein, füllen unsere Reihen auf, und dann statten wir dem Prinzen und seinem Vater einen Besuch ab.«

Die Häuptlinge und auch die Matwa neigten zustimmend den Kopf.

»Dann verlieren wir keine Zeit«, sagte Wolf entschlossen, »fangen wir wieder an zu graben.«

Gegen Sardais Bitte, er solle sich zuerst vollends auskurieren, half er wieder mit. Der Inhalt des Briefs sprach sich rasch herum, und es war wichtiger denn je, dass Wolf sich zeigte. Vor allem manche der befreiten Sklaven warfen ihm verstohlene Blicke zu. Die Drohungen des Prinzen zeitigten Wirkung. Die dunkelhäutigen Männer machten sich zu Recht Sorgen um ihre Verwandten, die irgendwo in Antarion einem fremden Herrn dienten. Würden sie Wolf ermorden, wäre zwar alles wie früher, aber ihre Töchter, Söhne, Brüder und Eltern wären in Sicherheit. Unfrei, versklavt, dem Willen ihrer Herren ausgeliefert – aber zumindest frei von dem Hass und einer möglichen Verfolgung durch den Krüppelprinzen. Sardai berichtete ihm, dass ihre Mutter jeden Abend Überzeugungsarbeit leistete, aber Angst war ein starker Gegner.

Barnas hatte Wolf unter den Schutz zweier seiner Veteranen gestellt. Sie folgten ihm wie sein eigener Schatten. Sie störten Wolf, aber er schickte sie nicht fort, da er es als Zeichen der Besserung des alten Bären auffasste, dass dieser sich um seine Sicherheit sorgte. Barnas war zwar noch schwach, aber das Fieber sank stetig.

Nach einem Tag voller Schaufeln und Steineschleppen betrachtete Wolf die Fortschritte der Arbeit, als die anderen bereits zum Lager aufgebrochen waren. Der breite Graben erstreckte sich bis zu einem leichten Gefälle. Bald würden sie den Fluss umlenken können. Es war auch Zeit. Allmählich ging der Nachschub für die Schiffsmannschaften aus, und die Krieger auf den Schiffen langweilten sich bestimmt schon. Man musste ein Heer beschäftigt halten.

Ein merkwürdiger Laut riss Wolf aus seinen Gedanken. Es war ein hoher Ton, wie der Schrei eines Säuglings. Die beiden Leibwächter runzelten die Stirn, und Wolf ging in die Richtung, aus der der Ruf kam. Sie mussten nicht lange suchen. Eine Raubkatze mit schneeweißem Fell war in eine der Fallen getreten, welche die Jäger abseits der Wege aufgestellt hatten. Es war noch ein Jungtier und maß von der Schnauze bis zum Schwanzansatz gerade einmal die Länge von Wolfs Unterarm. Als er näher trat, versuchte das Tier sich erst panisch zu befreien, dann erstarrte es, leise fauchend.

»Na du?«, sagte Wolf, indem er sich hinkniete. »Lass mal sehen …«

Die linke Pfote des Tiers steckte eingeklemmt zwischen zackenbewährten Bügeln, die tief ins Fleisch geschnitten hatten.

»Hilf mir mal«, bat Wolf über die Schulter hinweg.

Brummend ließ sich einer der Veteranen nieder und drückte den Kopf des Tiers nach unten, sodass es nicht nach Wolf schnappen konnte, während dieser die Bügel auseinanderzog. Sie rasteten ein, und Wolf hob die verwundete Raubkatze vorsichtig hoch. Wenn er sie laufen ließ, würde sie mit Sicherheit von einem anderen Räuber gefressen werden. Der Dschungel kannte keine Gnade. Wolf seufzte und trug sie zum Lager.

Als sie die Zelte erreichten, hielten befreite Sklaven mitten in ihrer Tätigkeit inne und starrten das Tier in Wolfs Armen mit offenen Mündern an. Sardai kam ihm entgegen, auch auf ihrem Gesicht lag ein Ausdruck tiefer Verwunderung.

»Was?«, fragte Wolf.

»Das ist ein Inadri«, erklärte Sardai erstaunt. »Ein äußerst seltenes Tier. Alten Legenden nach war der letzte König aller Dunkelhäutigen halb Mensch, halb Inadri. Seit Generationen wurde keiner mehr gesichtet.«

»Hm«, machte Wolf unbeeindruckt.

Eine Frau mit demselben sonderbar grün-braunen Hautton, der auch Sardai zueigen war, stellte einen Topf ab und sagte mit ehrfurchtsvoller Stimme: »König«

Das Wort wurde aufgenommen. »König«, »Befreierkönig«, »Befreierkönig Wolf«.

Wolf kratzte sich am Kinn, ehe er sich an seine Gemahlin wandte: »Komm, hilf mir, ihn zu versorgen.«

Die Matwa, die die Szene beobachtet hatte, lächelte still in sich hinein.

***

»Diese Toren«, brummte Barnas. Er war noch nicht völlig auskuriert, hatte jedoch darauf bestanden, an der bevorstehenden Schlacht teilzunehmen. Nach fünf Tagen ohne Wasser hatten die Kundschafter gemeldet, dass die Soldaten in der Feste einen Ausfall vorbereiteten. Das Heer der Nordländer hatte auf der gerodeten

Ebene Aufstellung bezogen. Ein Großteil der Flotte hatte an der Küste angelegt. Argu und Rogwin standen an der Spitze der rechten Flanke.

»Immerhin beweisen sie Mut«, gestand Wolf den Feinden zu, die in Dreierreihen durch das doppelflüglige Haupttor zogen.

»Verwechsle nicht Mut mit Tollkühnheit und blindem Gehorsam«, belehrte Barnas Wolf. »Das wird kein Kampf, sondern ein sinnloses Abschlachten.«

»Tja, sie haben ihr Schicksal selbst gewählt«, knurrte Wolf.

Die antarischen Soldaten waren mindestens eins zu zehn unterlegen. Zumindest waren ihre Reihen geordnet, ihr Schildwall wirkte dicht und die langen Speerspitzen tödlich. Auch aus der Entfernung war die dickleibige Gestalt des Barons zu erkennen. Neben ihm stand ein großgewachsener Mann mit knielangem Kettenhemd und einem Helm, den Federn schmückten.

Auf der anderen Seite standen die Nordländer, verstärkt von einer winzigen Einheit befreiter Sklaven, die von Larna und einer dunkelhäutigen Frau, die sich rote Bänder in ihre Lockenmähne geflochten hatte, angeführt wurde. Sie waren gerade rechtzeitig erschienen, um an der Schlacht teilzunehmen. Die Nordländer hatten keine festen Reihen gebildet. Wild und wütend klopften sie gegen Schilde, ließen ihre Waffen aneinanderklirren und stießen herausfordernde Kriegsschreie aus.

»Bringt die Wagen in Stellung«, befahl Wolf.

Ein Hornsignal erschallte, und Krieger schoben besagte Karren nach vorne. Noch in der Nacht war an ihnen gezimmert worden. Schilde waren an die Karren genagelt worden, angespitzte Holzpflöcke ragten aus ihnen heraus, und lange Stangen sorgten dafür, dass sie von mehreren Männer geschoben werden konnten. Als sie in Position waren, zog Wolf sein Schwert, stieß es in den Himmel und brüllte: »Vorwärts!«

Erst in lockerem Laufschritt, dann immer schneller stürmte das Heer der Nordländer auf die antarischen Reihen zu.

Im letzten Moment ließen sich die Krieger und Kriegerinnen zurückfallen, und die präparierten Rammwagen krachten in den feindlichen Schildwall. Wolf sprang auf einen der Wagen und dann mitten hinein in die Reihen der Blauröcke. Sein Zweihänder Alrun hielt schreckliche Ernte. Die Soldaten stolperten zurück, stießen aber an ihre Kameraden und wurden erbarmungslos niedergemäht. An Schmerzensschreien war zu erkennen, dass die rechte Flanke die antarischen Reihen umschloss. Kurz wurden die Leiber so dicht aneinandergedrängt, dass der Kampf, bis auf Stiche mit kurzen Waffen, zum Erliegen kam. Wolf erblickte rechts von sich Larna, die einem Soldaten die Stirn aufs Nasenbein rammte. Noch ein Stück weiter hieb Häuptling Rogwin mit einem Morgenstern über sein Rundschild. Plötzlich war wieder Raum da. Wolf rammte einen Soldaten mit der Schulter und schwang sein Schwert, dessen Klinge sich durch das Kettenhemd des Mannes biss. Wolf griff um, sodass seine Rechte die Fehlschärfe umschloss, und setzte Alrun wie einen Speer ein. Er spießte einen Mann auf, riss die Klinge heraus und ließ die Klinge erneut vorschnellen. Sie traf einen Soldaten unters Kinn, sodass er gurgelnd zu Boden ging.

Es war ein grausames Gemetzel. Mit gebrochenem Schildwall und hart bedrängt von beiden Flanken blieb den antarischen Soldaten, als sie nackte Panik überkam, nur noch ein Fluchtweg: Zurück zum Tor.

»Tötet sie alle!«, rief Wolf, und die Krieger setzten im Blutrausch der aufgelösten Formation des Feindes nach. Zugleich preschte eine Einheit Berittener heran, die sich im Wald versteckt gehalten hatte. Der Ansturm war zeitlich perfekt abgestimmt. Es waren nicht viele Nordmänner, die auf Pferden herandonnerten, aber genug, um schrecklichen Tod über die Fliehenden zu bringen. Äxte und Keulen gingen nieder, etliche wurden gerammt, fielen und wurden von Hufen zertrampelt. Bis hinein in den Burghof verfolgten die Berittenen die Feinde, die sich entschieden hatten, den Tod dem Aufgeben vorzuziehen. Es wurde kein Unterschied gemacht. Einfache Soldaten wurden ebenso erbarmungslos niedergemacht wie Offiziere. Als Wolf den Hof erreichte, sah er gerade noch, wie zwei Kriegerinnen ihre Klingen mit dem Blut des dicken Barons tränkten. Wolf dachte nur, dass der Feigling für seine Leibesfülle schnell zu Fuß gewesen war. Er hatte sein Wort gebrochen und nichts Besseres verdient.

Weniger gleichmütig nahm Wolf ein anderes Bild auf, das sich ihm kurze Zeit später zeigte. Nachdem das Tor des Hauptturms aufgebrochen war, entzündeten Nordländer Fackeln und durchsuchten den Turm. Eine von Säulen getragene Halle nahm beinahe das gesamte fünfte Stockwerk ein. Auf dem Steinboden, auf dem Podest mit dem breiten, gepolsterten Sessel und in mit Fellen ausgelegten Sitzecken lagen Frauen und Kinder – allesamt tot. Die Frauen hatten den Kindern, sogar Säuglingen, die Kehlen mit Messern geöffnet, ehe sie sich selbst entleibt hatten. Offenbar um zu verhindern, dass sie und ihre Schützlinge in Gefangenschaft gerieten. Es war gut, von seinen Feinden gefürchtet zu werden, aber dieser Anblick stellte einen hohen Preis dar. Schweigend betrachtete Wolf das sinnlose Blutbad.

»Was haben wir denn hier?«, grollte ein Krieger, in dessen breitem Gürtel zwei Beile steckten. Er hatte sich an einen Wandteppich gelehnt, woraufhin sich dahinter etwas bewegt hatte.

»Eine Geheimtür«, stellte eine Kriegerin mit langen geflochtenen Zöpfen fest.

Wolf riss sich von dem entsetzlichen Anblick los und trat zu den beiden. Der Krieger hatte den Teppich heruntergerissen, die Kriegerin krallte ihre Finger in eine Furche und zog. Erst als Wolf und der Krieger sich gegen die Wand stemmten, öffnete sich die Geheimtür. Der Krieger zog ein Beil aus seinem Gürtel, während Wolfs Augen Konturen in der dunklen Nische hinter der Wand ausmachten.

»Steckt die Waffen weg«, wies er über die Schulter hinweg an.

Ein Dolch blitzte auf. Wolf packte den Träger der Waffe am Handgelenk und zog ruckartig. Eine junge Frau taumelte aus dem Versteck. »Nein!«, schrie sie, das Gesicht von langem Weinen gerötet.

Jetzt war ein Schluchzen zu hören.

Wolf klemmte sich durch den Spalt und hob drei Kinder heraus, die die Kriegerin entgegennahm.

»Lasst sie in Frieden!«, kreischte die junge Frau, die den Dolch verkrampft in beiden Händen vor sich hielt.

Der Krieger stellte sich ihr in den Weg und musterte sie grinsend.

»Euch wird kein Leid geschehen«, versprach Wolf. »Leg das Ding weg.«

Die Frau blickte in ihrer Not die Kriegerin an.

»Tu, was er sagt.«

Endlich senkte die Frau den Dolch. Klirrend fiel er zu Boden.

»Ihr seid frei zu gehen, oder zu bleiben«, erklärte Wolf. »Ich rate allerdings zu Letzterem. Wir sind nicht die Bestien, wie man euch glauben gemacht hat.«

Der Krieger grinste noch immer.

»Ihr beiden«, sprach Wolf ihn und die Kriegerin an, »seid für ihr Wohlergehen verantwortlich. Wer es wagt, ihnen auch nur ein Haar zu krümmen, wird mit Alrun Bekanntschaft machen.«

Das Grinsen auf dem Gesicht des Kriegers verblasste, und er schnaubte enttäuscht.

***

Noch während der Aufräumarbeiten und der Bestattungen der wenigen gefallenen Nordländer begann bereits die Siegesfeier. Die Belagerten hatten es nicht so weit kommen lassen, ihren Durst mit Schnaps zu stillen. Fässer wurden in den Hof gerollt. Auch die Vorratskammern waren gut bestückt und boten ein reiches Festmahl. Es ging rau zu. Übermütig wurden abgenagte Knochen und andere Essensreste geworfen, lautstarke Prahlereien hoben sich von Lachen und Trommelspiel ab. Manche maßen ihre Kraft im Armdrücken, andere tanzten wild, aber es kam auch zu Prügeleien. Wolf stand an eine Zinne gelehnt auf der Brustwehr und sah hinab auf sein Heer im Siegesrausch. Die Krieger und Kriegerinnen kamen ihm vor wie ungestüme Kinder. Die Gruppe Dunkelhäutiger aß und trank ebenfalls, bei ihnen ging es jedoch etwas gesitteter zu. Wolf war nicht nach Feiern zumute. Sie hatten heute einen strategisch wichtigen Sieg errungen und nur wenige Verluste zu beklagen.

Aber was taten sie hier eigentlich? Sie waren nicht ausgezogen, um die Ketai-Inseln zu erobern.

»Plagen meinen Herrn, den mächtigen Befreierkönig, etwa Zweifel?«

Erida hatte sich auf die Brustwehr geschlichen. Die kleine Schönheit musste mit dem Tross der befreiten Sklaven angekommen sein. Die süße Gehässigkeit in ihrer Stimme war fraglos der Tatsache geschuldet, dass er sie zurückgelassen hatte.

»Wir haben uns auf den langen Weg gemacht, weil wir von klein auf gelernt haben, dass Angriff meist die beste Verteidigung darstellt«, brummte Wolf. »Jetzt sind wir hier, und der Norden, unsere Heimat, liegt schutzlos in weiter Ferne.«

»Begehe nicht den Fehler, zu klein zu denken, mein König«, entgegnete Erida weich.

»Ich bin kein …«, wollte Wolf protestieren, doch die einstige Mätresse fuhr ihm über den Mund: »Vielleicht waren Verteidigung und Rache die Beweggründe für den Aufbruch, doch nun zeigt sich ein anderes Bild. Neue Möglichkeiten tun sich auf. Übrigens ist der Plan bestens aufgegangen. Der Norden und die Zurückgebliebenen dürften mittlerweile so sicher sein, wie sie nur sein können. Der Sturm verlagert sich.«

Wolf kratzte sich am Kinn. Erida hatte sich erstaunlich schnell informiert und offenbar interessante Schlüsse gezogen. »Was glaubst du, geht auf dem Festland vor sich?«

Die kleine Frau lächelte kokett. »Ich will mich nicht mit falschen Mutmaßungen blamieren. Aber es würde mich nicht wundern, wenn in naher Zukunft Berichte über größere Truppenverschiebungen eintreffen.« Sie legte den Kopf leicht schief. »Du hast doch sicher Spione ausgeschickt und Informationswege aufgebaut.«

Wolf grollte etwas Unverständliches. Natürlich wäre das sinnvoll gewesen, aber mit solchen Dingen kannte sich nicht einmal Barnas aus.

»Wie überaus praktisch, dass sich eine deiner Untergebenen hervorragend auf Spionage versteht.«

»Das müsste aber jemand sein, dem ich traue«, brummte Wolf.

Erida tat beleidigt, sagte aber: »Ein Spion, dem man voll und ganz vertrauen kann, ist kein echter Spion, mein König.« Nach einer kurzen Pause fügte sie hinzu: »Vergiss nicht, dass auch ich nicht mehr als eine Sklavin war.«

»Ich werde darüber nachdenken«, gestand Wolf ihr zu. »Aber höre auf, mich König zu nennen.«

»Sehr wohl, mein Herr«, gab Erida sich demütig. »Ich werde dich erst wieder König nennen, wenn du dich selbst als solcher vorstellst.«

Erida zwinkerte, und Wolf seufzte.

Er war zwar kein König, aber dennoch ein Anführer. Und ein Anführer gehörte auf dem Schlachtfeld zu seinen Kriegern, genauso aber auch bei den Feiern danach. Er trank, tanzte, lachte über derbe Späße und lobte Männer und Frauen, die sich im Kampf besonders hervorgetan hatten.

Schwankend trat er tief in der Nacht in das Gemach, das Sardai bezogen hatte, nachdem sie die Feier früh verlassen hatte. Die junge, schneeweiße Raubkatze rieb sich zur Begrüßung schnurrend an seinem Bein.

»Er hat dich wirklich gern«, bemerkte Sardai. Sie lag in einem breiten Bett, und ein mit Kleidern behangener Sessel verriet, dass sie nackt unter die Decke geschlüpft war.

»Weil ich ihn füttere«, gab Wolf grunzend zurück, während er sich umständlich das nach Branntwein riechende Hemd über den Kopf zog. Er setzte sich auf die Bettkante und tätschelte Pirscher den Kopf. So nannten sie den Inadri, weil er stets bereit für die Jagd war. Befanden sich keine Mäuse oder andere kleine Nager in der Nähe, schlich er sich an Falter an, die er blitzschnell mit ausgefahrenen Krallen angriff.

Wolf wurde schwindlig und er ließ sich nach hinten kippen. Sardai schlug die Decke beiseite, stieg aus dem Bett und zog Wolf die Stiefel aus. Danach machte sie sich an seinem Hosenbund zu schaffen. Er ließ es geschehen. Als sie die Hose abgestreift hatte, setzte sie sich auf ihn. Ihre Schenkel und Pobacken fühlten sich warm und verheißungsvoll an. Der Branntwein in seinen Adern und die wachsende Erregung vertrieben alle Widerstände. Wolf legte seine Hand auf Sardais Hüfte. Sie beugte sich hinab und sie küssten sich. Ihr kleiner Mund fühlte sich ganz anders an als der seiner ersten Frau, und doch musste er an Marli denken. Marli, die ihm genommen worden war. Sie war aus dem Totenreich zu ihm zurückgekehrt. Sie vereinigten sich. Wolf bäumte sich auf. Das Totem übernahm die Kontrolle.

Als Sardai erschöpft und noch immer mit ihm verbunden auf ihm niedersank, drehte Wolf den Kopf und blickte in die neugierigen Augen von Pirscher, der aufs Bett gesprungen war und sie beobachtet hatte. Wolf strich Sardai mit der Hand über den weichen Rücken und fiel in einen tiefen Schlaf.

Kapitel XIII

Prinz Varna stand am Bug der *Bollwerk*, der größten der fünf schwimmenden Festungen. Er war mit seinen Elitekämpfern über Land geritten und erst vor einer Woche zugestiegen, um das Kommando zu übernehmen. Obgleich ein starker Westwind die riesigen Segel blähte, tauchten gleichmäßig die zweihundert Ruder zu beiden Seiten ins Wasser. Es war ein erhebendes Gefühl, den Befehl über diese Eroberungsgiganten inne zu haben. Könnte ihn jetzt doch nur sein Vater sehen. Aber König Sanael befand sich gemeinsam mit der Königin auf dem Rückweg zur goldenen Stadt. Die Stimme der Vernunft ließ Varna auf eine Kapitulation Nifarias hoffen, doch da war auch diese andere Stimme in ihm, die sich nach einem ruhmreichen Kampf sehnte.

»Ziel in Sicht!«, rief der Ausguck vom vordersten Mast herab.

Varna zückte sein Fernrohr. Sein Blick glitt über die vagen Umrisse der Küste, und dann sah er sie, die legendäre Akademia zu Nifaria. Das Bauwerk war beeindruckend. Es bestand aus einem riesigen Turm, aus dem kleinere Türme, Gebäude mit Kuppeldächern und ganze Plätze, auf denen Bäume standen, wuchsen. Der Palast in der Goldenen Stadt war ein Meisterwerk der Baukunst, aber diese Festungsstadt aus dunklem Stein konnte nicht von Menschenhand erbaut worden sein. Vor Bewunderung gebannt, bemerkte er seinen Bruder erst, als dieser sagte: »Glaubst du, sie werden versuchen, uns mit Zauberei aufzuhalten?«

Varna senkte das Fernrohr. »Ich denke, dass die Meisterwirker früher einmal über große Macht verfügten. Hätten sie ihre Kräfte über die Jahrhunderte hinweg nicht verloren, wären sie nicht so zurückhaltend.«

Auf Sikals Stirn bildete sich eine skeptische Falte, und er suchte den Himmel nach Sturmwolken ab.

Varna lachte und klopfte seinem jüngeren Bruder auf die Schulter. »Sieh nicht in den Himmel, sondern über die Schulter! Sobald sie uns bemerken, werden sie vor Angst zitternd. Diese Schiffe wurden gefertigt, um ganz Affalah zu erobern.«

Eine Weile standen die beiden Brüder schweigend am Bug, bis die Festungsstadt auch mit bloßem Auge auszumachen war. Eine Staubwolke an Land und das Glitzern von tausenden Helmen zeigten an, dass König Guram Maruta sein Wort gehalten hatte und sich mit seinem Heer ebenfalls Nifaria näherte. Varna lächelte siegessicher. »Werfen wir uns in Schale«, sagte er zu seinem Bruder.

Diener halfen ihnen, die körperbetonten Rüstungen anzulegen. Voll gerüstet mit ihren Natush, den langen Klingenspeeren, in den Händen kehrten sie an den Bug zurück.

***

»Schau sie dir an, diese eingebildeten Narren«, schnaubte Mehagin auf dem Aussichtsturm der Akademia, nachdem er erst das Heer, das sich ihnen von Süden näherte, beobachtet hatte, ehe er das auf einem Ständer befestigte Fernrohr schwenkte und nach Südosten blickte. Das Fernrohr verstärkte so stark, dass die arroganten Mienen der beiden Prinzen am Bug des Schiffes deutlich zu erkennen waren. »Wir werden das Knie vor Einfaltspinseln beugen müssen.«

»Das ist nur Politik«, tat der greise Warda gefasst ab. »Wir öffnen ihnen die Tore und teilen unsere Vorräte. Sie werden kurz bleiben, eine kleine Besatzung zurücklassen und weiterziehen. Sie mögen Narren sein, aber es sind keine Barbaren und stellen daher keine Bedrohung für das alte Wissen dar.«

»Hätten wir mehr wie diesen Alumnu, den du fortgeschickt hast, könnten wir dem Meer befehlen, die Schiffe zu verschlingen, und die Erde würde sich gegen die Streitmacht zu Land erheben.«

Warda lächelte leise. Mehagin trug ihm noch immer nach, dass er das vielversprechendste Talent der letzten Jahrzehnte, vielleicht sogar der letzten Jahrhunderte hatte ziehen lassen. Aber er war sich sicher, der junge Isma würde aus freien Stücken zurückkehren. Bei herausragenden Talenten war Vorsicht und Fingerspitzengefühl gefragt. Der Junge war gegangen, ohne zu ahnen, welche Hoffnungen auf ihn gesetzt wurden. Er hatte keinen Schimmer, dass er bereits früh in der Ausbildung seine Meister in der praktischen Anwendung überflügelt hatte. Solches Wissen konnte einen jungen Mann verführen und auf krumme Pfade locken. Warda selbst war in seinen besten Zeiten dazu fähig gewesen, ein harmloses Gewitter aufziehen zu lassen – und das hatte ihm den Posten als Großmeister gesichert. Niemand durfte erfahren, wie es um die welke Macht der Radu bestellt war. Die Elementargeister hatten sich abgewandt, selbst die Weisesten hatten dafür keine plausible Erklärung. Sie waren zu einer stumpfen Klinge geworden und hüteten dieses Geheimnis seit vielen Generationen.

»Und wenn sie unsere Unterstützung fordern?«, gab Mehagin zu bedenken.

Warda schauderte. Nicht wegen der Frage, sondern wegen des scharfen Windes, der über die Aussichtsplattform fegte. »Beharren wir auf Neutralität. Im schlimmsten Fall halten wir es so wie mit Karlik Troga und geben ihnen eine Handvoll aus unseren Reihen mit, die als Berater dienen können.«

»Und wenn sie nach Zauberei anstelle von guten Ratschlägen verlangen?«

Warda zuckte mit den Schultern. »Dann sind sie hoffentlich bereits weitergezogen, und der Karlik zerschlägt ihre Streitkräfte. Kislav wird nicht leicht fallen.«

Mehagin seufzte schwer.

»Heißen wir unsere neuen Freunde willkommen«, krächzte Warda schicksalsergeben.

***

Die Schleusentore zum Hafen wurden geöffnet, doch da die schwimmenden Festungen zu groß waren, setzten die Soldaten aus Farlain, angeführt von Prinz Varna, in langen Beibooten über. Zugleich wurden die Fallgitter der beiden Südtore hochgezogen. König Guram ritt auf einem weißen Schlachtross an der Spitze des Heeres in die Festungsstadt. Es hatte noch nicht einmal Verhandlungen gegeben. Armeemeister Hakin beäugte misstrauisch die leeren, teils morschen Wehrgänge. Nichts deutete auf eine Falle hin, und doch war der alte Veteran auf der Hut. Er hatte dem König entschieden davon abgeraten, voranzureiten; doch Guram hatte darauf bestanden. Suldari, die in Anbetracht der Übermacht das Haupt widerstrebend gebeugt und die Durchreise durch ihr Gebiet erlaubt hatten, waren eine Sache. Die Einnahme der legendären Akademia zu Nifaria war eine ganz andere. Der König wollte sich den Augenblick des Ruhms nicht aufgrund von Sicherheitserwägungen nehmen lassen. Er sah tatsächlich prächtig aus, wie er in der goldbeschlagenen Paraderüstung einritt. Der Krieg tat ihm offenbar gut. Er ließ ihn jünger und stärker wirken.

Hakin griff dem Alumnu, der sie hinter dem Tor erwartet hatte, in die Zügel. Es war zwar eine alte Mähre, auf der der junge Mann ritt, aber sie und ihr Reiter kannten den Weg. Der Armeemeister wollte verhindern, dass sie den König überholten.

»Führe uns mit Worten«, befahl er dem eingeschüchterten Alumnu.

Wie bei einem Schneckenhaus ging es kreisförmig aufwärts. Überhaupt war die Art, in der die Festungsstadt angelegt war, befremdlich. Ein Gefühl, das durch ihre scheinbare Leere verstärkt wurde. Keine Wachen besetzten die Mauern, große gepflasterte Plätze waren leer. Hakin rechnete jeden Augenblick damit, dass aus einem düsteren Säulengang kislavsche Soldaten anstürmten, doch alles blieb still.

Sie erreichten eine langgezogene Treppe, die zu einem großen Gebäude führte, dessen kuppelförmiges Dach von verzierten Säulen getragen wurde. Oben standen drei Gestalten, die sich aus ihrer Starre lösten, als der König sein Pferd zügelte und abstieg.

»Behaltet die Umgebung im Auge«, riet Hakin den beiden Weißklingen, die sich dem Schutz des Königs verschworen hatten.

König Guram blieb neben seinem Streitross stehen, während die drei Alten sich die Stufen hinabquälten, dafür war er großzügig, als ihre Verbeugungen kaum mehr als ein Nicken waren.

»König Guram aus dem Hause Maruta«, sprach der älteste Mann in der Mitte, »wir heißen Eure Majestät und Eure eindrucksvolle Kriegerschar willkommen. Das sind die Meister Mehagin und Lanut, ich bin Großmeister Warda.«

»Seid gegrüßt, Meister und Großmeister«, erwiderte der König höflich, aber zugleich streng. »Ihr habt weise gehandelt, indem Ihr uns die Tore öffnet.«

Hakin entging das Blitzen in den Augen des einen Meisters nicht, der Großmeister jedoch neigte lächelnd den Kopf und bat sie, gleich hochrangigen Gästen, ihm zu folgen.

Begleitet von einer Weißklinge und zwei Dutzend Soldaten gingen sie dem König hinterher die Stufen hinauf. Sie durchquerten eine lichte Halle, um in einem dahinterliegenden Audienzzimmer an einer langen Tafel Platz zu nehmen. Einige Offiziere mussten stehen, und es wurde noch enger, als die Prinzen Varna und Sikal mit ihrer Leibgarde eintrafen und das Banner von Farlain neben das von Antarion an die Wand gehängt wurde. Im großen Kamin prasselte ein Feuer, und Alumnu trugen Platten mit gebratenem Fleisch auf. In Anbetracht dessen, dass ein König und zwei Prinzen an der Tafel saßen, war das Mahl bescheiden. Gerade so bescheiden, dass man es nicht als offene Beleidigung auffassen konnte.

Großmeister Warda brach das peinliche, schmatzende Schweigen: »Im Namen unserer kleinen Gemeinschaft möchte ich mein Bedauern darüber zum Ausdruck bringen, Eure Majestät und Durchlauchten nicht angemessener bewirten zu können. Wie Euch beim Ritt durch die ehrwürdigen Mauern aufgefallen sein dürfte, sind wir nur wenige und verfügen daher nur über spärliche Vorräte. Allein aufgrund dieses Banketts werden wir im Winter die Gürtel enger schnallen müssen.«

König Guram brummte schlecht gelaunt. Er hatte verstanden, was der Alte ihm eigentlich zu verstehen geben wollte: dass er nicht in der Lage sei, die Armee zu verköstigen. Das war nicht weiter tragisch, sie hatten ausreichend Vorräte für einen längeren Feldzug dabei, doch dem König stieß der Ton der Meister übel auf. Offenbar hielten sie ihn für einen Tölpel.

»Ihr habt uns in Ermangelung einer anderen Wahl die Tore geöffnet«, knurrte er. »Aber seid Ihr auch bereit, dem Bündnis von Farlain und Antarion Gefolgschaft zu schwören?«

»Wie Eurer Majestät sicherlich bekannt ist«, entgegnete Meister Mehagin, »genießen wir eine Sonderstellung. Obgleich dieser Hort des Wissens auf anderem Boden erbaut wurde, stehen wir unter dem Schutz von Kislav.«

Prinz Sikal stieß ein kühles, herablassendes Lachen aus. »Und wo sind die Truppen des Karliks?«

Großmeister Warda nickte besonnen. »Mein Bruder wollte darauf hinweisen, dass ein Eid wenig Wert besitzt, wenn er geleistet wird, um sich einen Vorteil zu verschaffen. Erst recht, sofern er einem anderen widerspricht.«

»Genug!«, schnauzte der König. »Wir sind nicht hergekommen, um uns philosophische Vorträge anzuhören.« Mit finsterem Blick ließ er eine angenagte Keule auf den Teller fallen. »Offenbar benötigen die Meister eine Lektion in Unterwerfung.« Er sah zu Prinz Varna hinüber, der noch kein Wort gesagt hatte, nun aber zustimmend nickte.

König Guram verfügte, dass Geiseln nach Farlain und Antarion geschickt werden sollten, außerdem ließ er ein abschreckendes Exempel statuieren.

Am nächsten Morgen, kurz vor Sonnenaufgang, stand Großmeister Warda noch immer auf einer Treppenstufe vor dem gekreuzigten Meister Mehagin. Mit erstarrter schmerzverzerrter Miene und leblosen Augen hing er, an Hand- und Fußgelenken auf zwei Balken festgenagelt, an einer Säule vor der Eingangshalle.

»Es tut mir leid, alter Freund«, sagte Warda, dann wandte er sich kopfschüttelnd ab.

***

Das königliche Heer zog nach Norden, während die Belagerungsflotte aus Farlain außer Sichtweite der Küste ebenfalls auf Kislav zuhielt. Der Plan sah vor, sich nach erfolgreicher Eroberung in der Hauptstadt Murim wieder zu treffen. Offiziell war der Krieg eine Strafaktion, da Kislav sich nicht an den Pakt zur Aufteilung der Nordlande gehalten hatte, doch selbst Unteroffizieren war klar, dass sie einen Angriffskrieg führten mit dem Ziel, ganz Affalah zu vereinen. Wenn der gesamte Kontinent erst unterworfen sein würde, wäre jeder Bürger Antarions und Farlains ein wohlhabender und geachteter Mann. Diese rosigen Aussichten verliehen den Soldaten Kraft und Ausdauer. Der Marsch durch die drabatischen Steppen war hart und entbehrungsreich, doch niemand beklagte sich. Manchmal waren aus der Ferne vereinzelte Späher auszumachen. Die Berater des Königs gingen davon aus, dass diesmal sämtliche Nomadenstämme rechtzeitig gewarnt worden waren, um dem großen Heer auszuweichen. Die Späher, vermutete Armeemeister Hakin, hielten sie auch deshalb unter Beobachtung, damit Kampfverbände ungesehen zur Unterstützung des Karliks reiten konnten. Dagegen war nichts zu unternehmen. Es war viel zu gefährlich, die Kavallerie loszuschicken, da sie von den einheimischen Reitern mit ihren wendigen, kleinen Pferden zu leicht in eine Falle hätten gelockt werden können.

Nachdem sie endlich die Grenze passiert hatten, wurde der Vormarsch einfacher. Kundschafter mussten nicht länger nach Wasserstellen suchen, da sie immer wieder an Flüssen und Seen vorbeikamen. Dörfer waren zwar verlassen und Getreidespeicher geleert worden, aber es fand sich gelegentlich noch Vieh zum Schlachten, und in den Wäldern gab es Rotwild und Wildschweine. Die Kundschafter ritten nun weit voraus, aber stets kehrten sie ohne Feindsichtung zurück. Das war merkwürdig. König Guram hatte nicht damit gerechnet, dass der Karlik eine feindliche Armee so tief in sein Land einfallen lassen würde, ohne sich ihm zu stellen. Zusätzliche Sorge bereitete dem König und seinem Beraterstab der Kontaktabbruch zu den beiden Prinzen. Ein Verrat seitens Farlain war ausgeschlossen, da die junge Königin Ander-Stadt nicht verlassen konnte. Vielleicht waren alle Brieftauben von geschickten Bogenschützen abgeschossen worden, dennoch schlief der König schlechter mit jedem Tag, den sie ohne Nachricht der Verbündeten weiter ins Reich Kislav vordrangen. Die gut ausgebauten Handelsstraßen waren verlassen, Dörfer und Weiler gespenstisch ausgestorben, lediglich von größeren Wehrstädten stieg Rauch auf. Diese jedoch ließ das Heer liegen, um weiter gegen die Hauptstadt vorzurücken. Es gab jetzt kein Zurück mehr. Sie mussten der Schlange rasch und beherzt den Kopf abschlagen, und der Kopf der Schlange war Murim.

»Es ist lange her, dass ich die Stadt der tausend Düfte besucht habe«, sagte der König gedankenvoll, als er sein Pferd auf der Kuppe eines Hügels zügelte. Ander-Stadt war groß, aber Murim war riesig. Die Hauptstadt von Kislav füllte ein großes Tal aus. Eine Schlucht, die sich hindurchzog, war ebenfalls besiedelt. Das im Zentrum gelegene Palastgelände stach durch seine hohen, prunkvollen Türme klar heraus. Auf die Distanz war deutlich zu sehen, wie die Häuser und Bauten ärmlicher wurden, je näher sie am Stadtrand lagen.

Hakin nickte. »Sie sind in Alarmbereitschaft.«

Der König erkannte erst auf den zweiten Blick, dass sich Männer in Waffen auf der hohen Mauer, die den Stadtkern umgab, tummelten. Die äußeren Bezirke allerdings lagen schutzlos da.

Der Armeemeister schüttelte den Kopf. »Mir gefällt das nicht.« Er rümpfte die Nase und fügte hinzu: »Die Prinzen sollten schon hier sein.«

»Offenbar wurden sie aufgehalten«, versuchte Guram optimistisch zu bleiben. »Schick Gesandte los. Möglicherweise gab es eine Rebellion und der Strahlende wurde gestürzt. Vielleicht müssen wir nicht einmal Blut vergießen, um Kislav einzunehmen.«

»Ja, Majestät«, sagte Hakin, aber seine Miene blieb skeptisch.

Die Soldaten begannen sich bereits zu langweilen, da sie keinen Befehl erhalten hatten, die Zelte aufzubauen, als die ausgeschickten Gesandten zurückkehrten. Das heißt, ihre auf die Pferderücken festgebundenen Körper kehrten zurück, ihre Köpfe waren in Murim geblieben. Der König tobte.

»Lasst Kampfformation einnehmen, wir greifen an!«

Eingeteilt in sechs Infanterieregimenter, deren Flanken von Kavallerieeinheiten geschützt wurden, rückte das antarische Heer gegen die Hauptstadt von Kislav vor. Jedes Regiment war unterteilt in Kompanien. Die Schildträger schritten voran, dahinter folgten Soldaten mit langen Stangenwaffen, und zuletzt marschierten die Bogenschützen. Obgleich der König vor Wut schäumte, gelang es Hakin, ihn davon zu überzeugen, zu Fuß an seiner Seite das zweite Regiment anzuführen. Hoch zu Ross hätte er ein leichtes Ziel abgegeben. Das Kommando über das erste Regiment, das in die Stadt eindrang, führte Oberst Arlik – ein tüchtiger Mann, der Erfahrung, Ehrgeiz und taktische Klugheit besaß. Wenn dieser Kampf erfolgreich verlief, erwartete ihn eine Beförderung.

Mittlerweile waren sie leere Straßen und geräumte Häuser gewöhnt, aber in einer großen Stadt wie Murim wirkte die Verlassenheit noch gespenstischer. Unwillkürlich stieß Arlik seine Befehle in einem zischenden Flüstern aus. Kundschafter sollten nach allen Richtungen ausschwärmen. Zudem änderte er die Formation. Schildkompanien bauten sich an beiden Seiten auf. Ein Meldereiter erhielt den Auftrag stets Blickkontakt mit dem nachfolgenden Regiment zu halten. Trotz der vielen Stiefelsohlen auf den sandigen Straßen hielt Arlik aufgrund eines Raschelns alarmiert inne. Er musste über sich selbst grinsen. Es waren nur Ratten, die im Müll wühlten. Vorsichtig gingen sie weiter.

Plötzlich, ein kreischendes Geräusch hinter ihnen. Arlik blickte sich um und sah eine Barrikade, die ihnen den Rückweg abschnitt. Noch ehe er richtig verstand und einen Befehl brüllen konnte, surrte ein Pfeil heran. Der Schütze hatte genau gezielt. Röchelnd, die Hände um den Schaft, der aus seinem Hals ragte, ging Arlik zu Boden. Dem ersten Pfeil folgten hunderte nach, und da sie von oben abgefeuert wurden, streckten sie etliche Soldaten nieder. Der nächsthöchste Offizier bellte Befehle, aber jede Ordnung brach zusammen, als Steine aus offenen Fenstern herabregneten und sich donnernder Hufschlag näherte. Drabati-Reiter stürmten in die aufgelösten Formationen. Wer nicht niedergetrampelt oder von Speeren aufgespießt wurde, bekam Pfeile ab, welche die Reiter geschickt mit kurzen Bögen von den Pferderücken aus auf die panischen Soldaten abschossen. Nach kurzer Zeit war ein Großteil des Regiments ausgelöscht. Der Rest befand sich auf heilloser Flucht durch die verlassenen Straßen, die nicht abgeriegelt worden waren.

»Schafft diese Barrikaden aus dem Weg!«, brüllte Hakin, doch es dauerte, bis Seile angebracht waren und die schweren Konstrukte zu Fall gebracht werden konnten.

Dem König quollen die Augen über, als er all die toten Soldaten erblickte. »Wo verstecken sich die Bastarde?«, schnaubte er.

»Sie sind fort«, stieß der Armeemeister knirschend aus. »Wir sollten uns zurückziehen. Der Feind könnte noch mehr solcher Fallen vorbereitet haben.«

Der König hob seine Linke in die Luft und betrachtete sie. Zuerst dachte Hakin, er sei wahnsinnig geworden, doch dann verstand er. Guram testete, aus welcher Richtung der Wind wehte.

»Armeemeister, Stellung halten.« Der König wandte sich an einen jungen Leutnant: »Such zwei Dutzend Männer aus. Ihr eilt zurück zum Tross. Sammelt alles Lampenöl ein, das ihr finden könnt, und kehrt so schnell wie möglich zurück.«

»Was habt Ihr vor, Majestät?«, fragte Hakin, obgleich er die Antwort bereits ahnte.

»Wir stecken die Stadt in Brand«, entgegnete der König grimmig. »Das Feuer wird Entsetzen auslösen und unsere rechte Flanke decken.«

Es geschah, wie der König befahl. Kleine gelegte Brandherde griffen auf Balken und Dächer über. Rasch entwickelte sich ein Flächenbrand, der sich vom Wind angefacht nach Osten ausbreitete. Soldaten, die dem aufgeriebenen ersten Regiment angehört hatten, kehrten zum Tross zurück, oder schlossen sich dem zweiten Regiment an.

»Aufschließen, breites Vorrücken!«, befahl Hakin.

Sie erreichten eine gepflasterte Straße, an deren Ende die Mauer, die den Stadtkern schützte, zu erkennen war. Von Westen war sich nähernder Hufschlag zu hören.

»Speere nach links!«

Die Drabati-Reiter drehten ab, als sie sich einem dichten Wall aus spitzen Speeren gegenüber sahen.

»Formation halten und langsam vorwärts!«

Die Hitze trieb Hakin den Schweiß auf die Stirn, aber das Feuer war eine gute Idee gewesen. Offenbar waren Kampfverbände des Feindes damit beschäftigt, seiner Herr zu werden.

»Leitern und Rammböcke!«

Während sein Befehl ausgeführt und Sturmgerät nach vorne geschleppt wurde, erteilte Hakin weitere Anweisungen, die durch Hornsignale weitergegeben wurden. Die hinteren Regimenter rückten nach, und die Kavallerieeinheiten fielen ebenfalls in die Stadt ein, um Jagd auf die Drabati zu machen. Pfeile regneten von der Mauer herab und surrten hinauf. Auf Hakins Geheiß hin wurden die ersten Leitern aufgestellt. Einige wurden mit Stangen zurückgestoßen, andere aber blieben stehen und tapfere Soldaten kletterten hoch. Es dauerte, bis die ersten sich über die Zinnen schwingen konnten und der Kampf auf den Wehrgängen entbrannte. Erst jetzt wurde ein Rammbock in Stellung gebracht. Schildträger stürmten mit vor. Heißes Pech wurde durch Mörderschächte ausgeschüttet, und Männer starben schreiend. Hakin wollte längst abbrechen, aber der König bestand darauf, dass bis zur Dämmerung gefochten wurde. Erst als das letzte Licht der roten Dämmerung verblasste, zogen sich die königlichen Truppen zurück.

Am Stadtrand wurde ein Lazarett errichtet. Die Schmerzensschreie vermischten sich mit Kriegsrufen aus westlichen Randbezirken, wo Verteidiger Wachtposten angriffen.

***

Nach einer wenig erholsamen Nacht wurde der eigentliche Kampf am frühen Morgen fortgesetzt. Diesmal griffen sie nicht nur am Haupttor an, sondern an zwei weiteren Stellen, östlich, wo das Feuer gelöscht worden war. Die Drabati hatten ihr großes Reiterregiment aufgelöst, und die meisten hatten sich hinter die Mauer zurückgezogen. Nur noch kleine Spähtrupps forderten immer wieder die Flanken heraus. Überall in den Außenbezirken kam es zu blutigen Scharmützeln, während der Hauptangriff auf beiden Seiten hohe Verluste forderte. Als es den königlichen Soldaten gelang, einen Mauerabschnitt einzunehmen, bat die Weißklinge Glenn den König um die Erlaubnis, den Soldaten beim Halten beistehen zu dürfen. Guram erteilte sie. Bald war die schimmernde Rüstung blutbefleckt. Glenn kämpfte kühn und erbarmungslos, und die Männer, die sein Schlachten verfolgten, jubelten.

Die Kämpfe hielten an, bis die Bewegungen langsam und schwerfällig wurden. Hakin wollte bereits zum Rückzug blasen lassen, als ein Riese von einem Mann Glenn eine Herausforderung entgegenbrüllte. Glenn schlug sein Blut von der Klinge ab und trat dem Mann entgegen. Es handelte sich um einen Siphagi, einen kislavischen Oberst, der offensichtlich ein berühmter Kämpfer war. Die feindlichen Soldaten stimmten ihm zu Ehren ein melodisches Kriegslied an. Die Kampfhandlungen in der Nähe wurden eingestellt, als der Siphagi sein zweihändig geführtes Krummschwert gegen die Weißklinge schwang. Trotz des langen bereits ausgestandenen Kampfes und der schweren Rüstung bewegte Glenn sich flink. Zuerst parierte er nur, dann ging er zum Angriff über. Beide Kämpfer beherrschten ihr Handwerk und schienen sich ebenbürtig. Ein mächtiger Hieb des Krummschwerts zwang Glenn in die Knie. Eine Kraftprobe entspann sich, doch plötzlich ließ Glenn die Deckung fallen, Klinge schabte über Klinge. Um Haaresbreite verfehlte das Krummschwert Glenns behelmten Kopf. Dieser zog das Schwert zurück, um es dem Gegner im nächsten Moment von unten in die Brust zu stoßen. Glenn richtete sich auf, drehte die Klinge in der Wunde, riss sie hinaus und trieb sie dem Feind seitlich in den Hals.

Triumphierendes Grölen erhob sich von Seiten der königlichen Soldaten. Doch es währte nicht lange. Während des Zweikampfs war ein beidseitiger Angriff vorbereitet worden. Außerdem hatten die kislavschen Soldaten unten im Hof ein Geschütz in Stellung gebracht. Bereits das erste lange Projektil der Speerschleuder traf die Weißklinge. Die mit Widerhaken versehene Spitze durchschlug die Rüstung. Von der Wucht des Aufpralls stürzte Glenn aufgespießt von der Mauer. Die Moral brach, und die Feinde eroberten die Mauer zurück.

So endete der zweite blutige Tag. Ihm folgte ein dritter und ein vierter. Am Abend berief der König einen Kriegsrat ein. Ihm war mittlerweile klar geworden, dass nicht der Karlik die Verteidigung der Hauptstadt organisierte. Es hatte einen Angriffsversuch gegen den Tross gegeben. Krieg war Krieg, aber auch im Krieg herrschten Regeln des Anstands. Die feige Ermordung der Weißklinge hatte er noch auf einen befehlshabenden Offizier geschoben, der Angriff auf den Tross allerdings war ein eindeutiger Beweis. Kundschafter hatten ein nordöstlich gelegenes Lager evakuierter Zivilisten gefunden, das nur schwach bewacht wurde. Niemals wäre Guram auf die Idee gekommen, Soldaten dorthin auszuschicken. Er führte schließlich einen Eroberungs-, keinen Vernichtungskrieg.

»Wenn der Strahlende nicht hier ist, wo ist er dann?«, dachte General Brandur laut nach.

Hakin veränderte seine Sitzposition. Ein Pfeil hatte eine Schwachstelle seiner Rüstung durchdrungen, und er litt Schmerzen. »Es gibt nur eine Erklärung«, grunzte der Armeemeister. »Der Karlik ist gegen unsere Verbündeten ausgezogen.«

»Er hat vor, erst die Prinzen zu schlagen, um uns anschließend in den Rücken zu fallen«, murmelte der König. »Eine ebenso gewagte wie effiziente Strategie. Ja, so muss es sein.«

»Brechen wir die Belagerung ab und begegnen ihm auf dem Feld?«, fragte General Brandur.

Der König dachte nach, ehe er mit fester Stimme verkündete: »Nein. Wir verdoppeln unsere Bemühungen. Wenn unser wahrer Feind im Westen kämpft, kann Murim nicht mehr über viel Reserven verfügen. Generäle, legt mir einen Plan vor, der garantiert, dass wir morgen diese Stadt einnehmen.«

Am folgenden Tag fanden Finten an der Nordmauer statt, ehe von fünf Seiten die echten Angriffe eingeleitet wurden. Im Wissen um die Täuschung der Verteidiger trieben die Offiziere ihre Soldaten zu kühnen Taten an, und die Mauer fiel schließlich in die Hände der königlichen Truppen. Tatsächlich gab es danach kaum noch ernstzunehmende Gegenwehr. Selbst der Palast konnte noch am selben Tag eingenommen werden. Kleinere Feindeinheiten flohen oder ergaben sich. Abends saß König Guram Maruta auf dem Thron des Strahlenden. Er beförderte Offiziere, die sich hervorgetan hatten, während ein Barde ein Lied über Glenn, die ehrenhaft gefallene Weißklinge, vortrug.

***

Während sein Vater der König Krieg führte, war Prinz Neidar dazu verdammt, die Regierungsgeschäfte am heimischen Hof zu leiten. Das Königreich zu verwalten und zu verteidigen war eine ebenso wichtige wie undankbare Aufgabe. Wenn der König und seine Getreuen siegreich heimkehrten, würden sie in Glanz und Gloria gefeiert werden. Erfüllte Neidar seine Aufgaben vorbildlich, würde keiner Lieder darüber dichten. Ließ er allerdings zu, dass die Nordländer ins Reich einfielen, würde der gesamte Hofstaat schadenfroh seine Geringschätzung über den Krüppel zum Ausdruck bringen, und die Krone würde in unerreichbare Ferne rücken. Oh, wie er seinen Vater für die missliche Lage hasste, in die er ihn manövriert hatte. Er hatte ihm gerade genug Militär zurückgelassen, um einen Einfall abzuwehren. Aber ein taktischer Fehler würde ausreichen, und das ganze Reich wäre in arger Not. Trotz seines Drohbriefs hatten die Nordländer die Festung Sternwacht eingenommen. Damit kontrollierten sie sämtliche militärischen Stellungen der Ketai-Inseln.

Neidar betrachtete die dreidimensionale Karte des Kontinents. Mit dem dafür vorgesehenen Stab verschob er ein Regiment, das durch drei kunstvoll geschnitzte Holzfiguren dargestellt wurde, von der Hafenstadt Harlu nach Südosten in eine Garnison am Fuß des Gebirges. Es klopfte an der Tür. Neidars Hand zitterte, und fast wären die Figuren umgefallen. Er räusperte sich.

»Herein!«

Königin Nita ard Sanael trat, auf beiden Seiten von einer Weißklinge flankiert, ein. Sie trug ein überwältigendes Kleid aus himmelblauer Seide. Die Krone, die ihrer Kopfform angepasst worden war, stand ihr ausgezeichnet, musste Neidar eingestehen. Sie hatte heute weniger Schminke als sonst aufgetragen, wodurch sie jünger, aber natürlicher, menschlicher wirkte. Höflich verbeugte Neidar sich vor ihr.

Nita betrachtete die Karte, ehe sie ihre Wächter anwies: »Lasst uns allein.«

Kurz zauderten die Weißklingen, doch dann gehorchten sie, ohne dass die Königin den Befehl wiederholen musste.

Als die Tür hinter ihr ins Schloss gefallen war, sagte die junge Königin: »Ich befürchte, mein königlicher Ehegatte unterschätzt die Gefahr, die von den Nordländern ausgeht.«

Neidar hob eine Braue. »Ist das so?«

Die Königin nickte beflissen. »Aber Ihr müsst Euch nicht den Kopf darüber zerbrechen, mein Bruder.« Jetzt lächelte sie und begab sich in die Hocke. Eine unschickliche Geste, fand Neidar, als würde sie ihre Notdurft auf Affalah verrichten wollen. Mit spitzen Fingern nahm sie unbenutzte Figuren vom Rand und setzte sie vor die goldene Stadt, direkt neben die Knochenbrücke, die von Farlain zum Festland führte. »Eine ganze Legion steht bereit, Antarion zu Hilfe zu eilen. Wenn Ihr die Weisung gebt, veranlasse ich ihren Abmarsch.«

Tausende Soldaten aus Farlain in Antarion, das könnte ihr so passen! Bestimmt hatte ihre gerissene Mutter das eingefädelt. Offenbar hatte sein Gesichtsausdruck ihn verraten, denn die Königin flötete: »Ich bin nicht dein Feind, ganz im Gegenteil. Dein Vater, mein geliebter Gemahl, befindet sich auf einem äußerst gefährlichen Feldzug. Selbst, wenn er unbeschadet zurückkehrt, er ist kein junger Mann mehr.«

Neidar schluckte. Was hatte sie da eben gesagt? Nita mochte wie ein pubertäres Mädchen aussehen, aber er musste sie ernster nehmen. Sie war keine Puppe, keine Figur, die man wie die Holzregimenter hin und herschieben konnte. Sie war eine, die selbst lenkte – oder es zumindest wollte. Offenbar hatte sie die Gewitztheit ihrer Mutter geerbt. Nun erschien ihm ihre Fürsorge für die am Vortag eingetroffenen Geiseln aus Nifaria ebenfalls in anderem Licht. Vielleicht hatte sie sich der Alumnu nicht aus Mildtätigkeit und Etikette angenommen. Neidar grinste innerlich.

»Verfügt Farlain noch über ausreichend Schiffe, um die Legion zu transportieren?«, fragte er lauernd.

»Nicht als ganze«, erwiderte Nita. »Es hängt vom Bestimmungsort und dessen Entfernung ab, ob eine

Truppenverschiebung auf dem Seeweg sinnvoll wäre.«

»Die Träneninseln bieten den Vorteil, dass der Feind sie schlecht ausspionieren kann. Zugleich sind sie nahe genug an möglichen Anlaufstellen der Nordländer.«

»Ein ausgezeichneter Vorschlag«, ging die Königin auf den Kompromiss ein. »Ich werde ihn meinem Vater unterbreiten.«

Sie lächelte hintergründig, und Neidar erwiderte das anmutige Lächeln mit seinem schiefen.

»Da wäre noch eine andere Sache«, bemerkte Neidar in beiläufigem Tonfall. »Die Vereinigten Herzogtümer, sie stehen kurz davor, ihre Neutralität aufzugeben. Ihr, Schwester, könntet das Zünglein an der Waage sein.«

»Meine Zunge«, erwiderte die junge Königin kokett, »dient gleich dem Rest meines Körpers, so wie mein Geist und meine Seele dem neuen Großreich, das wir im Begriff stehen zu errichten.«

Kapitel XIV

»Setz dich auf deinen Hintern, du machst mich noch wahnsinnig«, brummte Shinn genervt.

Isma blieb stehen. »Es ergibt einfach keinen Sinn! Weshalb hält man uns hier fest?«

Sie befanden sich zwar nicht in einer Kerkerzelle, aber vor der Tür standen Wachen. Selbst, wenn es ihnen gelänge, diese zu überwältigen, bestand keine Möglichkeit einer Flucht. Sie waren eingesperrt in Dunrod, der Festung des letzten Ritterordens. Friya lag auf einem der drei schmalen Betten und schien zu schlafen. Offenbar störte sie die laute Brandung nicht, die gegen die Felsen donnerte.

»Sie halten uns fest, weil ich eine wertvolle Geisel bin und niemand an deine Gespenstergeschichten glaubt«, versetzte Shinn ärgerlich. Er seufzte. »Kannst du uns nicht mit demselben Trick hier rausholen, den du in Murim angewendet hast?«

»Das war kein Trick«, stöhnte Isma, weil er schon so oft versucht hatte, es zu erklären.

»Haltet beide die Klappe«, schnaubte Friya mit geschlossenen Augen. »Es spielt gerade alles ohnehin keine Rolle. Wir sind am letzten Zipfel von Affalah, wir können also nichts tun und kommen hier auch sicher nicht so bald weg. Esst, trinkt, schlaft, aber vor allem haltet die Klappe.«

Widerwillig kamen die beiden Männer dem Wunsch der Nordländerin nach. Isma ging nicht mehr auf und ab, stattdessen stellte er sich vors Fenster und schaute auf die stürmische See hinaus. Vielleicht war er ja tatsächlich verrückt geworden. Wenn alle anderen einen Baum sahen, man selbst aber ein Pferd, wessen Blick sollte man dann in Frage stellen? Es wäre ihm lieber gewesen, wahnsinnig zu sein, als Recht zu haben, doch er konnte die Wahrheit nicht leugnen. Der Wind flüsterte sie, die Bäume raunten sie sich zu, die salzige Luft schmeckte nach Gefahr und aufziehender Dunkelheit. Er wäre gern näher am Meer gewesen, um seine Hände einzutauchen. Vielleicht gelänge es ihm, mit den Elementaren Kontakt aufzunehmen. Er nahm sich vor, Sir Jormun darum zu bitten, wenn er sie das nächste Mal aufsuchte. Als der Großmarschall am späten Abend jedoch kam, war seine Miene so finster, dass Isma sich nicht traute, seine Bitte vorzutragen.

»Du kommst mit mir«, sagte der Ritter in scharfem Befehlston.

Shinn wollte protestieren, aber ein Blick von Jormun und seine Hand am Schwertgriff ließen den Prinzen schweigen.

»Wohin gehen wir?«, fragte Isma kleinlaut, während sie eine düstere Wendeltreppe hinabstiegen. Sir Jormun ging mit einer Fackel in der Hand voran.

»Wir haben einen Marschbefehl erhalten«, knurrte der Ritter. »Dem Krüppelbruder deines Freundes ist es gelungen, die Herzogtümer davon zu überzeugen, sich in den sinnlosen Krieg einzumischen. Vorsicht!«

Isma duckte sich unter einem Vorsprung an der Decke hindurch, an dem er sich ohne die Warnung den Kopf gestoßen hätte. Die Treppe mündete in einen Gang, der abfiel und dessen Wände feucht waren.

»Es ist meine Pflicht«, fuhr Jormun fort, »die Vereinigten Herzogtümer zu beschützen. Und wenn der Senat beschließt, dass es weise ist, sich dem Bündnis von Antarion und Farlain anzuschließen, werde ich meine Ritter in die Schlacht führen.«

Isma wollte etwas einwenden, doch der Großmarschall kam ihm zuvor: »Doch ehe wir ausrücken, will ich mich versichern, dass deine Worte falsch sind.«

Isma stellten sich die Nackenhaare auf. Wie wollte der Ritter das herausfinden? Ihn beschlich ein äußerst mulmiges Gefühl, als sie in eine große unterirdische Halle traten.

Während der Ritter Feuerbecken entzündete, stand Isma verloren inmitten uralter Säulen. Er spürte keine Elementare, aber da war eine andere Präsenz. Isma war dankbar, als der Ritter endlich wieder sprach. Auf seinem Gesicht flackerten die Schatten der kleinen Flammen in den Feuerschalen.

»Soweit ich weiß, war hier seit Ewigkeiten keine Menschenseele mehr. Die meisten, selbst aus meinem Orden, haben vergessen, dass es diesen Ort überhaupt gibt.«

Jormun wandte sich ab. Isma verstand die Geste als Einladung und trat mit leisen Schritten neben den Ritter. Erst auf den zweiten Blick erkannte Isma einen hochkant aufgestellten Sarkophag. Matt schimmerte Gold unter den dicken Staubschichten. Nur vage war der Umriss eines Menschen zu erkennen, allerdings stimmte der Maßstab nicht. Kein menschliches Wesen war von solcher Größe.

»Das ist die Grabstätte von Andar, dem Einer«, erklärte der Ritter. In seiner Stimme klang keine Ehrfurcht, sondern eher tiefer Respekt. »Jedes Volk kennt die Geschichte seiner Ankunft auf Affalah und dem Kampf zwischen ihm und dem Feind allen Lebens. Als Alumnu dürftest du wissen, dass sie überall ein wenig anders erzählt wird. In einigen Versionen ist sein Sieg nicht vollkommen. Shaidrun wird nicht getötet, sondern flieht. In manchen Erzählungen wird sogar behauptet, dass die beiden verhandelten, da keiner den anderen endgültig besiegen konnte. In diesen Versionen heißt es, sie hätten die Welt aufgeteilt. Andar habe die Geschicke Affalahs in die Hände genommen, während sich Shaidrun zum Gottkönig eines anderen, weit entfernten Kontinents aufgeschwungen habe.«

Isma schluckte hart. Allmählich verstand er, worauf der Ritter hinauswollte. »Und was tun wir hier?«

»Vor langer Zeit wurde dieser heilige Ort in schwierigen Lagen als Orakel genutzt«, kam es von dem Ritter zurück. »Ich werde meditieren, du kannst schlafen. Vielleicht schenkt uns der große Einer eine Vision.«

Damit ließ sich Jormun vor dem Sarkophag nieder. Isma tat es ihm gleich. Er starrte auf den Metallsarg in der Steinfassung und betete, dass etwas geschah, das den Ritter überzeugte. Je länger er den Sarkophag im flackernden Licht betrachtete, umso mehr erschienen ihm die Konturen des für die Ewigkeit präparierten Körpers darunter weiblich zu sein. Er musste an den sonderbaren Klartraum denken, den er in Murim gehabt hatte. Ob es auch Geschichten gab, in denen Andar eine Frau war? Er hütete sich, die Frage auszusprechen und den Ritter in seiner Versenkung zu stören. Ihm wurde kalt und er fröstelte, aber er schwieg. Erst jetzt bemerkte er einen sonderbaren Geruch, der von den Feuerschalen ausging. Das Zeitgefühl ging ihm verloren, und als seine Augen immer schwerer wurden, kauerte er sich zusammen und ließ sich von der Müdigkeit übermannen.

Als die Hand des Ritters ihn unsanft weckte, erinnerte er sich nur noch vage an Traumfetzen, und auch diese lösten sich rasch in einem Schleier des Vergessens auf.

Jormun stand auf, verbeugte sich und wandte sich ab.

»Und?«, fragte Isma, während er sich aufrappelte. »Habt Ihr etwas gesehen?«

Der Ritter nickte nur. Erst als sie die Halle verlassen hatten, drehte er sich um und legte Isma eine Hand auf die Schulter. »Möglicherweise ist es bereits zu spät. Aber du hast Affalah Hoffnung gegeben und mir die Augen geöffnet. Der Orden des Schwarzen Schwans wird in die Schlacht ziehen. Jedoch nicht gegen Kislav, sondern gegen den wahren Feind.«

Isma atmete erleichtert auf.

***

»Ihr habt kein Recht, hier zu sein, Gesindel!«

Der beleibte Mann, der nun wütend gestikulierte, war der dritte Gutsherr, den Wolf mit einem Stoßtrupp aus Kriegern und befreiten Sklaven aufsuchte. Die östlich gelegene Ketai-Insel war ein unter Edelleuten beliebter Ort, sich im Alter niederzulassen. Hier lebte es sich angenehm. Die Einheimischen waren vor langer Zeit befriedet worden und dienten den Herren als Feld- und Haussklaven. Die wenigen Männer in Waffen, ebenfalls meist ältere Männer, die an der Seite des aufgebrachten Gutsherren standen, wirkten eher ängstlich und nervös als zornig. Die Sklaven in der Nähe hatten von ihrer Arbeit abgelassen und standen ratlos da, während sie die Szene beobachteten.

Wolf, der sich auf die Parierstange seines Schwertes stützte, grinste böse. Pirscher, seine Raubkatze, fletschte die Zähne.

»Tötet sie alle.«

Larna sprang vor und streckte den ersten Wachmann mit einem gezielten Hieb nieder. Ein kurzer erbarmungsloser Kampf folgte. Bald stand der Gutsherr allein. Die Krieger überließen ihn den ehemaligen Sklaven, die nun an ihrer Seite fochten. Der dicke Mann starb nicht schnell, und Wolf wandte sich ab, um mit den Feldarbeitern zu sprechen. Diese über Generationen geknechteten Männer nahmen die Nachricht ihrer Befreiung irritiert und fast gleichgültig zur Kenntnis. Die Haussklaven – überwiegend junge, hübsche Frauen – reagierten emotionaler. Eine rannte aus der Villa und verrichtete ihre Notdurft auf dem Haufen blutigen Fleischs, der ihr Herr gewesen war.

So zogen sie von einem Hof zum anderen, töteten die Herren und schenkten den Sklaven, denen alle erdenklichen Misshandlungen ins Gesicht und auf den Körper geschrieben standen, die Freiheit. In weniger als einem Mond gab es auf der ganzen Insel keine Männer und Frauen mehr aus Antarion. Mit Einbäumen der Einheimischen setzte die Kriegerschar über zurück zur westlichen Insel. Nur Sardai, Larna und ein kleine Garde blieben, um den Befreiten dabei zu helfen, sich neu zu organisieren und die Kampfwilligen unter ihnen auszubilden. In Ruet fand ein Fest statt, mit dem die vollständige Befreiung der Ketai-Inseln gefeiert wurde. Am zweiten Tag der Feierlichkeiten berief Wolf einen Thong ein. Ihm gefiel, dass neben den Häuptlingen auch einige ehemalige Sklaven mit dunkler Haut saßen. In ihren Mienen fand er keine Angst mehr, sondern Selbstbewusstsein und wilden Trotz. Sie waren vielleicht noch nicht gut an den Waffen geübt, aber Wille konnte wichtiger sein als Geschick.

Er eröffnete den Rat und erteilte zuerst Erida das Wort. Die kleingewachsene Schönheit hatte beeindruckende Arbeit geleistet und berichtete, was sie durch ihre als Händler getarnten Spione in Erfahrung gebracht hatte. »Der Zeitpunkt, auf das Festland überzusetzen«, schloss sie, »mag günstig erscheinen, doch meine Empfehlung lautet, noch abzuwarten. Wenn König Guram in Bedrängnis gerät, bleibt ihm nichts anderes übrig, als noch mehr Truppen abzuziehen.«

»Oder er kriecht mit dem Rest seines Heeres zurück nach Ander-Stadt«, warf der Hüne Olak ein.

Erida schüttelte den Kopf. »Das wird sein Stolz nicht zulassen.«

»Die Küste ist weit«, meldete sich Barnas zu Wort. Obgleich die Krankheit deutliche Spuren hinterlassen hatte und sein Gesicht so abgemergelt war, dass die Wangenknochen kantig hervorstachen, genoss er noch immer großen Respekt unter den Häuptlingen. Als er fortfuhr, hätte man eine Stecknadel fallen hören. »Mit einer Finte sollte uns eine unbemerkte Landung gelingen. Aber wenn wir dann auf Andar-Stadt zumarschieren, haben wir die Regimenter, die abgestellt sind, um uns abzufangen, in unserem Rücken. Spätestens zur Belagerung müssten wir doch gegen sie kämpfen.«

»Es sei denn, wir nehmen die Hauptstadt im Sturm ein«, gab Rogwin zu bedenken. »In dem Fall hätten wir den Vorteil der Mauern und Verteidigungsanlagen auf unserer Seite.«

»Und wie sollte das gelingen?«, fragte Erida spitz. »Prinz Neidar, der für die Verteidigung der Stadt zuständig ist, ist ein durchtriebener Fuchs. Selbst ohne die feindlichen Regimenter im Rücken wäre die Einnahme der Stadt eine harte Probe.«

Rogwin grunzte verdrießlich. »Überlass das den Kriegern, Weib. Wenn wir erst dort sind, bin ich der erste auf der Mauer. Am selben Abend trage ich dich mit einer Hand über die Schwelle der Tore.«

Erida verdrehte unbeeindruckt die Augen, woraufhin Wolf schmunzeln musste. Nun war es an ihm, seine Meinung als Kriegshäuptling kundzutun, doch eine Bewegung am Rand seines Sichtfelds ließ ihn zögern. Er drehte den Kopf – und erschrak. Sah er ein Gespenst? Seine nächste Reaktion war eine tiefe, schaudernde Erleichterung. Er sprang auf und schritt rasch mitten durch den Kreis der Anführer und Häuptlinge. Kein Gespenst, es war Friya! Sie war am Leben!

Die Geschwister umarmten sich herzlich. Wolf hielt seine Schwester im Nacken, eine gewaltige Last fiel von seinen Schultern. Endlich lösten sie sich, standen aber noch immer Stirn an Stirn gepresst.

»Mein kleiner Otter«, lächelte Wolf. »Wie …?«

Friya drückte den Bruder sanft von sich. »Ich werde dir alles in Ruhe erzählen, aber zuerst muss ich im Thong sprechen.«

Das ebenso erfreute wie erstaunte Gemurmel endete, als Friya sich breitbeinig in die Mitte des Kreises stellte. »Häuptlinge, Kriegerinnen und Krieger«, hob sie an. »Antarion ist nicht länger unser Feind.«

Die Mienen wurden skeptisch, vor allem die befreiten Sklaven, die Friya nicht kannten, verzogen die Münder.

»Die Blauröcke sind elende Bastarde, und es mag eine Zeit kommen, in der wir sie erneut bekämpfen, doch momentan gibt es einen schlimmeren Feind. Einen, der ganz Affalah vernichten will.« Friya sprach bestimmt. Nichts an ihrer Körperhaltung oder ihrer Stimme verriet die inneren Zweifel. Sie hatte einen Schwur abgelegt, und sie würde sich daran halten.

»Wir wissen nicht, wann genau und von wo aus dieser Feind angreifen wird«, fuhr sie fort, »aber wir dürfen uns unter keinen Umständen weiter schwächen. Freunde sind sich sicher, dass der Angriff bald und mit aller Härte erfolgen wird.«

»Welche Freunde?«, fragte Barnas mit gerunzelter Stirn.

Friya nickte verständnisvoll. »Isma, ein mächtiger Zauberer. Er hat die Vorhut des Feindes mit eigenen Augen gesehen. Des Weiteren Jormun, der Kriegshäuptling des Ritterordens in den Vereinigten Herzogtümern.« Sie machte eine Pause und holte tief Luft. »Außerdem Prinz Shinn von Antarion.«

Männer spuckten aus, die Dunkelhäutigen fletschten die Zähne.

»Der Prinz ist auf dem Weg nach Ander-Stadt«, sagte Friya laut, um die wütenden Zwischenrufe zu übertönen. »Als Beweis der Waffenruhe wird er die in Harlu und an der Küste stationierten Truppen abziehen.« Innerlich seufzend fügte sie hinzu: »Niemand verlangt, dass wir auf Bruderschaft trinken, aber wir müssen im Notfall Seite an Seite kämpfen.«

»Niemals!«, zischte eine dunkelhäutige Anführerin, und die meisten Anwesenden stimmten mit ein.

»Ruhe«, grollte Wolf. Da sein Aufruf keine Wirkung zeigte, brüllte er: »Ruhe!«

Die aufgebrachten Anführer verstummten.

Die Frage, was für ein Feind das denn sein sollte, sparte sich Wolf für später auf, da er als einziger die Unsicherheit hinter der Fassade seiner Schwester wahrnahm. Natürlich würden die Häuptlinge das auch wissen wollen, im Moment jedoch waren sie zu empört, um klar zu denken.

»Es ist zu früh, um eine Entscheidung zu fällen«, sagte er. »Erida wird Erkundigungen anstellen, auch, ob es sich bei dem Ganzen nicht um eine Falle handelt.«

Erida neigte zustimmend den zierlichen Kopf.

»Bis wir mehr wissen, feiern wir unseren Sieg und die Befreiung der Inseln.«

Damit konnten vorerst alle leben, und Wolf zog sich mit Friya in ein Turmzimmer zurück. Nur Pirscher, der niemals von Wolfs Seite wich, war ein stummer Zeuge des folgenden Gesprächs der wiedervereinten Geschwister.

***

Prinz Shinn war mit Isma in der Hafenstadt Harlu gelandet. Er hatte in Erwägung gezogen, unerkannt zur Hauptstadt zu reisen, aber das hätte unnötige Zeit gekostet. Direkt am Pier, an dem sie mit der kleinen Jolle angelegt hatten, gab er sich einem Unteroffizier zu erkennen, der die beiden Neuankömmlinge zu seinem Vorgesetzten führte. Dieser wollte keinen Fehler begehen und ließ sie zu seinem Vorgesetzten eskortieren. Auf den zweiten Blick erkannte der steife Brigadegeneral den Prinzen. Zackig salutierte er.

»Durchlaucht, wie kann ich Euch dienen?«

»Indem Ihr veranlasst, dass sich sämtliche außerordentlichen Truppen abmarschbereit machen«, erwiderte Shinn kühl. »Ich werde an ihrer Spitze nach Ander-Stadt zurückkehren.«

»Durchlaucht, ich …«

»Ich denke«, sagte Shinn scharf, »meine Order war eindeutig.«

»Jawohl, Durchlaucht!«

Shinn zwinkerte Isma zu, der erleichtert die angespannten Schultern sacken ließ.

Zwei Tage später brachen sie auf.

Das Gefühl war erhebend. Über dreitausend Soldaten mit Kettenhemden, Schwertern, Schilden und Speeren folgten ihnen in geordneten Reihen gen Westen. Isma ritt neben Shinn auf einem mächtigen Streitross, das er nur mit Mühe im Zaum halten konnte. Der Prinz hatte auch auf einer neuen Tunika für Isma und einem langen edlen Umhang bestanden, den der Alumnu allerdings unpraktisch fand. ›Wir können nicht wie Bettler aussehen, wenn wir wollen, dass uns ein Heer in eine ungewisse Schlacht folgt‹, hatte der Prinz gesagt. Er selbst trug einen glänzenden Harnisch, ein Schwert in verzierter Scheide und den für antarische Kriegsleute typischen blauen Rock, der Isma immerhin erspart blieb.

Sie kamen durch Weideland mit brachliegenden Äckern und goldbraune Wälder. Bald würde der Spätherbst in den Winter übergehen. So unpraktisch der Mantel war, Isma lernte ihn zu schätzen. Tagsüber wickelte er ihn doppelt um sich und bedauerte die Soldaten, die schwer an ihren Waffen, Rüstungen und Marschgepäck zu schleppen hatten. Wenigstens wurde ihnen durch die Bewegung warm, während ihm die Glieder im Sattel steif wurden. Dennoch hätte er nicht mit ihnen tauschen wollen. Prinz Shinn gab ein harsches Tempo vor.

Obgleich die meisten Blätter bereits gefallen waren und das Laub den Boden bedeckte, war unverkennbar, wie fruchtbar dieses Land war. Sie überquerten mehrere

Brücken, die über glucksende Bäche und zweimal über breitere Flüsse führten.

Als sie die Hauptstadt schon fast erreicht hatten, ließ Shinn noch einmal ein Nachtlager aufschlagen.

»Müssen die Soldaten ausruhen?«, wollte Isma wissen.

Shinn nahm ihn bei der Schulter und ging mit ihm ein paar Schritte von den Offizieren weg, ehe er leise erwiderte: »Nein, die Soldaten sind frisch genug, um einen zweitägigen Gewaltmarsch auszuhalten. Aber wenn wir jetzt weitergingen, würden wir Ander-Stadt erst nach Einbruch der Dämmerung erreichen. Ich will, dass wir Morgen mit der Sonne im Rücken heimkehren.«

Isma glaubte zu verstehen, aber er spürte auch, dass da noch etwas anderes war, das Shinn ihm vorenthielt.

Bis spät in den Abend beobachtete er den Prinzen, wie er von Feuerstelle zu Feuerstelle ging, mit den Unteroffizieren sprach und lachte. Isma saß allein in seinen Mantel gekuschelt, ein Stück abseits vom Lagerplatz der Offiziere. Die Männer mieden ihn. Vermutlich hatten sie mitbekommen, dass er eine Art Zauberer war, und konnten ihn wohl schlecht einschätzen. Vielleicht fürchteten sie sich vor einem Fluch, sollten sie sein Missfallen erregen. Bei dem Gedanken musste Isma grinsen. Es war ihm gleich, ob man ihn fürchtete, unterschätzte oder gar verachtete – solange endlich alle begriffen, in welcher Gefahr Affalah schwebte. Wenn es gelang, diese Dämonen, möglicherweise Nachfahren von Shaidrun, die sein Heimatdorf verwüstet hatten, zurückzuschlagen, wollte er nicht mehr, als zur Akademia zurückkehren und seine Ausbildung abschließen. Von Shinn hatte er erfahren, dass die Akademia von König Guram besetzt worden sei, doch das konnte so nicht stimmen. Vielleicht hatten die Meister dem König und seinen Truppen kurzzeitig

Zuflucht gewährt, erobert worden konnte die Akademia nicht sein. Hätten die Radu es gewünscht, die Elementare hätten jeden Feind, der sie bedrohte, vernichtet. Isma musste gähnen. Er kauerte sich zusammen und wartete auf den Schlaf.

Am nächsten Tag brachen sie früh auf. Noch ehe die Sonne im Zenit stand, erreichten sie Ander-Stadt. Es kam zu einer Verzögerung, bis das Tor geöffnet wurde und die Einheiten diszipliniert einmarschierten. Zwar standen viele Menschen auf den Straßen, doch der Jubel über die Rückkehr fiel auffällig verhalten aus. Isma bemerkte, dass das Wappen von Antarion – ein Lindwurm, der sich selbst in den Schwanz beißt – auf Halbmast gespannt war.

»Was hat das zu bedeuten?«, wandte er sich an Shinn.

Statt zu antworten sprang der Prinz vom Pferd und eilte die Stufen zur Thronhalle hoch. Oben empfing ihn eine verkrümmte Gestalt, die sich auf eine Krücke stützte. Das musste Neidar, Shinns Bruder sein.

Isma konnte nicht hören, was die beiden sprachen, aber ein Gemunkel hatte die Soldaten und bald auch die Offiziere erreicht. Schließlich schien es jeder zu zischen, flüstern oder murmeln:

»Der König ist tot.«

***

Karlik Troga war doppelt siegreich aus dem Konflikt hervorgegangen. Die Prinzen aus Farlain hatten leichtes Spiel gehabt, Nihut einzunehmen. Dieser unerwartet rasche Triumph hatte sie veranlasst, unvorsichtig gen Murim vorzurücken. Bereits am dritten Tag der Reise waren sie in einen Hinterhalt geraten. Prinz Varna und

Prinz Sikal wurden gefangengenommen. Mit ihnen als Geisel gelang es dem Strahlenden, die Festungsschiffe zu rauben. Er hatte es auf eine Belagerung von Murim ankommen lassen, um seine Feinde einen nach dem anderen zu schlagen. Als er zu seiner gefallenen Hauptstadt zurückkehrte, forderte er die Besatzer heraus, ihm die Stirn zu bieten. Sollten sie sich weigern, würde er gemeinsam mit Horden von Drabati in Antarion einfallen.

König Guram nahm die Herausforderung an. Sein Heer wurde zerrieben und er selbst fiel, vermutlich versehentlich, einem Speerwurf zum Opfer. Er starb auf dem Schlachtfeld, in den Armen von Armeemeister Hakin.

»Was ist mit den überlebenden Soldaten?«, fragte Shinn, nachdem er den Bericht schweigend auf sich hatte wirken lassen.

Neidar schüttelte angeekelt den Kopf. »Der verfluchte Karlik hat jedem, der gegen ihn ins Feld gezogen ist, die Schwerthand abhacken lassen.«

»Ihr müsst von den tragischen Ereignissen gewusst haben«, meldete sich die junge Königin zu Wort. »Weshalb hättet Ihr sonst die Truppen, die zur Verteidigung gegen die Barbaren abgestellt waren, abgezogen?«

Isma fühlte sich zu einer Erklärung verpflichtet, doch Shinn kam ihm giftig zuvor: »Eure Trauer um Vater und Gemahl ist anrührend. Aber zu Eurer Frage, Majestät, der Winter steht vor der Tür. Niemand kämpft im Winter.«

Wieder wollte Isma etwas sagen. Diesmal schlug Shinn mit der behandschuhten Faust auf den Tisch. »Ich will mit meinen Bruder unter vier Augen sprechen.«

Nita ard Sanael erhob sich anmutig, aber es war unübersehbar, dass sie den Ton von Shinn missbilligte. Isma verließ mit ihr, dem Hofmeister und zwei großen

Männern in Vollrüstung den Raum. Der Mann mit den grauen Haaren und der markanten Hakennase verbeugte sich vor der Königin, ehe er sich mit schweren Schritten entfernte.

»Armer Darlin«, bemerkte die Königin, »ihn verband mehr als nur Treue zu Guram. Sie waren Freunde.«

»Ich bedaure Euren Verlust, Majestät«, brachte Isma mit belegter Stimme heraus. Er hatte keine Ahnung, wer wie zu wem stand, und wollte keinen Fehler begehen.

»Mach dich nicht lächerlich«, spöttelte Nita. »Guram war ein alter Mann und ich bin eine junge Frau. Unsere Ehe war rein politisch.«

Isma wusste nicht, was er darauf erwidern sollte. Die beiden Männer in ihren glänzenden Harnischen, deren Gesichter hinter geschlossenen Visieren verborgen waren, machten ihn nervös.

»Du bist also ein Zauberer?«, brach Nita das Schweigen.

»Ein Alumnu«, korrigierte Isma.

»Und was macht einen Schüler der Akademia so wichtig, den ältesten Prinzen aus dem Hause Maruta zu begleiten?«

Isma atmete tief durch. »Majestät, ich kenne mich nicht aus mit der Etikette am Hof.«

»Das ist nicht zu übersehen«, warf die Königin zynisch ein.

»Daher weiß ich nicht«, fuhr Isma unbeirrt fort, »ob es mir erlaubt ist, eine Bitte an Euch zu richten.«

»Was wünschst du denn?«, fragte die Königin.

Isma schien es, als hätte er ihr Interesse geweckt. Er leckte sich über die Lippen und sagte: »Shinn – ich meine, *Prinz* Shinn braucht jede Unterstützung, die er bekommen kann. Ich möchte Euch darum bitten, ihm zu vertrauen.«

Die Königin legte den Kopf leicht schräg, und obwohl sie kleiner als Isma war, hatte er den Eindruck, sie würde ihn von oben herab kritisch, aber auch neugierig beäugen.

»Wir werden sehen«, sagte sie endlich. »Selbstverständlich werde ich nichts tun, was dem Reich schaden könnte. Aber wer bin ich, den Zorn eines Zauberers auf mich zu ziehen?«

Mit einem schwer zu deutenden Lächeln ließ sie ihn stehen. Einer der Männer in Vollrüstung rempelte ihn hart mit der Schultern an, bevor er der Königin folgte. Offenbar wollte die Weißklinge zeigen, dass nicht jeder Zauberer fürchtete. Isma seufzte und setzte sich auf den Boden neben die Tür, hinter der die Prinzenbrüder sich berieten.

Er war eingenickt, als sich die Tür nach langer Zeit öffnete. Isma schreckte hoch und folgte sogleich Shinn, der wutschnaubend an ihm vorbeigerauscht war.

»Ich weiß, ich sollte das nicht sagen«, knurrte Shinn, als Isma ihn eingeholt hatte, »aber ich hoffe du und der Ritter habt recht. Neidars Hilfe war noch nie umsonst, diesmal war sein Preis jedoch geradezu maßlos.«

Kapitel XV

Die Nafta, die auf der Insel Nutu lebten, waren ein stolzes Volk von Hirten und Kriegern. Trotz der Macht Kislavs war es weder dem Strahlenden noch seinen Vorgängern jemals gelungen, die gesamte Insel einzunehmen. Aspe stand auf einem Bein, wie es für sein Volk typisch war. Das linke Bein war angewinkelt, der Fuß auf dem rechten Knie abgestützt. Seine Herde Kiwassa – ziegenähnliche Tiere mit langem, zotteligem Fell – grasten an einem Hang. Das Leittier war bereits den ganzen Morgen unruhig. Auch jetzt fraß es nicht, sondern stellte den Kopf auf. Vielleicht hatte es die Witterung eines Räubers aufgenommen. Aspe umgriff den Schaft seines Speeres fester und blickte sich nach allen Seiten hin um. Nichts. Keine Spur, kein ungewöhnliches Geräusch. Was immer den Kiwassa nervös machte, Aspe konnte kein Anzeichen einer Gefahr wahrnehmen. Umso mehr erschrak er, als plötzlich die ganze Bucht voller schwarzer Riesenmuscheln war. So etwas hatte er noch nie gesehen, und auch keines der Lieder, in denen das Wissen der vorangegangenen Generationen aufbewahrt wurde, bot eine Erklärung für das Phänomen. Er legte beide Hände an den Mund und stieß einen hohen lauten Ruf aus, der von den Felsen widerhallte. Sein Vetter Pered war mit seiner Herde an einem Hang in der Nähe. Er würde kommen und Aspes Kiwassa sicher nachhause treiben. Mit einem letzten Blick auf die Tiere wandte er sich ab. Er musste untersuchen, was in der Bucht vor sich ging, um eventuell seine Sippe zu warnen.

In lockerem Laufschritt eilte er im Zickzack den Hang hinab. An einem Felsvorsprung, der einen guten Überblick bot, hielt er inne. Mittlerweile waren noch mehr Riesenmuscheln aufgetaucht. Eine Flut, die das Wasser schwarz färbte.

***

»Der gehört mir«, knurrte Radschaar, was soviel wie *Sturmbote* bedeutete. Radschaar hatte das Kommando über die Vorhut der Invasionsarmee inne. In einem weiten Bogen schlich er sich an den Menschen heran. Das Wasser lief ihm im Maul zusammen in Vorfreude auf das Blut, das er gleich kosten würde. Als der Mensch ihn erbärmlich spät bemerkte, stieß er einen Ruf aus und hob seinen Speer. Seine Augen waren vor Schreck geweitet, aber er floh nicht. Einen Augenblick schien er in Erwägung zu ziehen, den Speer zu schleudern, doch er behielt ihn in der Hand. Eine gute Entscheidung, auch wenn sie ihm nichts nützen würde. Der Sturmbote fletschte die Zähne und näherte sich lauernd. Er tat so, als wollte er sein Opfer umkreisen. Urplötzlich stürzte er vor. Im Sprung wischte er den Speer beiseite, und noch ehe sie beide zu Boden gingen, versenkte er seine langen Zähne im Hals der Beute. Blut spritze warm in sein Gesicht. Es schmeckte noch besser, als er es sich vorgestellt hatte. Wenn alle Menschen auf diesem Kontinent so köstlich waren, erwartete ihn und seine Brüder ein wahrer Festschmaus.

Nachdem er sich gesättigt hatte, sah er auf sein blut-
leeres Mahl hinab. Ein Bruder aus der Kaste der Gru-uhn
hätte den Menschen beobachten und seine Gestalt annehmen können, aber der Sturmbringer war nicht wie
seine Vorgänger gekommen, um zu infiltrieren und Zwietracht zu säen. ER, der Dunkle Gottkaiser, befand sich
persönlich auf dem Weg. Nichts würde ihm widerstehen,
und es gab keinen Grund mehr, leise vorzugehen. Der
Sturmbringer stieß ein tiefes Heulen aus. Es brachte
seine Kriegslust, seine Überlegenheit und den Befehl
anzugreifen zum Ausdruck. Bald war sein Rudel bei ihm,
und gemeinsam hetzten sie hechelnd auf die nächstgele-
gene Siedlung zu.

Nur dreimal ging die Sonne unter, bis ganz Natu
überrannt worden war. Wenige Schiffe hatten rechtzeitig
abgelegt. Aber jede Warnung würde zu spät eintreffen.

Affalah war dem Untergang geweiht.

***

Karlik Troga blickte aus dem Turmfenster auf seine ver-
wüstete Stadt hinab. Die Zivilisten kehrten zurück. Der
Strahlende war zu weit entfernt, ihre Mienen zu lesen,
aber er spürte die Verbitterung seines Volkes. Es würde
Jahre dauern, Murim wieder aufzubauen.

»Seht, was ihr angerichtet habt«, grollte er. Seine Wut
galt den beiden Prinzen aus Farlain, die in Ketten gelegt
von einem Siphagi und zwei Soldaten bewacht wurden.
Außer ihnen war Meister Lanut anwesend, den die Prinzen aus der Akademia entführt hatten, und Narvala, der
Großwesir, der die Hauptstadt bis zuletzt verteidigt hatte,
ehe er zum Rückzug gezwungen gewesen war.

Die Prinzen blieben stumm. Prinz Sikal war verletzt, aber seine Wunden waren fachmännisch versorgt worden.

Der Karlik schnaubte. »Führt sie ab.«

Als die Wachen den Raum mit den gefangenen Prinzen verlassen hatten, fragte Narvala: »Was gedenkt Ihr nun zu tun, Gebieter?«

»Was ratet Ihr, Gelehrter?«, wandte sich der Karlik an Meister Lanut.

Lanut musste nicht lange nachdenken. Gewohnheitsmäßig strich er sich den grauen Bart, während er antwortete: »Es ist höchste Zeit, Frieden zu schließen, mein Herr. Krieg führt immer zu Rache und Rache zu noch mehr Krieg. Dieser düstere, Reiche vernichtende Kreis endet nur durch Großmut und Vergebung.«

»Großmut und Vergebung«, spie Narvala aus. »Diese Emporkömmlinge haben sich gegen Euch verbündet, Gebieter! Sie haben es gewagt, ins Reich einzufallen und Eure herrliche Hauptstadt zu verwüsten! Ich rate dringlichst dazu, diese aufmüpfigen Hunde vernichtend zu schlagen, solange sie noch geschwächt sind.«

Der Karlik schaute wieder aus dem Fenster und schwieg eine Weile. Endlich verkündete er seine Entscheidung: »Es wird Frieden geben. Allerdings werde ich die Bedingungen festlegen. Als erstes müssen alle antarischen Truppen aus Kislav und den Drabati-Steppen abgezogen und die Akademia an die ehrwürdigen Meister zurückgegeben werden.«

»Gebieter …«, setzte Narvala an zu widersprechen.

»Meister«, unterbrach ihn der Karlik, »Ihr seid entlassen. Schickt einen Schreiber. Ich danke Euch für Euren Rat.«

Meister Lanut verbeugte sich und verließ gemächlich den Raum.

Wie beiläufig legte der Karlik die Rechte auf den Knauf seines Krummsäbels. Mit dem Daumen strich er über den eingesetzten Rubin. Ihm entging nicht die Unruhe, die von Narvala ausging. Die Luft im Raum schien dem Karlik plötzlich zum Schneiden dick.

Der Schreiber klopfte, trat auf eine Aufforderung hin ein, verbeugte sich tief und stellte sich hinter ein Stehpult. Karlik Troga wartete, bis der junge Mann seine Utensilien gerichtet hatte, dann begann er zu diktieren.

»… sodann fordere ich die unmittelbare Rücküberstellung sämtlicher Geiseln. Danebst eine Ausgleichszahlung von …«

Es ging rasend schnell. Mit einem Zischen sauste Narvalas Schwert aus der Scheide. Er war also in die Falle getappt, jetzt musste der Karlik nur noch überleben. Da er vorbereitet war, gelang es ihm, seinen Langdolch zu ziehen und mit einem raschen Schritt zur Seite dem tödlichen Streich zu entgehen.

»Ich wusste, dass etwas nicht stimmt, seit ich den Bericht der Belagerung gehört habe«, knurrte der Karlik.

Narvala ließ sich auf kein Gespräch ein. Seine Miene war hasserfüllt und wirkte mit einem Mal fremdartig. Den zweiten Angriff konnte der Karlik geradeso parieren.

»Verrat«, rief er so laut er konnte.

Sogleich öffnete sich eine Nebentür, hinter der vier Getreue auf das Signal gewartet hatten. Narvala fauchte unmenschlich, ignorierte die Gefahr in seinem Rücken und versuchte mit einem letzten verzweifelten Stich, den Karlik zu töten. Noch in der Ausholbewegung wurde er von zwei Krummsäbeln durchbohrt. Blut strömte aus seinem Mund, als er auf die Knie niederging. Die Männer der Leibgarde zogen ihre Klingen aus seinem Körper, woraufhin etwas äußerst Sonderbares geschah. Der

Großwesir verformte sich, wurde zu etwas anderem. Eine dunkelhäutige Kreatur sackte leblos zu Boden. Angewidert starrte der Karlik auf das Wesen, das in den Kleidern von Narvala steckte, hinab. Es hatte einen langgezogenen Hinterkopf und eine dämonische Fratze. Er stupste das Wesen mit der Stiefelspitze an, um sich zu vergewissern, dass es auch sicher tot war.

»Lasst Meister Lanut kommen«, befahl der Karlik, als er sich wieder einigermaßen gefasst hatte.

Die Expertise des Gelehrten fiel dürftig aus. Gestaltwandler habe er bislang für Fabelwesen aus Volksmärchen gehalten. Er müsse in der Bibliothek der Akademia Nachforschungen anstellen.

»Die Besatzer haben keinen Grund, mir den Zutritt zu verwehren«, erklärte der Meister, »sofern sie bis zu meiner Ankunft nicht ohnehin abgezogen sind.«

»Gut«, sagte der Karlik. »Ihr brecht so rasch wie möglich auf. Eine Eskorte wird Euch begleiten.«

Zwei Tage, nachdem der Meister abgereist war, traf eine Brieftaube aus Nihut ein. Die Nachricht, die sie am Bein trug, stammte von einem Siphagi, der auf der Insel Nutu stationiert gewesen war. Die winzig klein geschriebenen Sätze ließen den Karlik erschaudern. Die gesamte Insel sei von ›dämonischen Schreckenskreaturen‹ überfallen, die Bevölkerung abgeschlachtet und die Garnisonen eingenommen worden. ›Ich habe die Bestien mit eigenen Augen gesehen, mein Gebieter. Riesige Horden. Ich befürchte, sie werden sich nicht mit Nutu zufrieden geben. Das gesamte Reich befindet sich in Gefahr.‹

Der Karlik las die Botschaft wieder und wieder. Er hätte den Siphagi gern für wahnsinnig gehalten, doch die Leiche des Wesens, das sich Narvalas bemächtigt hatte und an der die Hofärzte noch immer Untersuchungen durchführten, verlieh den düsteren Worten eine unbestreitbare Glaubwürdigkeit. Unbegründete Hoffnungen halfen nicht weiter. Nutu *war* gefallen. Wenn diese Dämonen weiterzogen, war das nächste logische Ziel die Akademia zu Nifaria. Und dann? Würden sie sich nach Süden wenden und Antarion angreifen, oder nach Norden vorrücken und in sein Reich einfallen? So oder so, Frieden würde es so bald keinen geben.

Eine ganze Nacht lang brütete der Karlik über der Frage, ob dieser unbekannte neue Mitspieler einen Vorteil bedeuten konnte. Würden Antarion und die Herzogtümer so weit geschwächt, dass Kislav sich aufschwingen konnte … Dagegen sprach einerseits der Mordanschlag auf seine eigene Person, andererseits ging aus dem Bericht des Siphagi hervor, dass die Dämonen nicht verhandelt hatten, ehe sie Nutu überrannten. Nein, dieser Feind war kein möglicher Verbündeter. Vernichtung und Tod schien sein einziges Ziel zu sein. Ob es ihm gefiel oder nicht, es musste eine Allianz geschmiedet werden, um dieser Bedrohung gemeinsam Herr zu werden. Sofern es dafür nicht bereits zu spät war.

***

Es war ein elender Haufen, ein geschlagenes Heer von Krüppeln, das Hakin aus Kislav geführt hatte. Sie hatten sich durch die Drabati-Steppen zur Küste durchgeschlagen, der sie nun nach Süden folgten. Viele Männer litten an Wundbrand, etliche waren dem Fieber bereits erlegen. Drabati-Reiter folgten ihnen, damit sie nicht auf den Gedanken kamen, unbewaffnet und verkrüppelt, wie sie waren, ein Lager der Nomadenstämme zu plündern. Die Eskorte war unnötig. Sie stellten für niemanden eine Gefahr dar. Nur wenige waren in der Lage zu jagen, und auch die Wasservorräte wurden immer knapper. Wenn sie in Nifaria keine Hilfe erhielten, würde keiner von ihnen Antarion wiedersehen. Trotz dieser schlimmen Lage und der Klagen der Soldaten bestand der Armeemeister darauf, dass die Bahre, auf welcher der Leichnam des Königs lag, weitergeschleppt wurde. Er legte sogar selbst die verbliebene linke Hand an. Sein Stolz war mit dem König gestorben. Er hatte versagt. Und nur die Pflicht, den König nach Hause zu bringen, und die Verantwortung für die Soldaten ließen ihn trotzig durchhalten, obgleich er lieber zusammengebrochen wäre, um sich der Verzweiflung zu ergeben. Vielleicht würde es Neidar gelingen, Antarion vor einer Eroberung zu beschützen, aber Neidar war nicht sein König. Sein König und Freund lag tot auf der Bahre – und er stank. Seit Tagen schon begleitete sie eine Armee von Fliegen, die ihre Eier im verwesenden Fleisch ablegten. Hakin hasste die Fliegen beinahe ebenso sehr wie den tückischen Karlik, der ihnen die schändliche Niederlage bereitet hatte. Doch die Fliegen ließen sich genauso wenig vertreiben wie die schmerzlichen Erinnerungen an die verlorene Schlacht und die Demütigungen danach. Wenn er überhaupt Schlaf fand, stand er im Traum wieder in jener langen Schlange, darauf wartend, dass ihm die Schwerthand mit einer blutigen Axt abgehackt wurde. Harte Soldaten schrien und schluchzten. Nacht für Nacht quälte ihn dieser Traum. Aber stets rappelte er sich nach einem kargen Frühstück auf, erteilte Befehle und führte die gebrochenen Männer weiter die Küste entlang.

Wegen des Leichnams des Königs dauerte es, bis ihm der Geruch nach Verwesung, der in der Luft hing, auffiel. Sie waren schon in Sichtweite von Nifaria, doch

Hakin hatte seinen Kopf gesenkt gehalten. Jetzt sah er alarmiert auf. Die Tore der Akademia öffneten sich. Der Armeemeister wollte schon erleichtert aufatmen, als er erkannte, dass es keine Menschen waren, die ihnen entgegenströmten. Es waren Ungeheuer. Seine Lippen bewegten sich stumm. Die Bestien kamen immer näher. Soldaten standen mit offenen Mündern neben ihm und starrten auf das Unfassbare. Endlich fand Hakin seine Stimme wieder.

»Flieht!«, brüllte er. »Flieht!«

Einige gehorchten seinem Befehl, die meisten aber hatten keine Kraft mehr, um wegzulaufen, und ergaben sich ihrem Schicksal. Hakin blickte zu den Drabati-Reitern, die aus sicherer Entfernung zusahen. Sie würden ihnen nicht beistehen.

Der Armeemeister grollte einen Fluch und ging zu der Bahre, die achtlos fallengelassen worden war. Er schlug das Tuch beiseite und ergriff die einzige Waffe, die sie bei sich hatten: Das Schwert des Königs.

Die Dämonen fielen ohne innezuhalten über die erstarrten Soldaten her. Klauen, gezackte Klingen und Zähne richteten ein Blutbad an. Hakin schwang das Schwert einhändig und traf einen Unhold am hässlichen Schädel. Dem nächsten rammte er die Klinge in den Leib. Dann waren sie über ihm. Schmerz, ein stinkender Atem in seinem Gesicht, zuletzt die kalte Umarmung des Todes.

***

»Sir Jormun«, sagte Herzog Karolon mit lauter und unüberhörbar herablassender Stimme, »falls diese ganzen Berichte stimmen – ich betone *falls* – wäre es doch sicher am klügsten, wir sparen unsere Kräfte auf, anstatt gegen einen unbekannten Feind in den Krieg zu ziehen.«

Jormun knirschte mit den Zähnen, bewahrte aber äußerlich Ruhe. »Hoher Senat, wenn wir jetzt nicht zur Tat schreiten, wird ein Königreich nach dem anderen fallen. Wie ich schon sagte, wir müssen alle Kräfte Affalahs bündeln. Dies ist keine Rivalität verschiedener Länder, wie wir sie kennen. Dieser Feind strebt nach der Vernichtung des gesamten Kontinents. Hier gibt es keine Neutralität.«

Obwohl der Großmarschall sich bewusst nicht an Karolon gewandt hatte, war er es, der erwiderte: »Bei allem Respekt, Ihr wolltet uns in der näheren Vergangenheit schon mehr als einmal in einen Konflikt führen. Hätten wir auf Euren Rat gehört, ginge es uns jetzt nicht anders als Kislav. Das Bittschreiben des ach so mächtigen Strahlenden klingt wie das Gejammer eines verlassenen Weibes.«

Einige Senatoren lachten schadenfroh.

Herzog Darlan, der den Vorsitz der Sitzung innehatte, erhob sich schwerfällig.

»Diese Entscheidung sollte nicht überhastet fallen. Wir legen eine Pause ein, in der jedes Ratsmitglied in sich gehen und die gehörten Argumente überdenken sollte.«

Jormun stand gleich den Senatoren auf. Niemand würde in sich gehen oder vernünftig Argumente abwägen. Jetzt war der Zeitpunkt für Schmiergelder und Versprechungen. Wie er diese Institution hasste. Er verließ den Saal, vor dem sein Knappe Greel, Ritter Margo und auch Isma, nachdem er angehört worden war, gewartet hatten.

»Und?«, fragte Margo.

»Traust du dir zu, einem Mann deutlich zu machen, dass es keine gute Idee ist, sich mit dem Orden des Schwarzen Schwans anzulegen?«, gab Jormun knurrend zurück.

»Jedem«, grinste Margo.

»Dann nimm dir Herzog Karolon vor, ich kümmere mich um die, die offen für vernünftige Erklärungen sind.«

Margo nickte knapp und machte sich sofort an die Arbeit. Als der Herzog die Latrine aufsuchte, folgte der Ritter ihm. Jormun sprach derweil mit den zugänglicheren Senatoren, bis ein Gongschlag die Pause beendete.

Auf dem Weg zurück zum Sitzungssaal griff Isma Jormun am Arm.

»Vergiss nicht, über welche Fähigkeit unsere Feinde verfügen. Spione von ihnen könnten als Herzöge getarnt im Senat sitzen.«

Jormun musste lächeln. »Du hast recht. Aber du vergisst, dass manche auch einfach von Natur aus räudige Bastarde sind.«

Isma biss sich auf die Lippen. »Andars Segen sei mit Euch, Ordensritter.«

»Mach dir keine Sorgen«, sagte Jormun gutmütig. »Du hast genug getan, jetzt sind andere an der Reihe.« Damit betrat er den Saal.

Herzog Karolons Wangenmuskeln zuckten nervös, als er nach zwei Vorrednern den Vorsitzenden um Rederecht bat.

»Ihr alle wisst, wie kritisch ich Einsätzen außerhalb unserer Grenzen üblicherweise gegenüberstehe«, setzte der Herzog mit bebender Stimme an. »Doch ich bin Politiker, kein Soldat. Deshalb habe ich mich besonnen. Ich spreche mich dafür aus, die bereits ausgehobene Milizarmee wie auch unser stehendes Heer Großmarschall Jormun zu unterstellen. Möge er unsere Streitkräfte in eine siegreiche Schlacht und sicher wieder nachhause führen.«

Der Gesinnungswandel des Herzogs löste überraschtes Gemurmel aus. Jormun sollte nie erfahren, womit Margo Herzog Karolon gedroht hatte, aber die Wirkung war beeindruckend. Einer nach dem anderen sprach sich für Jormun als Oberbefehlshaber aus. Die Abstimmung am Ende war reine Formsache. Jormun dankte dem Senat für das in ihn gesetzte Vertrauen und schwor, sein Bestes zu geben, den Feind von Affalah zu vertreiben, um damit zu verhindern, dass der Krieg die Herzogtümer erreichte.

Fünf Tage später war die riesige Armee abmarschbereit. Die Ritter bildeten die Spitze. Im Vergleich zu den übrigen Regimentern waren sie nur wenige, aber dafür kampfgeschult, und sie brannten darauf, Ruhm zu ernten und sich einen Namen zu machen. Dahinter folgte das stehende Heer der Vereinigten Herzogtümer. Berufssoldaten, die in Formation marschierten. Zuletzt kamen die Milizen, welche die größte Zahl stellten.

Jormun beobachtete den Auszug von einem Hügel aus. Greel und Isma saßen neben ihm auf ihren Pferden.

»Lämmer, die zur Schlachtbank getrieben werden«, murmelte Greel düster, mit Blick auf den ungeordneten Pulk, den die Volksarmee bildete. Sie bestand aus Bauern, Feldarbeitern, Viehzüchtern, Fischern und Handwerkern. Immerhin trugen nur wenige Dreschflegel, Hacken und Sensen. Die meisten waren mit Speeren, einige sogar mit Kettenhemd und Schwert ausgerüstet worden.

»Sie werden ihren Teil beitragen«, sagte Jormun entschieden. Er war beeindruckt, wie viele der Senat ziehen ließ. Vielleicht hatten die Ratsmitglieder tatsächlich verstanden, dass die Zeit des Ränkeschmiedens und Intrigierens vorüber war. Furcht konnte Berge versetzen.

Er drehte sich im Sattel Isma zu. »Du kannst jetzt gehen. In Luh-heim bist du aufs erste sicher.«

Isma schüttelte den Kopf. »Wenn wir diesen Krieg verlieren, gibt es keinen sicheren Ort mehr auf Affalah. Ich komme mit.«

Jormun hatte nichts anderes erwartet.

»Dann auf in die Schlacht, heia!«

Kapitel XVI

»Du bist einverstanden, dass ich mit sämtlichen verbliebenen Streitkräften aufbreche?«, hakte Shinn verwundert nach.

»Nein«, sagte Neidar kühl, »*wir* werden die Truppen anführen. Ich bin es leid, dass ständig alle in die Schlacht ziehen, während ich wie ein altes Weib das Herdfeuer hüte. Außerdem wollen die tapferen Soldaten bestimmt gern von ihrem König in die Schlacht geführt werden. Selbst, wenn es das letzte Mal weniger glücklich ausging.«

Shinn seufzte innerlich. Natürlich ging es seinem Bruder nur darum, sich zu beweisen. Er wusste, dass er die Krone auf seinem Kopf allein ihrem Pakt verdankte. Früher oder später würden sich die Adligen gegen ihn verschwören. Für den Fall musste er das Militär hinter sich wissen.

»Ich will dir nicht zu nahe treten«, wagte Shinn einen letzten Versuch, »aber meinst du allen Ernstes, du wärst für die Strapazen eines Krieges geschaffen?«

»Du trittst mir schon mein Leben lang zu nahe, geschätzter Bruder«, zischte Neidar. »Aber du wirst schon sehen, wozu ein zweitgeborener Krüppel in der Lage ist.«

Am nächsten Morgen war Shinn tatsächlich überrascht, als König Neidar den Heereszug mit einem speziell auf seine Behinderung hin angefertigten Streitwagen durch die jubelnde Stadt anführte. Das Königsbanner flatterte im im Zugwind. Vor den Toren drehte Neidar bei, um die vor den Wagen gespannten Streitrösser in einer Schleife zurücktraben zu lassen. Königin Nita raffte ihr Kleid und kletterte geschickt auf den Wagen. Sie küssten sich, woraufhin noch einmal lauter Jubel von den Mauern zu hören war. Shinn verdrehte die Augen. Was für ein lächerliches Schauspiel. Aber er hatte erreicht, was er wollte, was geboten war und was er Isma und Sir Jormun versprochen hatte. Antarion zog, mit allem, was noch zur Verfügung stand, in den Krieg. Die Nachrichten, die eingetroffen waren, hatten Ismas Warnungen bestätigt. Er hätte ihm früher Glauben schenken sollen.

Karlik Troga hatte geschrieben, dass er versuchen würde, den Feind zum Herzen des Kontinents zu locken. Dort sollte die große, entscheidende Schlacht stattfinden. Die Streitmacht Antarions war noch keine zwei Tage auf der Alten Reichsstraße nach Süden marschiert, als sich ihnen ein größerer Heeresverband anschloss. Zwei Drittel der etwa fünftausend Soldaten, über deren Reihen Fahnen aus Farlain im kühlen Wind flatterten, kamen von den Träneninseln. Erst vor drei Tagen hatten sie sich mit den Unterstützungstruppen, die über die Knochenbrücke gekommen waren, zusammengetan. Vor allem jene Regimenter, die mit einem Natush – dem tückischen Klingenspeer – bewaffnet waren, wirkten furchteinflößend. Angeführt wurde das stattliche Heer von König Sanael persönlich, der Shinn und Neidar am ersten gemeinsamen Abend erklärte, er sei fest entschlossen, seine beiden verlorenen Söhne nach Hause zu bringen ›und diese Fremdlinge mit blankem Stahl ins Meer zurückzutreiben‹.

Zwischen allen marschierenden Heeren wurden Nachrichten ausgetauscht. Karlik Troga informierte darüber, dass der größte Feindesverband die Wüste in der Drabati-Föderation nördlich umgangen habe und ihm dicht auf den Fersen sei. Shinn, Neidar und Sanael schrieben eine kurze Nachricht zurück, in der sie versprachen, so rasch wie möglich vorzurücken.

»Der Feind geht taktisch vor«, dachte Neidar laut nach, als die Nachricht zur Sicherheit von Schreibern kopiert und mit mehreren Brieftauben abgeschickt worden war.

Der graubärtige König von Farlain nickte bedächtig. »Meine Späher sind noch nicht zurückgekehrt. Wir müssen mehr über die Natur und das Vorgehen dieser Bestien in Erfahrung bringen.«

»Sie umgehen die Wüste«, murmelte Neidar nachdenklich, »und vielleicht ist es kein Zufall, dass sie im Winter angreifen.«

»Was willst du damit sagen?«, hakte Shinn nach.

»Es wäre möglich, dass sie Hitze schlecht ertragen«, schlussfolgerte Neidar. »In dem Fall könnte Feuer ein starker Verbündeter in der Schlacht sein.«

Shinn lächelte. Sein Bruder war ein verschlagener und machtbesessener Mensch, aber er war schon immer klug gewesen. Während weiter beraten und gegessen wurde, schweiften Shinns Gedanken ab. Er dachte an Friya. Sie war stachelig, wie eine Distel, doch sie war auch schön, und sie hatten viel miteinander geteilt. Die Nordländer würden kaum zu der Schlacht erscheinen. Sie hatten keinen Grund, Kislav und Antarion beizustehen, und viele, die dagegen sprachen. Vielleicht würden sie die Gelegenheit nutzen, in den Norden abzuziehen. Das war Shinn nur recht. So war Friya in Sicherheit. Ein Prinz, der auf seine Krone verzichtet hatte und eine wilde Prinzessin … Das klang doch vielversprechend. Dass sie den Feind schlagen würden, bezweifelte er nicht. Trotz der großen Verluste, die Kislav, Antarion und Farlain in ihren Kriegen erlitten hatten, würden sie gemeinsam mit den Herzogtümern eine Armee aufbieten, die jeden Gegner schlagen konnte. Er nahm einen Schluck Wein, lehnte sich zurück und träumte wieder von Friyas und seiner Zukunft.

Shinn konnte nicht ahnen, welch schreckenerregender Anblick sich einem Späher bot, der sich auf einem von Büschen bewucherten Hügel südlich der Drabati-Wüste versteckte. Das gesamte weite Land vor ihm war schwarz von dunkelhäutigen Wesen. Es waren so viele, dass er erst gar nicht den Versuch unternahm, sie zu zählen. Diese unglaubliche Masse trotzte jedem Maß. Es musste das größte Heer sein, das je unter der Sonne versammelt war. Dagegen gab es keinen Sieg. Affalah war verloren. Der Späher dachte an seine Frau und seine beiden Töchter. Er musste zurück nach Farlain. Vielleicht kamen die Horden nicht auf die Insel, wenn die Knochenbrücke eingerissen wurde. Es war eine schwache, aus der Verzweiflung geborene Hoffnung. Aber an irgendetwas musste er sich klammern. Ganz vorsichtig robbte er zurück. Als er aufstand, um zu seinem angebundenen Pferd zu eilen, sah er in die grinsenden Fratzen dreier Bestien, die sich unbemerkt an ihn herangeschlichen haben mussten. Er dachte nicht daran, sein Schwert zu ziehen, sondern machte auf der Stelle kehrt und rannte, wie er noch nie in seinem Leben gerannt war. Es nützte nichts. Die Verfolger waren schneller. Eine Klaue schlitzte dem Mann den Rücken auf. Er strauchelte und fiel. Schon waren sie über ihm, und fraßen ihn bei lebendigem Leib.

Viele Kundschafter wurden gefasst, aber nicht alle. Manchen gelang die Flucht. Einer von ihnen war Itaia. Schon beim Versteckspiel in seiner Kindheit war er stets der Beste gewesen. Kein Wunder, sein großer Bruder hatte ihn hart geschlagen, wenn er ihn fand. Der junge Mann trieb sein Pferd bis zur Erschöpfung – und dann trieb er es weiter an, bis er den vereinbarten Treffpunkt in einem Buchenhain erreichte. Er stieg ab. Erschöpft, hungrig, aber pflichtbewusst machte er Hrolar von Eisenheim, dem Hauptmann der Reiterei aus Parlin Meldung.

»Gut gemacht, Itaia«, lobte Hrolar. »Iss, trink und ruhe dich aus.«

Hrolar zog sich in das dürftig abgespannte Zelt zurück und überdachte den Bericht des Kundschafters. Als er eine Botschaft formuliert und einem Meldereiter übergeben hatte, zündete er sich eine Pfeife an. Die ihm unterstellte Reiterei war in eine schwierige Lage geraten. Der Feind hatte ihnen den Weg zu den Truppen von Kislav abgeschnitten. Sie konnten entweder vorsichtig nachsetzen, oder in einem weiten Bogen um das Nabelgebirge herum zu den Streitkräften aus Antarion und Farlain aufschließen. Aber das würde zu lange dauern, bei der Geschwindigkeit, mit der die Vagu vordrangen. *Vagu*, so nannten sie sich also.

***

Sir Jormun strich sich mit dem Brief in der Hand über das stoppelige Kinn. »Sie bezeichnen sich selbst als Vagu, und sie sprechen eine uns verwandte Sprache.«

Isma nickte bekräftigend.

»Spielt doch keine Rolle, wie sie heißen und ob sie sprechen können«, grollte Sir Margo. Er hielt demonstrativ seinen schweren Kriegshammer mit einer Hand hoch. »Das einzige, was ich ihnen zu sagen habe, ist das hier.«

Jormun beachtete ihn nicht und fuhr fort: »Außerdem teilt Hrolar uns mit, dass sie – die *Vagu* – in Meuten organisiert sind. Sie haben Anführer und eine Art König, auch wenn sich sein Späher darin nicht ganz sicher ist. Wir dürfen sie nicht unterschätzen. Ein starker Wille hält sie zusammen, ansonsten würden sie nicht geschlossen vorrücken. Das alles spricht dafür, dass es tatsächlich zu einer großen Entscheidungsschlacht kommen …«

»Großmarschall!«

Jormun stand auf.

»Was ist denn?«, fragte er den Ritterbruder, auf dessen Gesicht trotz der Kälte Schweißperlen glänzten.

»Großmarschall«, sagte der jüngere Ritter, »wir haben einen von ihnen gefangen.«

Mehr Worte bedurfte es nicht. Gemeinsam folgten sie dem Ritter, der über einem abgewetzten Wams einen leichten Lederharnisch trug, zum Rand des Lagers. Ein unmenschlich gellendes Kreischen ließ Isma zusammenzucken, aber er ging weiter.

Eine Gruppe aus Rittern und Knappen umringten eine an Hand und Fußgelenken gefesselte Kreatur. Der nackte Körper war von Fell bedeckt, und der Schwanz des Wesens peitschte hin und her, während zwei Männer heftig auf es eintraten.

»Verdammtes Drecksvieh!«

»Hört auf!«, befahl Jormun barsch, indess er zwei Knappen beiseite schob. »Berichtet!«

»Die Missgeburt wollte uns ausspionieren«, sagte einer der beiden, die auf den Vagu eingetreten hatten. Er trug ein schlichtes Hemd, auf dem sich ausgeprägte Muskeln abzeichneten. »Haben es auf dem Rückweg vom

Holzsammeln erwischt. Hat einen Knappen getötet, totgebissen, und einen Bruder schwer verletzt.«

»Wir haben es umzingelt, niedergeschlagen und gebunden«, ergänzte der andere. Es handelte sich um Sir Geram. Ein roher Kerl, aber da er ein Ritter war, log er nicht. Sie hatten den Vagu nicht gefangen, um ihn befragen zu lassen, sondern um ihre Trauer und ihren Zorn an ihm auszuleben.

»Wer wurde getötet und wer verletzt?«, fragte Jormun.

»Sir Torden und Knappe Brodwin«, sagte der Ritter heiser.

»Der Bruder wird versorgt und Brodwins gedenken wir bei Sonnenuntergang.« Jormun warf Margo einen Blick zu, woraufhin dieser den Vagu am Kopfhaar packte und ihn auf ein weiteres Zeichen von Jormun hin in Richtung Wald schleifte.

Als sie außer Hörweite des Lagers waren, wies Jormun auf einen Baum. Margo riss den Gefangenen auf die Beine und löste die Fesseln um die Handgelenke. Jormun und Isma halfen dabei, den Vagu an den Baum zu binden. Als es trotz dessen Gegenwehr geschafft war und der Gefangene aufrecht und hilflos vor ihnen stand, machte Jormun einen Schritt zurück und betrachtete das Wesen von Kopf bis Fuß.

»Hast du einen Namen?«

Isma schauderte. Er hatte den Eindruck, der Vagu grinste sie an.

Margo sah Jormun an. Jormun nickte, woraufhin der Ritter dem Vagu mit der Faust in den Magen schlug.

Diesmal war sich Isma sicher. Der Vagu stieß ein gutturales Lachen aus. Und dann sprach er. Seine Stimme klang düster und fremd, wie aus einer anderen Welt:

»*Wir lieben den Schmerz, Futter.*«

»Weshalb seid ihr gekommen?«, fragte Jormun. »Was wollt ihr auf Affalah?«

Der Vagu zeigte seine spitzen Zähne. »*Wir sind gekommen, um uns an eurem Blut zu laben. Wir werden eure Heime, Städte und Burgen niederreißen, eure Kinder fressen und eure Weiblein schänden und versklaven.*«

Jormun dachte nach, kam jedoch zu dem Schluss, dass der Vagu ihnen nicht mehr mitteilen würde. Er zückte einen Dolch.

»Du wirst nichts dergleichen tun.«

Mit diesen Worten stach er dem Vagu die Dolchklinge tief in die Brust. Das Wesen zuckte, schnappte im Todeskampf noch einmal, dann wurden seine Augen trüb und der Körper erschlaffte.

»Wurde aber auch Zeit«, brummte Margo, während Jormun dunkelrotes, fast schwarzes Blut von dem Dolch wischte.

»Wir sollten den Leichnam von einem Feldscher oder einem Arzt, wenn wir einen haben, untersuchen lassen«, sagte Isma. Die Grausamkeit hatte ihm kurz den Atem geraubt. Allerdings wäre es unvernünftig gewesen, den feindlichen Spion laufen zu lassen. Sie befanden sich nun einmal im Krieg, beruhigte er sich.

»Eine gute Idee«, stimmte Jormun zu. »Vielleicht finden sich Schwachstellen. – Margo, bringe Isma zu Bruder Skara.«

Isma assistierte dem älteren Ritter, der eine ruhige Hand hatte. Schicht für Schicht schnitten sie den Körper des Feindes auf. Die Anordnung der Organe war der eines Menschen sehr ähnlich. Die Struktur des Skeletts war anders, wie eine bizarre Kreuzung von Mensch und Raubtier. Gleiches galt für die Kopfform. Den Schädel brach

Skara zuletzt auf. Das Gehirn hatte eine ovale, nach hinten sich verdünnende Form.

»Das ist äußerst sonderbar«, sagte Skara, indem er sich seine blutigen Hände mit einem Lappen abwischte.

Isma nickte.

Skara grunzte. »Ich denke, die anderen haben ohnehin nur Interesse daran, dass diese Kreaturen Lungen, Herz und Leber haben und daher auf die gleiche Weise zu töten sind wie wir.«

»Jedenfalls vorerst«, stimmte Isma zu. »Aber kannst du nicht trotzdem mehr erkennen?«

»Ich könnte höchstens Vermutungen anstellen«, erwiderte Skara.

Isma forderte ihn mit einem Blick dazu auf.

»Also schön«, seufzte der medizinisch geschulte Ritter. »Wir haben offensichtlich einen reinen Fleischfresser vor uns.« Beiläufig zog er die Lefzen des Vagu hoch, um Isma die Zahnreihen zu zeigen, ehe er fortfuhr: »Nach allem, was wir bisher wissen, würde ich davon ausgehen, dass der Schwanz nicht den Zweck einer dritten Hand erfüllt, sondern allein das Gleichgewicht verbessert. Die Form des Skeletts spricht dafür, dass sie sich auf allen Vieren rasch fortbewegen können. Die dicke Haut macht sie vielleicht etwas widerstandsfähiger. Wenn ich raten müsste, würde ich außerdem davon ausgehen, dass ihre Sinne besser als unsere ausgebildet sind, vor allem der Geruchssinn. Aber damit lehne ich mich schon weit über die Zinne.«

»Was glaubst du, woher sie kommen?«, fragte Isma.

»Na, woher wohl?«, gab der Ritter amüsiert zurück. »Natürlich von einem unbekannten Land im Westen.«

»Ja, natürlich«, sagte Isma. »Danke.«

Isma informierte die Heeresleitung über die Ergebnisse der Untersuchung, bevor er sich zum Schlafen hinlegte. Bei Tagesanbruch würden sie weiter dem Krieg entgegenziehen, und er war furchtbar müde.

Nach einer kurzen Nacht voller unheimlicher Träume ritt Isma mit Sir Jormun, Sir Margo, dem Knappen Greel und einem Offizier der regulären Truppen an der Spitze des Heeres. Als die Nachmittagssonne im Westen am grauen Himmel stand, hatten sie einen Ausläufer des Nabelgebirges erreicht. Zwei Kundschafter galoppierten zurück, salutierten vor Jormun, und einer meldete: »Wir haben Feindsichtung.«

Angespannt trieb Isma sein Pferd an, bis sich vor ihm ein weiter Blick öffnete. Im Norden auf der Alten Reichsstraße, die sich durch das Land schlängelte, marschierte ihnen die Armee von Kislav entgegen. Isma erkannte das Wappen des Strahlenden, die goldene Sonne auf rotem Grund. Hinter der Armee und den kleineren Einheiten von Drabati-Reitern zog ein Gewitter auf. Das Land war schwarz. Nein, wurde Isma auf den zweiten Blick schaudernd bewusst, kein Gewitter – es war der Feind! Eine gigantische schwarze Masse, welche die nun mickrig wirkende Armee aus Kislav zu verschlingen drohte.

»Bei Andar«, entfuhr es Greel.

Selbst Sir Margo war einen Moment lang sprachlos. Nur Jormun bewahrte die Fassung. Er blickte sich nach allen Seiten hin um, ehe er sagte: »Ich hatte gehofft, wir hätten mehr Zeit, um ein für uns vorteilhaftes Schlachtfeld zu wählen. Aber Karlik Troga hat nicht übertrieben, die Vagu sitzen ihm im Nacken. Immerhin schützen uns die Berge von einer Seite.« Noch einmal betrachtete Jormun die landschaftlichen Gegebenheiten. »Wir werden die Straße halten. Ich will Bogenschützen auf diesen

Hängen sehen, kleinere, mobile Einheiten sollen sie schützen.«

»Dafür habe ich genau die Richtigen«, sagte der Offizier. »Harte Kerle, die sich darauf verstehen, rasch und heftig zuzuschlagen.«

Jormun nickte zustimmend. »Alle anderen nehmen unten breite Aufstellung ein. Hoffen wir, dass Antarion und Farlain bald eintreffen.«

***

Prinz Shinn, König Sanael und der erst kürzlich gekrönte Neidar trafen rechtzeitig ein. Sie waren aufgehalten worden, weil Letzterer darauf bestanden hatte, alles auf die Schnelle aufzutreibende Brennmaterial einzusammeln. Jormun beobachtete mit gerunzelter Stirn, wie Heuballen und auseinandergenommene Wagen allmählich zu einer nutzlos erscheinenden Barrikade auf der linken Flanke aufgeschichtet wurden. Der Feind hatte innegehalten, wahrscheinlich, um das gigantisch große Heer zu organisieren und auf Nachzügler zu warten. Die Horden waren gleich einem schwarzen Ozean, der sich schon bald gegen sie erheben würde.

Karlik Troga und die Drabati-Fürsten hatten sich den Übrigen angeschlossen. Noch ehe es zu Streit hatte kommen können, hatte der Strahlende die beiden Prinzen, wie versprochen, zu ihrem Vater geschickt. Nachdem König Sanael sich überzeugt hatte, dass die beiden gut behandelt worden waren, bedankte er sich öffentlich bei dem Karlik und erklärte die Geste zu einem Zeichen gegenseitigen Respekts und neuer Einigkeit. Und diese hatten sie dringend nötig. Das bunt zusammengewürfelte Heer brauchte eine Hierarchie. Jormun wusste, dass nur er die Herrscher zusammenbringen konnte, und lud daher alle Anführer zu einem Kriegsrat ein. Er war erleichtert, als jeder seiner Einladung Folge leistete.

Da ungewiss war, wie viel Zeit ihnen noch blieb, fand das Treffen unter freiem Himmel statt. Sie standen in einem Kreis: König Sanael mit seinen beiden ältesten Söhnen, den Prinzen Varna und Sikal; Karlik Troga mit seinen zwei obersten Generälen; an deren Seite drei Suldari, welche die Drabati vertraten; König Neidar und Prinz Shinn. Alle waren voll gerüstet, und jede Miene drückte Stolz aus.

Jormun hatte Isma erlaubt teilzunehmen. Immerhin hatte er dieses Bündnis mit ermöglicht. Der Ritter erhob das Wort: »Ich danke euch, dass ihr gekommen seid. In diesem Augenblick höchster Gefahr dürfen alte Fehden und Zwistigkeiten keine Rolle spielen. Wir stehen gemeinsam gegen einen übermächtigen Feind, der uns alle gleichermaßen bedroht. Eines ist gewiss, unterliegen wir in der bevorstehenden Schlacht, wird Affalah, wie wir es kennen, ausgelöscht.«

»Reden wir nicht über Niederlage, Ritter«, brummte der Karlik, »sprechen wir darüber, wie wir diesen mörderischen Biestern zeigen, was mit jedem geschieht, der versucht, Affalah einzunehmen.«

Jormun lächelte. Alle schienen mit dem Vorschlag des Karlik einverstanden. Er holte bereits Luft, doch König Neidar kam ihm zuvor: »Es sind Tiere, gegen die wir in die Schlacht ziehen – und Tiere fürchten das Feuer. Daher die Vorbereitungen an der linken Flanke. Wenn die Vagu angreifen, entzünden wir die Barrikade, dadurch wird die Front verkleinert und wir verhindern, dass sie uns umzingeln – zumindest eine Weile.«

Als niemand widersprach, sagte Jormun: »Ein guter Plan. So nehmen wir ihnen den Vorteil der zahlenmäßigen Überlegenheit.« Er legte eine kurze Pause ein, ehe er fortfuhr: »Wir werden uns kaum auf einen Oberbefehlshaber einigen können, daher schlage ich vor, jeder übernimmt eine Aufgabe.«

Zustimmendes Nicken.

»König Neidar, Ihr gebt dem Feuer Nahrung und haltet mit Euren Truppen die linke Flanke, wenn es erlischt.«

»Ganz recht«, sagte Neidar hochmütig.

»König Sanael, würdet ihr die Gebirgsausläufer halten und dem Feind, wenn sich die Gelegenheit bietet, in die Seite fallen?«

»Wir werden den Nabel mit dem Blut der Vagu tränken«, versprach der König von Farlain.

»Dann bleibt uns« – Sir Jormun sah den Karlik und die Drabati-Fürsten an – »die Mitte. Die regulären Regimenter der Herzogtümer werden eine dichte Phalanx bilden. Auf Hornsignale hin wird sich der Schildwall für Ausfälle öffnen. Meine Ritter werden tief in die feindliche Armee vorstoßen.«

»Genau wie unsere Reiter«, sagte einer der drei Suldari.

»Dann bilden meine Truppen die Reserve«, steuerte der Karlik bei. »Ich werde Überblick behalten und dort aushelfen, wo es nötig ist.«

Gleiches würde für die Milizeinheiten der Herzogtümer gelten. Jormun hoffte, sie überhaupt nicht einsetzen zu müssen. Es war ein gute Aufstellung.

»Könige, Prinzen, Fürsten und Generäle«, sagte Jormun abschließend, »wir sehen uns auf dem Schlachtfeld.«

Kapitel XVII

Isma hatte sich vor der Schlacht gefürchtet, jetzt wünschte er sich, dass es endlich losging. Das Warten war unerträglich. Greel warf ihm einen verächtlichen Blick zu. Der Knappe hasste ihn, weil Sir Jormun ihm befohlen hatte, auf Isma achtzugeben, weswegen er nicht an der Seite seines Ritters an vorderster Front kämpfen durfte. Der Knappe und der Alumnu standen auf einem Hügel, gemeinsam mit den Milizen aus den Herzogtümern. Es stank nach Urin, und es war kalt. Isma fror, und er fühlte sich unwohl in dem Lederharnisch, den Greel ihn gezwungen hatte anzulegen.

»Hast die Hosen voll, was?«, fragte Greel zerknirscht.

»Du etwa nicht?«, gab Isma zurück, ohne den Knappen anzusehen.

Greel lachte nur schnaubend.

Endlich kam Bewegung in das feindliche Heer. Isma kniff die Augen zusammen. Er glaubte einen bizarren Wagen auszumachen, der von Seilen gezogen wurde. Auf dem Wagen glitzerte etwas Metallenes. Eine Glocke. Tatsächlich, ein tiefer Gongschlag ertönte, und aus der schier unendlichen Masse bildeten sich Einheiten, die vorrückten.

Die Barrikade auf der linken Seite wurde in Brand gesetzt. Flammen züngelten hoch und Rauch stieg auf.

Mit einem Mal war die Luft erfüllt von Trommelschlägen, Fanfarenstößen und Schlachtrufen.

Isma kam die ganze Szenerie plötzlich unwirklich vor. Schneeflocken fielen aus dem grauen Himmel herab. Er musste sich konzentrieren, das war kein Traum. Auch wenn Greel ihn als reines Ärgernis betrachtete, er würde seinen Beitrag leisten, wenn der rechte Zeitpunkt kam.

Eine Wolke aus Pfeilen stieg von dem östlichen Gebirgsausläufer auf. Sie beschrieb einen Bogen und stürzte auf das heranstürmende Heer der Vagu nieder. Etliche fielen, doch der Ansturm kam nicht einmal ins Stocken.

»Stand halten!«, brüllte Sir Jormun, der neben Margo und den anderen Ordensrittern hinter dem Schildwall stand. Gleich war es soweit.

Kurz bevor die Vagu den mit Speeren gespickten Schildwall erreichten, wurden aus den hinteren Reihen Geschosse geschleudert. Es handelte sich vor allem um Bleikugeln. Wo sie nicht gegen Schilde schlugen, trafen sie auf Rüstungen, und manche brachen Knochen.

Die Soldaten in der ersten Reihe stemmten den rechten Fuß in die Erde und legten ihr Gewicht nach vorne. Jetzt waren sie da. Abscheuliche Kreaturen, die sich in wilder Raserei gegen den Schildwall warfen. Die Speerträger mussten nicht mehr tun, als dazustehen und die Schäfte fest zu umklammern. Viele Vagu wurden aufgespießt, doch der Druck von hinten zwang sie in die Schilde. Die Soldaten zückten ihre kurzen Schwerter und stießen nach den dunklen Leibern. Bald wurden sie durch die gigantische Masse zurückgeschoben. Schritt für Schritt mussten sie weichen, um nicht nach hinten zu stürzen.

Ein weiterer Glockenschlag ertönte, und das Schieben und Drücken endete abrupt. Vagu sprangen über die Schilde hinweg. Viele wurden noch in der Luft von Speeren getötet, andere starben, als sie inmitten der Soldaten aufkamen, aber einigen gelang es, einen Mann mit in den Tod zu reißen. Das Gemetzel hatte begonnen.

Die Vagu setzten auf ihre zahlenmäßige Überlegenheit. Sie nahmen große Verluste in Kauf, um auf breiter Front anzugreifen. Neidars Plan schien aufzugehen. Das Feuer schreckte die Vagu ab. Mit voller Macht stürmten sie gegen das Zentrum und die rechte Flanke an. Noch hielten die Regimenter aus Farlain stand, aber es zeichnete sich ab, dass die Gebirgsausläufer am ehesten in die Hand des Feindes fallen würden. Das erkannte Karlik Troga und zog an der Spitze seines Heeres nach Osten.

»Jetzt«, rief Sir Jormun, woraufhin Margo in ein gewundenes Horn blies.

Der Wall vor ihnen tat sich auf.

»Für den Schwan!«

Die Ritter zogen ihre Schwerter aus den Scheiden und stürmten vorwärts. Sie streckten die Vagu nieder, die in die Bresche drängten, und hackten sich den Weg frei, mitten ins feindliche Heer. Sir Jormun kämpfte mit Schwert und Langdolch, während Margo seinen Kriegshammer vorstieß, um auszuholen und ihn im nächsten Moment von oben niedergehen zu lassen. Zahlreiche Feinde wurden von den Rittern niedergestreckt, bis die Gegenwehr zu groß wurde. Ein Vagu hatte sich an Jormuns Armschiene verbissen. Der Ritter schüttelte ihn ab und stieß ihm den Dolch in die Kehle. Zwei brachten einen Ritterbruder zu Fall. Margo zerschmetterte dem einen den Schädel, Sir Jormun hieb dem zweiten mit dem Schwert in den Rücken. Dunkles Blut spritzte auf. Von allen Seiten drängten die Vagu auf sie ein.

»Rückzug!«, befahl Jormun.

Isma hatte den Ausfall der tapferen Ritter verfolgt. Sie hatten heldenhaft gekämpft, aber ganz gleich, wie viele

Vagu fielen, andere nahmen ihren Platz ein. Auch an der rechten Flanke häuften sich die Leichen. Die beiden Prinzen aus Farlain führten ihre Soldaten Mal ums Mal gegen die feindlichen Horden, und jedes Mal deckte der Karlik ihren Rückzug. Das Problem bestand darin, dass die Vagu über einen scheinbar grenzenlosen Nachschub verfügten, während jeder Verlust auf menschlicher Seite ungleich schwerer wog. Hinzu kam die psychologische Ebene. Die Vagu mussten über eine Art Schwarmbewusstsein verfügen. Anders war die Begeisterung, mit der sie sich in jede noch so aussichtslose Situation warfen, kaum zu erklären. Sie sahen aus nächster Nähe, wie ihrer Artgenossen zu Hunderten von Pfeilen getroffen, von Speeren aufgespießt und von Schwertern erstochen oder zerhackt wurden – es schien ihnen nichts auszumachen. Wild und ungestüm drangen sie weiter auf die Menschen ein. Unter diesen hingegen kamen ungute Gefühle auf. Isma konnte es förmlich in der kalten, rauchigen Luft schmecken. Angst, Hoffnungslosigkeit und Verzweiflung breiteten sich einer Seuche gleich aus. Es war an der Zeit einzugreifen.

»Schritt – Stich!«, rief Prinz Varna, während er den Befehl selbst ausführte. Er hatte einem Gefallenen den Schild abgenommen. Den stemmte er gegen die Angreifer und stach mit dem Natush zu. Die Taka-su, die bestausgebildeten Kämpfer aus Farlain, folgten dem Beispiel ihres Prinzen. Die Antwort der Vagu bestand in Schreien aus Schmerz und Wut.

»Noch einmal! Schritt – Stich!«

Plötzlich verringerte sich der Druck gegen die Schilde. Hatten sie es geschafft? Flohen die Vagu? Prinz Varna nahm den Schild zur Seite und erschlug einen Feind mit dem Klingenspeer. Nun hatte er eine bessere Sicht. Was war das? Ein Erdspalte hatte sich geöffnet. Vagu fielen hinab in die Tiefe. Der Riss in der Erde setzte sich in zackiger Form mitten ins Heer des Feindes fort. Kam ihnen Affalah selbst zu Hilfe? Tausende wurden von der Erde verschluckt, dann schloss sich die Spalte wieder wie durch Zauberhand. Die Soldaten johlten, manche streckten dankend die Hände in den Himmel.

Der Prinz jedoch erkannte, dass es zu früh zum Triumphieren war. Die Vagu sammelten sich erneut. Der seltsame Glockenwagen wurde an die Spitze gezogen, während ungewöhnlich große Vagu einen Keil darum bildeten.

»Sie kommen zurück! Macht euch bereit!«

Isma sank erschöpft zu Boden. Die Bitte, die er an den Urelementar gerichtet hatte, hatte ihn ausgelaugt. Greel stützte ihn hilfsbereit.

»Warst du das etwa?«

Isma stöhnte nur.

»In Ordnung«, meinte der Knappe, »du bist vielleicht doch nicht völlig nutzlos.« Beeindruckt blickte Greel auf die Ebene, in der so viele Feinde verschwunden waren. »Kannst du das noch einmal machen?«

Matt schüttelte Isma den Kopf.

»Ein Jammer«, bemerkte Greel mit Blick auf die neue Angriffsformation. »Ich glaube, jetzt sind sie richtig sauer.«

Der Ansturm erfolgte mit solcher Macht, dass der Schildwall im Zentrum auf Anhieb einbrach. Diese größeren Vagu mussten eine Art Elitetruppe sein. Sie waren widerstandsfähiger und kämpften geschickter. Der Keil fraß sich tief in die Reihen der Soldaten. Erst, als die Ritter eingriffen, konnte der Ansturm aufgehalten werden. Doch jetzt gab es keine Ordnung mehr. Mann kämpfte gegen Vagu.

Auch die rechte Flanke geriet trotz der Unterstützung durch die Truppen des Karliks in arge Bedrängnis. Die Prinzenbrüder kämpften nun Seite an Seite. Der Klingentanz, den sie aufführten, kostete viele Vagu das Leben, vermochte jedoch nicht zu verhindern, dass die Seite wankte. Stück um Stück mussten sich die Reihen, die sich immer mehr auflösten, zurückweichen.

Auf der linken Flanke brannte noch immer das Feuer, doch die Flammen waren kleiner geworden. Vereinzelte, besonders kühne Vagu wagten den Sprung über die Flammenbarrikade. Mit angesengtem Fell erreichten sie die andere Seite, wo sie sogleich von antarischen Soldaten niedergestochen wurden.

»Wir müssen den anderen helfen!«, drängte Shinn seinen königlichen Bruder.

»Wir halten die linke Flanke«, blieb Neidar, der ruhig auf seinem Streitwagen lehnte, hart.

Shinn sah unruhig nach rechts, wo erbittert gefochten wurden. Sir Jormun hatte die Miliztruppen in den Kampf gerufen, damit das Zentrum nicht zusammenbrach. Shinn fluchte und rannte vor, um zwei Vagu, die durch das Feuer gesprungen waren, niederzumachen.

»Vater!«, rief Sikal, um Varna auf den bedrängten König aufmerksam zu machen. Eine Meute Vagu war der Leibwache von König Sanael in die Seite gefallen. Der König schwang sein Schwert und hackte einem Angreifer den Arm ab. Trotz der schweren Wunde hieb der Vagu mit der verbliebenen Klaue zu und riss dem König den

Helm vom Kopf. Varna und Sikal eilten los und kamen rechtzeitig, um ihren Vater zu schützen, bis die Leibwache ihn wieder in die Mitte nehmen konnte.

Plötzlich waren entsetzte Schrei zu hören. Die Bogenschützen, die längst freies Feuer hatten und Salve um Salve auf die Feinde niedergehen ließen, wurden angegriffen. Eine Horde Vagu war über einen Hang im Osten geklettert und fiel nun von hinten über die Bogenschützen her.

Der König rief Befehle, und die Prinzen stachen und hieben um sich. Überall waren jetzt Feinde, die Vagu nahmen sie in die Zange. Prinz Varna schlitzte einem Vagu den Bauch auf, als Kriegshörner geblasen wurden. Laut schallten die Hornstöße durch die kalte Luft. Erst verstand er nicht, bis Sikal hoffnungsvoll rief: »Die Nordländer! Sie kommen uns zu Hilfe!«

Im Lauf zog Wolf sein zweihändiges Schwert. Neben ihm rannten Friya, Argu, Larna, Häuptling Rogwin und Häuptling Olak in die Schlacht, gefolgt von dreitausend Nordlandkriegern. Pirscher, die weiße Raubkatze, überholte Wolf, sprang und versenkte seine spitzen Zähne im Hals eines Feindes.

Die Vagu, die glaubten, mit den Bogenschützen leichtes Spiel zu haben, sahen sich plötzlich einer Streitmacht wilder Krieger gegenüber, die, Schlachtrufe brüllend, über sie herfielen. Wolf schwang Alrun mit beiden Händen. Die Klinge fuhr durch einen Vagu und teilte ihn in zwei Hälften. Mit dem Restschwung riss Wolf das Schwert hoch, bis es sich seitlich in den Kopf eines Vagus biss. Friya kämpfte mit Schild und Schwert. Während sich Wolf seinen Weg mit purer Kraft und Wildheit bahnte, ging sie mit äußerster Konzentration und Geschicklichkeit vor. Sie vollführte eine halbe Drehung, wich damit einem

Klauenangriff aus und schlug zugleich zu, sodass sich ihr Schwert in eine ungeschützte Schulter fraß. Häuptling Rogwin führte ebenfalls einen Schild, mit der anderen Hand schwang er einen mächtigen Morgenstern. Er sang ein altes Kriegslied, während er einem Vagu nach dem anderen mit seiner schrecklichen Waffe die Knochen zermalmte.

Argu war der einzige befreite Sklave, dem Wolf erlaubt hatte, mitzukommen. Es schien als wollte er für zehn kämpfen. Mit Beil und Streitkolben bewaffnet mähte er jeden Vagu nieder, der seinen Weg kreuzte.

»Weiter!«, brüllte Wolf im Blutrausch, als es keine Feinde mehr zu erschlagen gab.

Die Nordländer preschten ihrem Kriegshäuptling hügelabwärts hinterher über freies Feld.

»Schließt die Lücke!«, befahl der Karlik.

König Sanael erkannte die letzte Chance, das Blatt zu wenden. Er stieß sein blutiges Schwert in den Himmel und rief: »Wir folgen den Nordländern! Angriff!«

Sir Jormun, der viele hundert Männer in den Tod geführt und etliche gute Freunde und Ritterbrüder verloren hatte, zögerte einen Augenblick. Welche Alternative gab es? Keine. Diese Schlacht würde das Schicksal von Affalah besiegeln. Es gab keinen Rückzug, keine Chance sich neu zu formieren. Entweder sie entschieden diese Schlacht für sich, oder sie starben alle. *Möge Andar uns beistehen.*

»Alle Einheiten, Ausfall!«

Heldenmut, Kühnheit und nackter Zorn trafen auf eine Übermacht. Wie die Spitze eines Schwertes drangen die Streitkräfte der Menschen, vorneweg Wolf, in den gigantischen Körper, der sich aus unzähligen dunklen Leibern zusammensetzte. Selbst erfahrene Veteranen hatten noch nie ein solches Blutbad erlebt. Der Schnee fiel nun dichter, und die Flocken, die ihren Weg auf den Boden fanden, färbten sich rot.

»Ich muss weiter vor!«, keuchte Isma.

Greel wog ab. Wenn sein Ritter fiel, konnte er ihn auch nicht bestrafen. Er brummte einen Fluch, zog sein Schwert und packte den Zauberer mit der anderen Hand an der Schulter. Mittlerweile wurde überall gekämpft, aber Greel traute sich zu, den Alumnu durch die Milizen hindurch bis zum Rand des Hexenkessels zu bringen.

Noch jemand war der Untätigkeit leid.

»Wir müssen den anderen beistehen!«, schrie Shinn seinen Bruder an.

»Das Feuer ist beinahe heruntergebrannt«, entgegnete Neidar kühl.

Shinn war außer sich. »Wenn wir jetzt nicht handeln und weiter abwarten, wird die Schlacht vorbei sein, ehe das Feuer erlischt.«

König Neidar schenkte seinem Bruder ein hinterhältiges Grinsen. Und nun erst begriff Shinn. Neidar hatte ihre Position absichtlich gewählt. Er hatte sich von Anfang an die Option offen halten wollen, sich aus dem Schlachtgeschehen herauszuhalten. Wäre Neidar nicht Neidar, hätte Shinn ihm vielleicht zugute halten können, dass er mit dem feigen Vorgehen das Leben seiner Männer schonen wollte. Aber so war er nicht. Neidar verfolgte einen anderen Plan. Shinn erschauderte.

»Du verdammter Hundesohn!«

Neidar zuckte nur mit der einen Schulter und erwiderte amüsiert: »Sprich nicht schlecht über unseren verschiedenen Vater, Bruder.«

»Wenn ich diesen Tag überlebe, reiße ich dir die Krone vom Kopf«, fauchte Shinn, dann wandte er sich an die

Soldaten: »Unsere Verbündeten brauchen unsere Hilfe! Jeder, der weiß was Mut und Treue bedeutet, folgt mir!«

Damit rannte Shinn los. Es war eine mickrige Schar, die ihm folgte, aber über die Schulter erkannte er, dass sich ihm drei Weißklingen angeschlossen hatten. Immerhin. Ein aufrechter Tod war besser als ein Leben in Schande. Außerdem befand sich Friya mitten in dem Gemetzel. Er hatte sie nicht gesehen, aber er kannte sie gut genug, um zu wissen, dass sie unter den Nordländern war. Dort, wo der Kampf am heftigsten wütete, und dort wollte auch er sein.

***

Es sind einfach zu viele, schoss es durch Wolfs Kopf. Er hatte nicht mitgezählt, aber er hatte etliche dieser Kreaturen erschlagen. Auch Friya, Argu, Larna, Rogwin und Olak kämpften wie nie zuvor, und doch nahmen die Gegner kein Ende. Wo er einen mit einem mächtigen Hieb fällte, füllten im nächsten Moment zwei andere die Lücke. Pirscher war schwer verletzt, an seinem weißen Fell klebte rotes Blut. Das treue Tier wich dennoch nicht von der Seite seines Herrn. Auch die anderen hatten Wunden davongetragen. Noch hielten sie sich wacker, aber sie konnten nicht ewig so weitermachen. Wolf stieß Alrun vor und spießte einen Vagu auf. Mit einem Tritt befreite er die Klinge und parierte einen Angriff von der Seite. Friya, deren Schild stark gelitten hatte, streckte den Feind mit einem sauberen Streich nieder. Das gab Wolf einen Moment Zeit, um aufzublicken. Nicht weit vor ihnen war das seltsame Gebilde, das ihm zuvor schon einmal ins Auge gefallen war. Ein klobiger, mit Stacheln bewährter Streitwagen, auf den eine Glocke montiert war. Auf dem

Wagen erkannte er nun den wahren Feind. Ein Wesen, das einem Menschen glich, aber größer war. Es trug einen Ganzkörperpanzer aus einem dunklem Stahl. Aus dem Helm wuchsen Hörner. Keine Frage, das musste der Kriegshäuptling der Vagu sein. Wenn es ihnen gelang, ihn zu töten …

»Vorwärts!«, brüllte er heiser. »Schlagen wir der Bestie den Kopf ab!«

Sie fochten hart, aber die Elitekrieger des Feindes verhinderten, dass sie sich dem Wagen weiter näherten. Erst als Sir Jormun, die Prinzen aus Farlain und Prinz Shinn mit den Weißklingen sich zur Spitze durchgekämpft hatten, ging es langsam wieder vorwärts. Bald bildeten die besten Kämpfer Affalahs einen Kreis, um sich gegenseitig den Rücken frei zu halten. Sie wurden abgeschnitten von den übrigen menschlichen Streitkräften, auch von den Nordländern, die sich erbittert hielten, aber nicht mithalten konnten. Das letzte Stück, das sie noch vom Glockenwagen trennte, wurde ihnen erspart. Der riesenhafte Hüne in der dunklen Rüstung stieg herab und kamen ihnen mit zwei langen, gezackten Schwertern entgegen.

»Shaidrun!«, keuchte Sir Jormun.

»Nimm mich auf deine Schultern!«

Greel sah Isma verdutzt an, unsicher, ob der Alumnu die Bitte ernst meinte. Sie befanden sich mitten in einer wilden Schlacht.

»Tu es einfach!«, drängte Isma.

Der Knappe parierte einen Vagu am Handgelenk, sodass die abgetrennte Klaue durch die Luft flog. Ein Nordländer gab dem Feind mit einer Axt den Rest. Greel fluchte, ließ sich aber in die Hocke nieder. Isma kletterte auf seinen Rücken und der Knappe zwang sich auf die Beine. Auf diese Weise konnte Isma über die vielen Köpfe hinwegsehen. Selbst für einen Laien wie ihn war unzweifelhaft klar, dass die Schlacht verloren war. Beide Flanken waren gefallen und die Vagu dabei, sie vollständig zu umzingeln. Im Südwesten war ein Heeresverband auszumachen, der sich ohne Hast zurückzog. Über ihm flatterte das Banner von Antarion. Isma zwang sich, den Blick nach vorne zu richten. Er erkannte die ungeheuerliche Gestalt von Shaidrun und den gefiederten Helm von Sir Jormun. Er kniff die Augen zusammen und sammelte seine ganze Konzentration. »Gandualar, Gandualar, Gandualar«, formten seine Lippen in einem fort den Namen des Urelementargeists. Als der Elementar Kontakt mit ihm aufnahm, verkrampfte sich Ismas Magen. Übelkeit stieg in ihm auf und heftiger Schwindel überkam ihn, doch es gelang ihm, eine letzte Bitte zu formulieren.

Greel strauchelte und fiel, als das Gewicht auf seinen Schultern zur Seite kippte. Rasch rappelte er sich auf und verteidigte den bewusstlosen Zauberer, gegen zwei Vagu, die über ihn herfallen wollten.

Obwohl es sich um Elitekrieger handelte, wirkten die Vagu an der Seite ihres Herrschers winzig. Ein kurzer Augenblick der Ruhe trat ein. Schneeflocken fielen auf den blutgetränkten Boden. Friya kam es vor, als würde der Himmel um all die Gefallenen weinen. Sie riss sich zusammen. Es war noch nicht vorbei. Die massige Gestalt grollte etwas, und im nächsten Augenblick fielen die Vagu mit doppeltem Eifer über sie her. Sie streckte einen nieder, ehe ein zweiter sie ansprang und aus dem Gleichgewicht brachte. Auf dem Rücken liegend, half ihr das Schwert nicht. Sie ließ es los und zückte gerade noch rechtzeitig einen Dolch aus dem Gürtel, um ihn der Bestie in die Kehle zu rammen.

Prinz Sikal bot Shaidrun als erster die Stirn. Er holte mit dem Klingenspeer aus. Mit unnatürlicher Geschwindigkeit reagierte der Gottkaiser und spießte den Prinzen mit einem seiner Schwerter auf.

»Nein!«, entfuhr es Prinz Varna.

Der Prinz, Wolf, Shinn und Sir Jormun sprangen gleichzeitig vor.

Larna erkannte, dass Wolf in seiner Absicht, den gegnerischen Befehlshaber zu töten, unachtsam war. Ein Vagu stieß mit einem Speer zu. Ohne nachzudenken machte Larna einen Satz nach vorn. Den Speer vermochte sie mit dem Schwert abzulenken, doch sie hatte ihre Deckung aufgegeben. Der Vagu biss ihr in die Kehle. Warmes Blut lief ihren Hals hinab. Ihr letzter Blick war auf Wolfs Rücken gerichtet. Er hatte ihr Opfer nicht einmal bemerkt. Der Vagu schüttelte den Kopf, und Larnas Genick brach mit einem Knacken.

Sir Jormun parierte einen Schwertstreich, der so hart war, dass er ihn in die Knie zwang. Eine Weißklinge schlitzte neben ihm einem Vagu den Bauch auf. Aber sofort nahm ein weiterer Elitekrieger dessen Platz ein. Wenn sie Shaidrun nur irgendwie isolieren und allein stellen könnten … Wie als Antwort auf seinen verzweifelten Gedanken bebte plötzlich die Erde. Prinz Shinn ging neben ihm ebenfalls auf die Knie. Wolf ließ sich knurrend auf alle Viere nieder, da er sonst gestürzt wäre. Nur Prinz Varna blieb strauchelnd stehen, als das Unmögliche geschah. Die vier Männer wurden gemeinsam mit Shaidrun in die Höhe gehoben. Eine Säule wuchs mit erschreckender Geschwindigkeit in Richtung des grauen Himmels. Ein Vagu, der auf dem Rand gestanden hatte, verlor das Gleichgewicht und stürzte ab.

Als die Erde sich beruhigte, fanden sich Jormun, Shinn, Wolf und Prinz Varna mit ihrem Widersacher auf einer runden Plattform wieder, abgeschnitten vom Rest der Schlacht. Shinn stand auf und blickte über den Rand. Schwindelnd zog er sich rasch wieder zurück.

Elementarwesen haben ihre eigenen Regeln. Gandualar hatte Isma angehört, aber es war ihm verboten, allzu stark in die Schicksale der Sterblichen einzugreifen. Auch wenn er Sympathien hegte, zuletzt mussten die Menschen ihr Schicksal selbst in die Hand nehmen. Er hatte ihnen immerhin eine Chance gegeben.

Die vier Männer, die nun alle wieder auf den Beinen standen, sahen sich an.

»In Ordnung«, brummte Wolf, »hacken wir diesen Bastard in Stücke.«

»Gemeinsam!«, rief Sir Jormun noch, doch Varna, der seinen Bruder rächen wollte, griff bereits an.

Shaidrun wich zurück, um nicht gegen alle vier gleichzeitig kämpfen zu müssen. Er parierte den Stich von Varna und verkantete sein Schwert mit dem, das er in der Linken führte. Sir Jormuns Klinge hielt den Streich des Feindes auf, der Varnas Ende bedeutet hätte. Jormun wich zur Seite aus, und Wolf griff mit Alrun an.

Ein erbarmungsloser Austausch von Hieben, Stichen, Paraden und Gegenangriffen folgte. Niemand sprach ein Wort. Alle waren vollkommen auf den Kampf konzentriert. Ein kurzer Moment der Erschöpfung bescherte Shaidrun die Gelegenheit, Shinn eine schlimme Wunde zuzufügen. Aus der Hüfte blutend, hielt er sich zwar aufrecht, aber er war kein Gegner mehr für den übermenschlich starken Gegner. Jormun, Wolf und Varna setzten ihr ganzes Können und all ihre Erfahrung ein. Sie versuchten den Feind in die Mitte zu locken, ihn mit Finten zu täuschen und mit kombinierten Angriffen aus dem Gleichgewicht zu bringen, doch nichts fruchtete. Nicht einmal ein Schnaufen des Feindes war zu vernehmen. Mit unheimlicher Stille und Präzision, lenkte er einen Streich von Jormun ab, wirbelte herum und zog das Schwert durch Varnas Bauch. Stahl kreischte, als die Klinge den Harnisch zerschnitt. Varna sackte auf die Knie nieder.

So konnten sie nicht siegen, wurde Wolf klar. Er würde sie einen nach dem anderen fertigmachen und dabei nicht einmal ins Schwitzen geraten. Dieser Gedanke machte ihn wütend, sehr wütend. Er dachte an Friya, die unter ihnen focht, und an Sardai, die treue Sardai, die ihn nicht hatte gehen lassen wollen und die sein Kind in sich trug. Der Wolf in ihm riss an seinen Ketten. Mit einem wilden Grinsen, ließ er ihn frei. Er rempelte den Ritter beiseite, drückte sich vom Boden ab und sprang mit über dem Kopf erhobenem Schwert auf den Feind zu. Dieser riss eines seiner Schwerter hoch, um den mächtigen Hieb abzuwehren, doch dieser blieb aus. Wolf ließ Alrun fallen und packte Shaidrun am Kettenkragen. Einen Moment lang schwankte er. Wolf riss ihn mit seinem ganzen Gewicht Richtung Abgrund. Sir Jormun und Shinn stachen gleichzeitig zu. Shinns Klinge durchdrang eine geschwächte Stelle an der Wade des Riesen. Das genügte, um ihn straucheln zu lassen. Wolf riss noch einmal, und damit verlor Shaidrun endgültig das Gleichgewicht. Er trat ins Leere und fiel. Wolf wurde mit hinab in die Tiefe gerissen. Aber das Tier in ihm war noch nicht fertig mit seiner Beute. Wolf fing das Schwert, das Shaidrun entglitten war auf, und rammte es ihm im freien Fall unter den Halsschutz. Der Gottkaiser erlebte den Aufprall am Boden nicht mehr, der Wolf einen schnellen Tod brachte.

Nachdem der Kampf entschieden war, senkte sich die Erdsäule wieder hinab.

Jormun trat neben Wolf, der halb auf dem Leichnam von Shaidrun lag. Er wollte sich niederknien und ihm seinen Dank aussprechen, aber die Schlacht war nicht zu Ende. Er musste einem Klauenangriff ausweichen und sich orientieren.

Während er parierend zurückwich, sah er einen Vagu, der auf seinen gefallenen Herrscher zutrat. Er zog das Schwert aus dem Hals. Erst stach er die weiße Raubkatze nieder, die Wolfs Leiche gefunden und daneben Wache gehalten hatte, dann schlug er seinem Gottkaiser mit einem einzigen Hieb den Kopf von den Schultern. Das abgeschlagene Haupt in den Händen, tauchte er kurz unter, bis er bei dem Wagen wieder auftauchte. Der Vagu kletterte hoch, hob das Haupt von Shaidrun in die Luft und schrie mit kreischender, markerschütternder Stimme: »Ich bin Radschaar, der Sturmbote! ER ist tot, aber diese Schlacht ist gewonnen! Ich nehme seinen Platz ein! Tötet sie alle!«

Einen Augenblick zögerten die Vagu, doch dann gehorchten sie ihrem neuen Anführer.

Alles war umsonst gewesen. Auf einmal fühlte sich das Schwert in Sir Jormuns Hand unendlich schwer an. Der Schild eines Nordmanns zerbarst, als er es einem Vagu an den Kopf schmetterte. Er holte mit dem Morgenstern aus, doch die Eisenkugel kam nicht mehr herab. Ein Vagu hatte dem Krieger mit seinen Klauen den Bauch aufgeschlitzt, dass die Eingeweide herausquollen. Eine Weißklinge trieb ihr Schwert in einen schwarzen Leib, riss sie heraus und spaltete einem weiteren den Schädel.

Im nächsten Augenblick sprangen drei Vagu den Mann in der blutbesudelten Rüstung gleichzeitig an und brachten ihn zu Fall. Es war vorüber. Wolfs Opfer war umsonst gewesen. Sie hatten verloren, und Affalah erwartete eine Ära der Finsternis. Hätten sie sich doch früher zusammengetan. Die Heere von Kislav und Antarion hatten sich gegenseitig stark geschwächt, bevor sie den wahren Feind erkannt hatten. Hätten sie den Feind vereint und mit voller Kraft bereits an der Küste empfangen, nachdem Nutu gefallen war ... Das waren müßige Gedanken. Es war anders gekommen. Zwietracht, Misstrauen und Gier hatten die Nationen Affalahs in den Untergang geführt. Sir Jormun streckte einen Vagu keuchend nieder und rief: »Rückzug! Flieht!«

Nur wenigen gelang die Flucht. Viele starben bei dem Versuch, andere wie Shinn, Jormun und Karlik Troga kämpften bis zum letzten Blutstropfen, um den Rückzug der anderen zu decken.

Es war ein dunkler Tag in der Geschichte Affalahs. Viele Helden hatten ihr Leben gelassen. Der Schnee deckte sie zu, während der Sturmbote seinen Triumph in die kalte Abendluft schrie. Tausende Vagu fielen in den unbändigen Siegesruf ein.

Epilog

»Das schaffe ich nie!«, beschwerte sich der kleine Shinn.

»Du darfst nicht aufgeben, niemals«, belehrte Friya den sieben Sommer alten Jungen. »Versuch es noch einmal. Konzentriere dich.«

Der Junge nahm das Übungsschwert wieder in beide Hände und griff seine Tante an. Sie parierte. Die Holzschwerter trafen klackend aufeinander. Gegenangriff, Parade, Gegenangriff. Diesmal gelang dem Jungen der Rückhandschlag auf Friyas Handgelenk.

»Gut gemacht!«, lobte sie. »Gleich noch einmal.«

Sie übten weiter, bis Sardai mit einem Korb voll Früchten auf die Lichtung trat. Schwitzend setzten sie sich nieder, tranken und aßen.

»Es ist Zeit«, sagte Friya, als der Junge sich ausreichend gestärkt und ausgeruht hatte.

»Muss ich wirklich zu ihm?«, fragte Shinn, obgleich er die Antwort kannte. »Er ist noch strenger als du, Tante.«

»Und er tut recht daran«, entgegnete Friya lächelnd. »Beschwer dich nicht.«

»Niemand außer ihm kann dir die Zauberei beibringen«, erklärte Sardai mit der Nachsichtigkeit und Geduld, die nur eine Mutter aufbringen konnte.

»Wenn wir endlich mal zaubern würden!«, stöhnte der Junge. »Entweder muss ich schwierige Namen auswendig lernen oder ewig still dasitzen und an nichts denken. Das ist langweilig.«

»Isma unterrichtet dich so, wie er es für richtig hält«, sagte Sardai.

»Jetzt geh schon«, forderte Friya ihn in strengerem Ton auf.

Der Junge seufzte, stand auf und trottete davon. Die beiden Frauen sahen ihm nach. Die Matwa hatte eine Vision gehabt, in der er eine Armee gegen die Vagu führte, die den größten Teil von Affalah besetzt hielten. Shinn sollte in die Fußstapfen seines Vaters treten und ein Befreierkönig werden. Friya tat der Junge leid. Alle Hoffnungen für eine bessere Zukunft ruhten auf ihm. Wie sollte er diesem vorgegebenem Schicksal gerecht werden? Zwar unterrichte sie ihn im Kampf, Isma in der Elementarbeschwörung, der allmählich zum Greis werdende Barnas in Taktik und Strategie und Erida in Lesen, Schreiben und Diplomatie, aber auch wenn er bestens geschult wurde, welche Armee sollte er anführen? Es gab keine menschlichen Streitkräfte mehr, abgesehen von den wenigen Soldaten in Ander-Stadt. Diese Männer folgten allerdings dem Verräter Neidar, der sich als Vasallenkönig erstaunlich lange hielt. Sie waren zwar Menschen, doch Friya hasste sie fast noch mehr als die Vagu.

Friya strich sich eine Strähne aus dem Gesicht. Wer wusste schon, was die Zukunft bringen würde. Hier auf der östlichen Ketai-Insel waren sie sicher. Der Dschungel mit seinen giftigen Spinnen und Schlangen und den Fallen, die sie aufgestellt hatten, schützte sie. Außerdem hatten die Vagu keinen Grund, von Ruet oder der Sternwacht weiter nach Osten vorzudringen. Hier gab es nichts von strategischem Wert. Nur sehr selten erreichten sie Nachrichten von dem Rest des Kontinents. Der Letzte, der Zuflucht gesucht hatte, berichtete, dass Heeresverbände der Vagu abgezogen seien. Vielleicht gab es noch andere unbekannte Inseln und Kontinente, welche die Vagu erobern wollten.

Sardai legte Friya die Hand auf den Oberschenkel, woraufhin diese sich ein wenig entspannte. Sie waren Freundinnen geworden. Die Erfahrungen von Verlust und Trauer hatten sie zusammengeschweißt.

»Wir sollten zurück ins Dorf«, sagte Sardai. »Es wird bald Regen geben.«

Friya blickte in den Himmel. Im Westen zogen dunkle Wolken auf. Sie seufzte, nickte und stand auf.

Abends saß die kleine Gemeinschaft vollzählig im Versammlungshaus, auf dessen Dach der Regen trommelte. Der alte Graf Barnas erzählte die Legende von Andar und Shaidrun. Der kleine Shinn liebte diese Geschichte, obwohl er sie schon oft gehört hatte. Vor allem den Teil, den Barnas hinzugedichtet hatte, um den Bogen zur Gegenwart zu schließen, und in dem sein Vater eine wichtige Rolle spielte. Aber bis dahin musste sich der Junge noch gedulden. Barnas erzählte die Geschichte stets von Anfang an.

Friya lehnte sich zurück und hörte mit halbem Ohr zu.

»... und so fielen sie mit ihren Himmelskutschen in einen unbarmherzigen Kampf verschlungen hinab auf die Erde, wo sie erbittert weiterfochten. Zu unserem großen Segen siegte Andar über Shaidrun. Er verbannte den geschlagenen Feind allen Lebens in das dunkle Reich jenseits der endlosen See. Unsere Vorfahren, die Zeugen des Götterkriegs geworden waren, fielen vor Andar auf die Knie, und er nahm sie als sein auserwähltes Volk an. Er lehrte sie Vernunft, die Eine Sprache und das Wissen um die Herstellung von Stahl. Er ließ die ersten Straßen errichten und auf ganz Affalah herrschte lange Zeit Frieden ...«

Figurenverzeichnis

Bei den Nordstämmen:

Wolf – Stammesloser Kopfgeldjäger

Graf Barnas – Verwalter der Garnison *Nordend*

Friya – Stammesmutter der Rundakar, Schwester von Wolf, Frau von Häuptling Durek

Sortan – Häuptling der Tulgri

Rogwin – Nachfolger von Sortan

Ulfson – Häuptling der Orgran

Tjarson – Nachfolger von Ulfson

Olak – Häuptling der Nygrar

Larna – junge Kriegerin der Kana

Graf Dornar – Stadthalter von Burgstadt

Homdur – ein Unterhäuptling

Borson – ein Unterhäuptling

Königreich Antarion:

König Guram Maruta

Prinz Shinn

Prinz Neidar

Erida – des Prinzen Mätresse

Leutnant Efel

Hofmeister Darlin

Armeemeister Hakin

Baron Ramus – Stadthalter von Ruet

Leutnant Natha – stationiert in Ruet

Graf Lakon

Oberst Arlik

General Brandur

Die Weißklingen – Zwölf Leibwächter des Hauses
                    Maruta (Asba, Karun, Glenn)

Parlin:

Kasin – Stadthalter von Jara

Hrolar von Eisenheim – Hauptmann der Reiterei

Kislav:

Karlik Troga – *Der Strahlende*, König von Kislav, Nachfahre des Propheten

Narvala – Großwesir, Berater des Karlik

Kidash – ein Siphagi (Oberst)

Agat Padishan – oberster General der im Norden stationierten Truppen

Moraka – ein Prinz

Garem – ein Unteroffizier

Isma – Alumnu (Zauberschüler)

Lira – ein Mädchen

Udi – eine Hure in der Hauptstadt Murim

Drabati-Föderation:

Warda – Großmeister der Akademia zu Nifaria

Mehagin – Meister

Lanut – Meister

Vereinigte Herzogtümer:

Sir Jormun von Freimark – Großmarschall des
Ritterordens

Greel – Jormuns Knappe

Sir Margo – *Der Herzbrecher*, Ritter

Karolon – ein Herzog

Darlan – ein Herzog

Sir Skara – ein Ritter und Feldscher

Sir Geram – ein Ritter

Farlain:

König Sanael

Yarlina – Königin

Nita ard Sanael – Prinzessin

Varna – Prinz

Sikal – Prinz

Ikanu – jüngster Prinz

Unter den Sklaven:

Uranamaka – *Die Matwa*, Sklavenkönigin
Sardai – Tochter der Matwa
Argu – ein Rudersklave
Pirscher – eine Raubkatze

Unter den Vagu:

Radschaar – *Der Sturmbote*, ein Rudelführer
Fargar – ein Spion

WEITERE INFOS ZUM AUTOR:

Phillip Schmidt

www.philipp-schmidt.org

www.facebook.com/PhilouSchmidt

Mehr vom Autor

Schattengewächse - **eine nahe Zukunft**
Band I: Auftakt
ISBN: 978-3-74481-805-6

Die Ödland-Saga
Band I: Herrscher der Blutwüste
ISBN: 978-3-74317-998-1

Das Reich des Johannes
Buch I: Pela Dir
ISBN: 978-1-51430-219-4